半南香

团结出版社

图书在版编目（CIP）数据

半南香 ： 全2册 / 雷明珠著. -- 北京 ： 团结出版社，2017.8

ISBN 978-7-5126-5323-8

Ⅰ. ①半… Ⅱ. ①雷… Ⅲ. ①长篇小说－中国－当代 Ⅳ. ①I247.5

中国版本图书馆CIP数据核字(2017)第160801号

出　　版	团结出版社 （北京市东城区东皇城根南街84号　邮编：100006）
电　　话	（010）65228880　65244790
网　　址	http://www.tjpress.com
E-mail	65244790@163.com
经　　销	全国新华书店
印　　刷	三河市京兰印务有限公司
装帧设计	成都天恒仁文化传播有限责任公司
开　　本	170mm×240mm　1/16
印　　张	32
字　　数	437千字
版　　次	2017年8月第1版
印　　次	2020年1月第2次印刷
书　　号	ISBN 978-7-5126-5323-8
定　　价	79.80元（全2册）

001　第四十一章　情迷鼓浪屿
008　第四十二章　阴谋破灭
018　第四十三章　决斗
024　第四十四章　抵押生命
033　第四十五章　自立门户
042　第四十六章　海盗
050　第四十七章　突变
059　第四十八章　追梦
066　第四十九章　妙妙丹嫁如意郎
072　第五十章　南安水头之行
075　第五十一章　欢喜过春节
085　第五十二章　报恩
092　第五十三章　少妇生日
099　第五十四章　思亲
108　第五十五章　初为人母
116　第五十六章　无解之谜
120　第五十七章　风波骤起
128　第五十八章　积德

132 第五十九章 遭遇绑架
141 第六十章 烽火真情
151 第六十一章 首战告捷
162 第六十二章 惨绝人寰
173 第六十三章 失联
180 第六十四章 沦陷
189 第六十五章 骨肉分离
199 第六十六章 逃难
207 第六十七章 真诚回报
217 第六十八章 寻找父亲的身份
223 第六十九章 命悬一线
232 第七十章 鬼魅复仇
240 第七十一章 刺桐花谢

第四十一章　情迷鼓浪屿

陈敬德从吕宋回到厦门后，陈树铭不让他去仰光。让他去英国、法国和美国谈生意。陈树铭、树铭太太装着不知儿子与妙妙丹恋爱的事。陈敬德多次提出去仰光都被父亲找各种借口拖着。

陈敬德知道父母在阻碍自己与妙妙丹往来。他与陈永康的船队、林秉祥的轮船公司的船员都很熟悉，不时地托船员带一些厦门贡糖、鼓浪屿馅饼、咸酸甜等特产到仰光给妙妙丹。妙妙丹喜欢看陈敬德的信。她喜欢陈敬德文采熠熠的信，有时似一首抒情诗，有时似一篇抒情散文。那信像一朵美丽的花一样，令她百看不厌。她从头到尾地念了一遍，窃窃嬉笑，过一会儿又拿出来看，每看一遍都笑眯眯，心儿突突跳。

这日上午，陈敬德接到陈国泰的电报说德智一家人要来厦门兴奋不已。他反复说服父母让德智一行人住家中。一是有亲近感，增进情感，二是便于沟通了解生意上的事，三是防被人插一杠。

陈树铭知道儿子别有用心。树铭太太担心儿子迷恋番婆，不忍伤害儿子，指挥管家和佣人们清扫、布置给德智一行人住的客房。家中备足新鲜、优质的食材。

半个月后，邮轮终于进入厦门港。手执扁担的挑夫们蜂拥而上，围着船客抢生意。德智一行提着大行李、小行李。陈敬德及手下挡着挑夫，挑夫们不敢上前。陈树铭热情地与德智夫妇、登盛作揖。德智、登盛、妙妙丹行合十礼。林美珠、芹姨微笑地点头招呼。芹姨回家心切直接从码头乘车回家。陈国泰送芹姨上车。

妙妙丹戴着平顶硬草帽，帽檐下美丽的脸儿绯红。陈敬德与妙妙丹微笑对视的刹那心狂跳、周身沸腾、呼吸急促。

陈树铭一挥手，事先等候的八辆人力车夫就拉车跑上前。众人上车。陈树铭在首，陈敬德在尾，八辆人力车浩浩荡荡在厦门街上跑着。

妙妙丹新奇地看着高大鲜艳的凤凰树，齐崭崭的骑楼，穿着中式服装的男男女女。

人力车左拐右弯稳当地停在大石埕的一棵大榕树和一株老桑前。妙妙丹第一个跳下人力车，忍不住赞叹："哇！真气派。"

众人小心下车。

陈树铭指着宅院介绍："占地七亩三进深的主宅。"

德智一行人惊叹：宽阔的大石埕，干净的花岗岩。阳光照耀下，一座姹紫嫣红的红砖大厝明艳灿烂。高昂起翘、尖细、如燕翅轻灵飞动的屋脊，瓦筒、瓦片相间的屋顶，装饰戏剧人物的屋檐雍容华贵。山墙上的灰雕和厝角的砖雕，镂空瓷花窗，门楣上飞檐下的彩塑彩绘。埕边围以短墙，与左右护龙和后界连成一个整体，外院呈规成矩。主厝为双曲燕尾脊，护龙为马背脊，脊下和前包檐均有彩瓷剪粘，人物形象生动。

树铭太太和子女们满面欢笑地出门相迎，心底惊叹登盛的帅气、妙妙丹的美貌、德智的高贵、林美珠的优雅。树铭太太对林美珠真诚地夸赞："你真正福气，一对聪明的孩子。达啵仔像潘安，查嫫孩像西施。"

林美珠微笑："你多子多福。每位都真正水。"

德智一行人随着陈树铭的"请进"手示，踏上二级的花岗岩石阶，踏过大门前一米宽的花岗岩走廊，跨入头进大门高高的门槛。

妙妙丹稚气的双眼充满新奇的光神。她摸了摸带有轮轨、重重的暗闩，厚达十余厘米的大门左看右看。

陈宝珠与妙妙丹同龄，自然亲近。陈宝珠介绍："这是下照厅；两边是左右下照房；下照房一左一右共有二个角间叫尾间，这里叫下落……”

陈宝兰跟在姐姐身后，不时地看一看仰光来的漂亮姐姐。

妙妙丹的双眼随着陈宝珠的手指转动，边点头边“哦”。

陈宝珠见妙妙丹注意到在榉头和下房之间都分别设有角门，介绍道：“这是防火烧。”

众人从两廊登上台阶。正厅顶部吊着一根彩绘横梁吸引一行人仰视，赞叹。

陈树铭继续向德智、登盛介绍：“第一、第二落为主厝，是一组相对独立的四合院，不能直通第三落。第二落两厢的小边门与过水廊相连，去第三落和护龙就从小边门进出。如果小边门加了闩，护龙和第三落的人就必须从正门进入主厝。正门加装厚重的防盗隔板，主厝是整座大厝的核心。四周的左右护龙、后界、前短墙护卫着，形成了完整的封闭性院落，主厝就有了安全感。”

德智一行人惊叹闽南建筑的艺术、文化内涵。布局、木作、砖作、石作、陶作与剪粘工艺、屋顶做法、彩画作、施工工序与建筑禁忌、风水理论。妙妙丹感觉房子太复杂了，像迷宫。

德智夫妇、妙妙丹住天井两侧的榉头。登盛、两位保镖分别住护厝。房里的家具都是螺钿紫檀。每间屋都打扫的干净、整洁。被褥、枕席、蚊帐都是全新的，清洗晒干。

林美珠过意不去地说：“给你们添麻烦了。”

树铭太太笑说：“你们肯住在这里我们很高兴。住家里比住客栈方便，安全。”

两位保镖见护厝有一块奇特的花岗岩石。花岗岩石两边打出两个抓手，刻有“300斤”。

陈敬德道：“练武石。”

妙妙丹用劲力气推，练武石纹丝不动。陈国泰向前轻松地举过头顶。德智一行人惊叹。陈国泰笑道：“练拳头没有力气不行。”

傍晚，陈树铭引领德智一行人步入厦门最好的、声名远播的“崇德思源酒家”。

富丽堂皇的酒家厅堂正中的一幅国画《船来啦》吸引众人上前观赏。高高的山崖上老妇、少妻和儿童痴痴地远望茫茫大海上的船。那盼着亲人和家书的渴望的神情深深地感动林美珠。

酒店伙计引领陈树铭、德智一行人走上二楼一间优雅的包间。众人按主次位落座。伙计沏茶。上等铁观音的茶香弥漫整个包间。伙计为每人敬上一杯茶。

陈树铭招呼客人饮茶，自己品了一口，笑说："今晚点的菜都是厦门特色，五香条、萝卜饼、土笋冻、韭菜盒、海蛎煎、面线糊、薄饼、烧肉粽、花生汤。"

陈树铭关切地询问所熟悉缅甸的闽南华侨的生活、生意。

林美珠微笑道："南安会馆已竣工，在仰光市南勃陶街54号。乔迁时，正式组织第一届理监事会。来厦门的前一天，举行会馆落成典礼。"

聊了一会儿闽南华侨在缅甸的生活状况，陈敬德将话题转向"攘兴中华"，大批闽南华侨回来投资建设。陈嘉庚建厦门大学、集美学村、创办《南洋商报》；黄奕住将其在国外的大部分资产转回国内，携巨款回厦门修马路，改造街道；林尔嘉创办厦门第一家电话公司；中山路和鼓浪屿的升旗山兴建房屋……

德智感动地说："是该为国家效力。每个人的命运都和国家的命运息息相关。"

林美珠与树铭太太小声地聊家常。陈树铭与德智、登盛谈生意上的事。爱聊天的陈国泰抑制住插嘴的欲望，静静地听。陈敬德、陈宝珠向妙妙丹介绍厦门好玩的地方、好吃的东西。陈宝兰、陈敬伟、陈敬雄聊学校的趣事。

陈敬德殷勤向妙妙丹介绍每道菜。妙妙丹特别喜欢土笋冻鲜甜、爽滑、脆嫩，赞不绝口。

次日上午，树铭太太、陈敬德、陈宝珠陪同德智、林美珠、登盛、妙妙丹、"三彪"、"飞人"到南普陀寺。一行人虔诚地燃烛、烧香、跪拜、祈福。妙妙丹感到南普陀寺与仰光的寺庙大不相同。南普陀大悲殿八角三重飞檐蹿角式，以斗拱架垒而起，蔚为壮观；大金塔金碧辉煌。

陈敬德带着一行人走进南普陀寺边上的厦门大学。众人对半土半洋、中西合璧的厦门大学独特、新奇的建筑连声赞叹。

陈敬德介绍陈嘉庚先生建厦门大学、集美学村的事迹，敬佩称颂："陈嘉庚先生是一位伟大的建筑师。厦门大学的建筑是闽南建筑与南洋建筑美的结合。"

众人对陈嘉庚先生肃然起敬。

午饭后，饮茶、休息了一会儿。众人跟着陈敬德去登五老峰。五个山头峥嵘凌空，横插天际，白云缭绕，缥缥缈缈，远远望去，如五位阅尽人间沧桑须发皆白的老人翘首遥望茫茫大海。

陈敬德紧随妙妙丹。妙妙丹兴致勃勃，跑跑、走走、停停。林美珠感觉到陈敬德喜欢妙妙丹。

松竹苍翠、岩石嶙刚，伴古刹而相得益彰，石坡上镌刻着"五老峰"三字，迎面巨石上，刻着一个特大的"佛"字。

"哇，好大'佛'字。"妙妙丹惊叹。

深入其中，五老峰遍布相思树。枝繁叶茂的相思树在海风中摇曳，星星点点的小黄花点缀着绿绿的叶儿中间。

陈敬德含情脉脉地看一眼妙妙丹微笑地问："你听过相思树的传说吗？"

妙妙丹莞尔一笑说："没听说过。"

陈敬德兴奋地说："古时候，福建与台湾是相连的，只有一条狭长相连的山谷。山的那边有一个水查嫫仔，山这里有一个砍柴的俊达啵仔，两人常常在峡谷中以柴换鱼，日久生情，相爱了。达啵仔常摘下相思树上弯弯的枝扎成帽子，缀上毛茸茸、金黄黄的花球，喜滋滋地戴在心爱的人儿头上，把那褐色相思籽串成精美的项链儿挂在心上人的脖颈上。山神醋意大发，怒将达啵仔点化成一棵永不复还的相思树。从此水查嫫仔就在树下翘首远望，一日复一日，泪水淹没了峡谷，聚成了一片汪洋。每年十月，相思豆荚开裂落籽时，就有成双成对的恋人携手走进相思树林，采枝扎帽，拾豆串链，互赠爱人。点火焚烧干枯的枝条，祭奠那对永生相爱的恋人。”

妙妙丹被台湾相思树的爱情故事深深地感动。

陈敬德激动地问：“听过唐代李冶的《相思怨》的诗吗？”

妙妙丹微笑：“没有。”

陈敬德深情地背诵：“人道海水深，不抵相思半，海水尚有涯，相思渺无畔。携琴上高楼，楼虚月华满，弹着相思曲，弦肠一时断。”

陈宝珠意味深长地看一眼陈敬德。陈敬德不好意思地回视一眼。陈宝珠发现哥哥今天话特别多，一定是喜欢这位仰光的漂亮姑娘。

恰逢普度日，台湾著名的双珠凤戏班来厦门“中华茶园”演出歌仔戏《陈三五娘》。

帆布和篾片围起的茶园摆着数十张的可移动四方竹椅。贵宾席是竹靠背椅附有茶几。陈树铭谦让德智夫妇坐正中，自己与夫人坐其边上。陈国泰故意坐在登盛身边、让陈敬德坐妙妙丹身边、陈宝珠坐妙妙丹的另一边。“三嘭”坐在林美珠另一边、“飞人”坐登盛另一边。陈国泰点了上等铁观音茶、贡糖、咸酸甜。众人边喝茶边吃零食边看戏。妙妙丹首次观看全剧的《陈三五娘》。她钦佩五娘胆大地追求自己爱的人。

第三天，“三嘭”紧随德智、林美珠、登盛、陈树铭、树铭太太参观欣荣贸易公司、公司的码头、货轮。

“飞人”紧随陪妙妙丹、陈敬德、陈宝珠游览胡里山炮台。“炮台是乌樟树汁和石灰、糯米拌泥沙筑成的。”陈敬德滔滔不绝地介绍。

“糯米，吃饭的糯米？”妙妙丹惊疑地问。

“糯米拿去蒸，然后和泥沙、红糖搅拌盖房子，冬暖夏凉，坚固，有弹性，子弹穿不过。万一断了粮，可将墙挖开充饥。”陈敬德说。

陈宝兰惊奇地看了数次哥哥。话不多的哥哥这二日话特别多，二天说了一年的话。她确定哥哥爱上妙妙丹。

妙妙丹好奇地摸着当年遗留的那门巨炮。

游览胡里山炮台后，陈敬德、陈宝珠带妙妙丹、“飞人”到集美学村。

“在这里上学真好！”妙妙丹喜欢一片红砖绿瓦或红瓦白墙的低矮

楼房掩映在白云绿树之间，喜欢南侨建筑群巍峨挺拔，或凌空欲飞在万顷碧波之畔，宁静而瑰丽，参差而恢宏，喜欢龙舟池畔的七座亭台阁榭，重檐飞翘，雕梁画栋。

陈宝珠笑道："让你父母在这里盖一幢洋楼，把家迁来。"

陈敬德笑看了一眼陈宝珠。

第四日，陈树铭、陈敬德带德智一行分乘五只舢板到鼓浪屿。

鼓浪屿一派大兴土木的景象。各种各样的别墅、洋楼，有的半建工程，有的快封顶，有的已竣工。

德智一行人被各式各样尖塔顶楼，弧形门窗，石雕吸引。

德智一行人站在日光岩上，仰望天风浩浩，俯瞰海浪滔滔，楼阁错落，掩映山海之间，心旷神怡，连连惊叹景色优美，环境清静。

陈树铭引领一行人在龙头路吃午饭。饭后回厦门逛中山街。一行人新奇地张望两旁骑楼。首层是通透的柱廊，中部是二三层的窗、窗间墙、扶壁柱，上部是平屋顶和西洋式山墙。柱、窗、墙、平屋顶的材料、色彩、细部装饰丰富多彩。整条道路既统一、和谐，又千变万化，每个商店各有特色和建筑符号。

妙妙丹笑赞："这真好。遮阳避雨，可以放心观看商店里的东西。"

中山路稍为孤曲，步移景移；行人摩肩接踵，街面商号云集，商品繁多，高级洋品店、首饰、珠宝、钟表。

一行人逛完中山街溜开元路。路面以麦卡登式铺筑，街道两侧是商业建筑与居住建筑混合成为店屋形式的建筑。

妙妙丹随口道："这路太弯。"

陈树铭不满道："厦门人讥为'水蛇路'。开元路是'开辟新纪元'之意。筑路时，遭到日籍浪人'招宝楼'阻挠，不得不在南猪行巷口留个大弯。"

陈敬德不想让妙妙丹一家人感觉厦门不安全，将话岔开："海外华侨与国内富商投资开辟马路、填海扩地、兴建楼房、建设公共设施、发展公用事业，厦门的城市建设极大改观。厦门会越来越好。"

晚上，陈树铭在思明南路的南轩酒家设宴为德智一行人饯行。席间，德智、林美珠多次感谢陈树铭一家的热情款待。

陈树铭热诚道："阿泰和阿德送你们到厝。"

德智婉言拒绝："这几日，已给你们添了很多麻烦了，不能再麻烦你们了。我、登盛也会一点拳脚，两个保镖功夫不错，应该不会有事。"

陈敬德喜爱妙妙丹非常想跟着去洪濑，连忙说："南靖有一位华侨被土匪绑架，花了2万银元赎回。缅甸有一个华侨被土匪被抢，东西没损失，有几个人受伤。多一人多一分安全。"

陈树铭补充："永春、南安聚结土匪、民军。"

陈国泰明白陈敬德的心思，接口说："多一个人多一份力，我们也可以顺路回老家。"

盛情难却，德智与林美珠对视后，说："那就再麻烦你们。"

第四十二章　阴谋破灭

上午，天下着小雨。铁丝网的炮台边，陈元宝劝母亲不要动不动就训人。"吃人嬷"大声道："仔不教没成才，树不雕没大棵。"

这时，厦门的南安石亭绿茶店的小伙计匆匆走来。陈元宝、"吃人嬷"见状知道有重要情报，急步上前。

小伙计气喘吁吁地报告："前日晚关门时，发现了一张纸条。"

陈元宝接过小伙计递来的纸条念给不识字的母亲听："最近几日有缅甸玉商回南安洪濑。他们带着大量的番银、玉、布料。有二个保镖，五六人左右。"

陈元宝看一眼小伙计问："是谁放的纸条？"

小伙计摇摇头："不知道。掌柜去探听过了，纸条写的事情是真的。"

"吃人嬷"吩咐一位小喽啰带着小伙计到厨房吃点心，安排住宿。

陈元宝与母亲边议边向练靶场走去，远见"鬼手婆"正在指挥小喽啰们练枪、练功。陈元宝将纸条递给妻子。"鬼手婆"看完纸条问："写纸条的人是为了什么？"

"吃人嬷"想当然说："为了钱。"

"鬼手婆"摇头："不一定。可能是仇家想用我们报仇。"

"吃人嬷"无所谓地说："不管是谁放的纸条，事成之后，会来讨钱的。"

陈元宝疑虑说："是谁？怎么知道这个店是我们的联络点？"

"厦门的点和人都要换。""鬼手婆"果断地说，与陈元宝、"吃人嬷"到聚义厅周密策划抢劫、绑票和更换厦门情报点。

天刚蒙蒙亮，妙妙丹被母亲从睡梦中唤醒，快速更衣，到天井洗漱。

正厅八仙桌上，一碗碗热气腾腾的面线蛋飘着阵阵的海蛎干、香葱、香菇的香味。德智一行人吃着面线蛋。

陈国泰很快吃完，帮着陈树铭、树铭太太、陈宝珠拎行李到停在人埕人榕树下的小客车上。

吃完早点，众人上车。"三嘭"坐在车门边，"飞人"坐在车尾另一边。林美珠与妙妙丹并坐在司机的后座。陈国泰与陈敬德并座在妙妙丹的过道另一边位置。

陈国泰从水仙花、刺桐花的传说讲到《陈三五娘》的故事；从蔡六舍的系列笑话说到李五重修洛阳桥，还有安平桥……

"你懂得真多。"林美珠佩服陈国泰满腹故事，讲故事的本领，没上过学堂却能妙语连珠，滔滔不绝。

陈国泰被林美珠夸得不好意思。陈国泰浑厚、磁性、响亮的声音让听者舒畅；他绘声绘色、活灵活现的讲述让听者身临其境，除去坐车的漫长感和劳顿感，不知不觉到了泉州。

陈敬德请司机将车停在早餐摊边上。陈国泰与陈敬德找一个大摊点，将二张小方桌并成大方桌。

陈国泰点了泉州小吃花生汤、鱼仔粥、满煎糕、九重粿、麻糍。妙妙丹对花生仁汤情有独钟，一连喝了三碗。

陈国泰很快吃饱去付款。陈敬德给陈国泰足够的现金支付泉州、南安之行吃、住的费用。陈国泰付过款后，与摊主聊天：今年稻谷、小麦、番薯的收成如何？花生、面粉购进多少价格？柴禾一挑多少钱？洋油一斤多少钱？新米、陈米、糙米、粳米、糯米一担多少钱？陈国泰直到众人吃饱上车，才与摊主道别，最后上车关门。

妙妙丹第一次来到开元寺，明显感觉开元寺的建筑与仰光大金塔风格完全不同，朝拜也完全不同，开元寺不时鞭炮声阵阵。

德智一行人饱览天王殿的单檐歇山顶，拜圣亭的卷棚歇山顶，大雄宝殿的重檐歇山顶；欣赏殿内斗拱，形态各异、手持乐器的二十尊飞天雕；观赏着殿后廊的二根十六角形青石刻柱上的二十四幅印度佛经故事和花卉图案的浮雕；赞赏戒坛四重檐八角攒顶式，坛顶藻井无梁结构，斗拱复杂精巧。

妙妙丹跟着母亲排队买香、烛；排队到香案前燃香，在香炉前恭恭敬敬、规规矩矩跪拜，许愿。

陈敬德像保镖一样紧随妙妙丹身后。陈国泰引领一行人走到茂密的桑树下，指着桑树说：“这棵桑树有一千二百八十多年了，传说它曾开过白莲花。”

随后，德智一行人去看阿拉伯风格的清真寺。众人仰视门楣上雕刻的阿拉伯文《古兰经》。

陈国泰接过话头介绍古早的泉州。

林美珠感觉“三嘭”、“飞人”听不明白时，用缅语翻译。

“泉州有句老话说：‘苏家的鼻子、丁家的胡子。’”陈国泰紧接着讲苏家后裔鼻梁低而鼻尖高、丁氏族人蓄着闻名天下的大胡子的故事。

妙妙丹盯着陈国泰问：“你是姓陈吗？”

众人新奇地看着陈国泰，又不解地看着怪笑着的妙妙丹，不知这精灵又搞什么。

陈国泰认真地说："我当然姓陈，正宗的。"

妙妙丹笑嘻嘻说："你的胡子倒像丁家的胡子，你应该姓丁。"

陈敬德笑道："他的外号叫陈大胡。"

陈国泰总是有不断地联想，一个话题接着一个话题。他问妙妙丹："听说过锡兰王子被迫在泉州生存的故事吗？"

妙妙丹微笑："没有。"

陈国泰又滔滔不绝讲起锡兰王子被迫在泉州生存的故事。

众人静静地听着陈国泰栩栩如生的讲述。

清冷的清真寺旁边的关帝庙热闹非凡，香客往来不断。德智等人跟着陈敬德、陈国泰点香，虔诚地叩拜关羽、岳飞。随后，众人坐上小客车去看洛阳桥。

德智一行人漫步在洛阳桥上。阵阵海风让人深感清凉惬意。陈国泰如导游一般详细介绍洛阳桥。众人敬佩古代工匠们在桥下大量养殖牡蛎。牡蛎壳的强大附着力把桥基石和桥墩石层层包裹，凝聚成牢固的整体。

德智由衷赞道："闽南人真聪明。"

"三彪"、"飞人"点头称赞一番。

次日清晨，陈敬德引领德智一行人吃早餐。陈国泰已先行到摊点订了座，点了面线糊、麻糍、烧肉粽。

摊主老妇见德智等人长相如南洋人，善意地提醒道："南洋客啊，要趁早赶路，日头落山前你们一定要下山啊，'虎'会来。"

陈敬德理会地点点头："谢谢你，阿婆。"

妙妙丹惊恐地看陈敬德："有虎？"

陈敬德微笑："人虎。"

妙妙丹顿时明白是指土匪。

德智叮嘱妙妙丹："万一遇到土匪，你和你母亲只要跑就可以。"转身对两位保镖说："你们保护她们母女。"

众人上车。车子一路颠簸、弯弯绕绕，行到南安县不能通车的小

路口停下。众人与客车司机道别。陈国泰找来两位挑夫。两位挑夫熟练地扎实行李，挑上肩上路。“三嘭”走在最前，“飞人”走在最后。陈敬德与妙妙丹说说笑笑，跑跑走走。

林美珠触景生情，激动地说起往事。德智倾听着，不时点点头，偶尔问一句。

走进密林中，一行人不约而同地静下来，警惕地注意着周围。一阵沙沙响，“三嘭”、“飞人”、德智、登盛都拔出枪。陈国泰拔枪并挡着林美珠。陈敬德拔枪并挡着妙妙丹。两位挑夫惊慌地停住脚步。陈国泰安慰道：“免惊。”

众人左看右瞧一会儿，没有发现异常。陈国泰收枪，松了一口气说：“可能是蛇、山兔、山鼠。”

众人警惕地绕过一座又一座山。山林的小动物不时制造紧张气氛。陈国泰道：“穿过山林小道就是村路。”

众人稍稍宽心。突然，杂草、灌木中跳出二十余个杀气腾腾持刀枪的人。

德智、登盛、陈国泰、陈敬德拔枪射击。“三嘭”、“飞人”掩护妙妙丹、林美珠、两位挑夫。

“吃人嬷”大声命道：“抓活的。”

“鬼手婆”、“半夜虎”各带领十名土匪呼啸冲下山。

“三嘭”以一对六左抵右挡。他曾徒手猛拳打死蛮牛。土匪们不熟悉缅拳，随着一声“嘭”伴着碎骨声，一个个土匪应声倒下。

林美珠、妙妙丹以有限的咏春拳、缅甸拳防身自卫。“吃人嬷”、“鬼手婆”婆媳俩不易抓住林美珠、妙妙丹。四个土匪追上两位挑夫抢担子。两位挑夫用扁担抵抗。

“飞人”腾空出拳砸向土匪。硬如铁锤的缅拳打得土匪哭爹叫娘。

德智用缅语对登盛、“三嘭”、“飞人”大声说：“土匪人多，不能久战。”

登盛、德智眼见林美珠、妙妙丹要被“吃人嬷”、“鬼手婆”抓走时，同时腾空射击。两位土匪无语倒地毙命，其他土匪慌忙逃开。

“吃人嬷”、“鬼手婆”、“半夜虎”、陈元宝及众匪惊恐登盛、德智的腾空术。他们听过缅甸神秘、灵异的传说。今见人会飞，怵然惊心。

陈元宝果断下令撤退。众匪向山上逃命。

“三嘭”、陈国泰、登盛断后，“飞人”、陈敬德、德智开道。林美珠、妙妙丹、两位挑夫紧跟着冲出密林。跑出密林一里后，妙妙丹停下，弓着背，气喘吁吁：“我跑不动了。”

德智见前边是低丘陵，田野，感觉安全了，说：“休息一下。”

陈敬德找到一块能坐二人的石头，脱下灰布衫铺到石头上，说：“林姨，妙妙过来坐。”

妙妙丹拉着母亲向石头走去。妙妙丹欲坐下，林美珠收起陈敬德的衣衫，边抖去尘土，边教导女儿：“查嫫人不能坐在达啵人的衣裳上。”

妙妙丹不好意思地应道：“哦。”

众人都感觉到土匪有备而来，思索着哪个环节走漏消息。

休息十分钟开始行路，走到山脚下，林美珠抢在陈国泰、陈敬德之前付款给两位挑夫。“三嘭”与陈国泰走最前面。“飞人”与登盛走在最后面。一行人说说笑笑开始登山。陈敬德总紧随在妙妙丹身边。妙妙丹一会儿摘花，一会儿折狗尾巴草，挠人痒痒。

山路上没有人，绕过一座山后，方见一对形似父子穿着满是补丁的衣裤、草鞋，担着柴迎面而来。妙妙丹转头看担柴人拐弯不见影，愤愤不平地对母亲说：“这男孩七八岁模样，让他砍柴。”

林美珠微笑说：“父母都是疼仔的。穷，没办法。小时候我也要上山割草、砍柴，腹肚饿了摘野果充饥。”

“这个时节有‘钟妮’、‘安菠’、‘鸡爪梨’、‘洽籽’。”陈国泰接话说。

妙妙丹要陈国泰带着去摘野果。陈国泰带陈敬德、妙妙丹、登盛沿着路边的草丛、树林摘野果。众人边分享野果的美味边登山。妙妙丹最喜欢“钟妮”，紫黑色的果实散发着野性的香味。

傍晚时，众人远远望见山下层层错错的屋顶、绿田和黄田。林美珠兴奋地加快脚步。

等在村口的美珠的哥哥、弟弟、侄儿、侄女远见林美珠一行人走来，跑着迎上前，接过行李。头顶扎着一束如秧苗发的六岁女孩笑嘻嘻地对林美珠说："大姑，我们在这里等了很多日。"

林美珠抱起首次见面的侄女亲了亲脸蛋，泪在眶里打转。美珠哥、美珠弟也忍着眼泪。

大家笑着点头招呼。林美珠的两个十余岁的侄儿飞跑回家报信。

一些村童跟在林美珠一行人身后。妙妙丹小心翼翼走在坑坑洼洼、碎石砂土的村路上。不时窜出的鸡、狗、鸭、鹅吓得妙妙丹心怦怦跳。美珠哥、美珠弟不时地驱赶、呵斥狗。陈敬德说："别怕。"

村人纷纷跑出门或倚在门边，不好意思地窥视"缅甸番仔"，笑哈哈地与林美珠打招呼："番客姑回来了。"

林美珠亲热地请他们上家里坐。

陈国泰等人跟着林美珠来到全村唯一的红砖厝。红砖厝坐北朝南面阔五间，红砖红瓦让一行人感到喜庆。东西各带一排侧向护厝。花岗岩的基座，红红的砖墙，燕尾脊，两条燕尾一大一小，高昂翘起。美珠父亲和三个叔叔四家20多口人都住在红砖楼。

林美珠的父母等十余位亲戚早已站在红砖厝前铺着花岗岩条石的大埕翘望。石埕上有一张石桌、六张石椅。

"母啊，爸啊。"林美珠呼唤时泪如雨下，说不出话。泉涌般的泪洗不尽心中的愧，流不尽爱与思。美珠母抱着林美珠泣不成声。美珠父不停地眨着眼，忍着眼眶里的泪。

陈国泰见别人哭会跟着掉泪。他将面转向别处，眨了眨眼，远望山丘、田野。

妙妙丹、登盛亲切而生分地轻唤："阿公、阿嬷。"

美珠母一手抓住林美珠的手，另一手用袖口拭着涌出的泪。美珠父一手牵妙妙丹、一手牵登盛，喜滋滋赞："真正水（漂亮），真正人（英俊）。"

妙妙丹、登盛随着外婆的介绍唤着亲的、堂的、表的亲戚。

妙妙丹见外婆穿着湛蓝开襟衫，扁圆的黑髻网上插银钗和玉兰花。

一身优雅，鹅蛋脸，高额光亮，细眉大眼，透出年轻时的美丽。外公慈眉善目的长方脸，穿着大襟棉布白褂子、湛蓝的裤，挺拔的身材，一身儒雅。

众人跟着美珠父母跨过高高的花岗石门槛，看着两扇厚大的榉木门，走进三进五开间的红砖楼，欣赏墙、斗、窗精美的花鸟木雕。花岗岩铺砌的天井置有花盆，栽有各式花卉，满院飘香。陈国泰、陈敬德一眼就看出红砖厝的梁柱、椽、门是缅甸的柚木。

众人踏上正厅的石阶。正厅的长案桌供奉着祖公龛。长案桌前的八仙桌两边各置一张太师椅。众人端详厅堂两壁上挂着三张全家人的合影照片。林美珠的父亲、哥哥、弟弟热情地招呼一行人入座，饮茶。

一会儿，林美珠的母亲、嫂嫂、弟媳端着一碗碗热腾腾，飘散着香菇、蛤蜊干香气的面线蛋。

陈敬德坐在妙妙丹身边，陪着慢慢地吃。陈国泰想吃慢些，尽可能小口多嚼，还是第一个吃完点心，走出大门。

一会儿，“三嘭”、“飞人”也吃完走出大门。美珠大哥领着陈国泰和两位保镖绕着村子散步。陈国泰触景生情想起南安另二个山村的亲人，他们在做什么呢？在大埕前吃饭、聊家常？

林美珠打开大袋子，小心翼翼取出二瓶缅甸的灵芝药油、布料，递给嫂嫂、弟媳：“灵芝药油送给你们的父母。布料送给阿哥、阿嫂、阿弟、阿妹。”

林美珠的嫂嫂和弟媳笑眯眯：“谢谢！”

吃过晚餐的村人拿着自家的凳子，陆续来到红砖厝的石埕。数十号人，有一些人站着，挤在人圈里。闭塞的村里，无论谁家里有亲朋好友来访，村人都习惯聚此户人家聊天，听一听村外的事。

妙妙丹看着外婆将一瓶瓶如铜钱一样的虎标万金油送到妇人手中。妇人个个喜上眉梢，爱不释手，笑眯眯：“万金油真好用，舍不得用。”

德智拿出缅甸雪茄敬村民。登盛用打火机为村民点烟。年轻的、辈分小的人忙自己划上火柴点烟。林美珠将糖、饼分给村童。妙妙丹看着难得吃上糖、饼的村童边嚼边欢天喜地谈论糖、饼味。妙妙丹觉

得这些村童太可怜、太不幸了，自己太幸福了。

在没有月光、没有灯光，黑蒙蒙的露天下，村人喜笑颜开吸着缅甸香烟、嚼着缅甸的野生酸角片、芝麻酥饼、炸香蕉片等零食，饮着茶水，听陈美珠讲缅甸、讲华侨。村人七嘴八舌地告诉林美珠村里人的情况。

德智静静地听着，偶尔说一二句。“三嘭”、“飞人”许多闽南话听不懂，不时无趣地张望远处乌黑的山丘，不时地拍打手足上的蚊虫，扇着面前的蚊虫。

妙妙丹、登盛与表兄弟姐妹们亲而生分地相坐，隔一会儿谈一些缅甸的事，再隔一会儿说些南安、厦门的事。

村人与林美珠从下南洋挣食讲到华侨发家回乡建桥修路，盖学校。村人们感谢德智、林美珠在村尾办小学，村里的孩子，特别是女孩有读书的地方。很多年前，林美珠回娘家，见村里到处是光腚儿童，粗言野语，相互谩骂，成群结队打架斗殴，抽烟、赌博。因为读书要起早摸黑走一个多小时的山路，危险而辛苦。孩子们就在村里拾粪、拾柴禾。征得德智同意，林美珠出资在村里建了一所“德美小学”。

“铺桥造路，甲好烧香。”头发斑白的族长笑哈哈地说。

有些村民抱怨孩子们上中学要到镇上，雨季河水涨，过渡乘船很危险。

林美珠爽快答应为村里修路，为乡里建一座桥。

族长对德智竖起大拇指：“行善积功德，生意越做越好。”

德智微笑地点点头。

午夜，村人渐散。

次日早饭后，陈敬德随陈国泰回南安金淘、九都，约好四天后回来。中午，林美珠的两个妹妹及妹夫、儿女，先后提着焯好的猪脚、红菇、鸡蛋、面线和糕粿来为姐姐一家人“脱草鞋”。多年不见，姐妹似有千言万语要倾诉，一时又不知从何说起，欢笑地牵着手、相视。

林美珠给孩子们每人一个红包，两位妹妹一人一个金戒指、两位妹夫一人一块怀表作为答谢礼。

连日，林美珠与家人忙着迎来送往担盘“脱草鞋”的亲戚好友。林美珠以万金油和缅甸零食、药酒作为“答谢礼”回赠前来为自己“脱草鞋”的亲友、村人。

妙妙丹不能理解“脱草鞋”的风俗。

林美珠微笑解说：“出远门的人都很穷，都穿草鞋。出远门的人回来时，兄弟姐妹、儿女亲家、亲戚好友会来庆贺平安归来。出远门的人带一些远方的东西送给为自己庆贺的人作为回礼。”

妙妙丹明白地笑道：“难怪您买这么多东西还说不够。”

林美珠微笑地教导：“人给我们半斤，我们就要给人八两还要多，不可让人吃亏。”

妙妙丹不能理解说：“只有外公和舅舅们陪同我们吃饭。早、晚餐吃稠稀饭，中午吃干饭，好菜。外婆、阿妗、表兄弟、表姐妹们一日三餐都是吃番薯稀饭、青菜、咸菜。”

林美珠道：“村人平时一日三餐吃番薯稀饭，青菜、咸菜。番薯收成后的一段时间吃的是新鲜番薯稀饭。农历二三月以后到七八月吃的是干番薯片煮成的稀饭、大麦糊、面疙瘩。只有过年过节时才吃掺鲜番薯丝的干饭和鱼肉。”

妙妙丹见外公走进身边亲甜甜唤：“阿公。”

外公语重心长地说：“人的目珠生前没生后。今日不知明日事。好天时好收成就要想歹天，旱灾、水灾、虫灾，没有收成怎么办？有吃、有穿时，就得节省。米桶有米，心不慌。”外公在一旁的空凳子上坐下，摸着妙妙丹的手讲了许多有备无患的亲历。

第四十三章　决斗

送走妙妙丹，陈敬德顿时感到空落落，脑海里挥之不去妙妙丹的身影。妙妙丹举手投足间不经意地流泻出来恰到好处的华贵让陈敬德着迷。他常沉浸在回味之中，做事丢三落四。陈树铭疑惑道："你这几日怎么这样'无头神'。"

陈国泰明白陈敬德心神不定的原因，趁机为陈敬德创造去仰光的机会，微笑说："仰光公司的事有许多要等着阿德去办。"

陈树铭想了一下说："那你们俩去仰光吧。"

陈国泰立即去买船票。

半个月后的一个晚上，陈国泰、陈敬德到达仰光。陈敬德洗漱一番，叫陈国泰去妙妙丹家。陈国泰道："太晚了，明晚再去。"

陈敬德想到妙妙丹心中沸腾地抑制不住，道："不会太晚，坐一会儿就走。"

陈国泰意味深长地笑了笑。

陈敬德拎一袋铁观音茶、花生贡糖、咸酸甜等厦门特产与陈国泰到柚木别墅。两人与印度保安微笑地招呼直入客厅。客厅里只有芹姨、秀丽在聊天，其他人都外出。陈敬德满心欢喜顿时化为烟云。两人坐了数分钟，饮了两杯茶就告辞。

陈敬德要陈国泰陪着逛街、逛公园。

陈国泰知道陈敬德是想在某处遇见妙妙丹。他不能理解想念一个人会想得这么疯狂。俩人走了一条又一条街，逛了公园、逛茵雅湖畔、仰光河畔，都不见妙妙丹影子。陈敬德垂头丧气跟着陈国泰回公司。

第二天晚上，陈敬德又要去妙妙丹家，陈国泰说想看赌石，拒绝陪同。陈敬德独自快步走向柚木别墅。他担心去迟了，妙妙丹又出门了。走到妙妙丹家大门口，正遇上妙妙丹、尼拉要去看电影。陈敬德与她俩来到电影院门口，高价退到一张票。陈敬德恳求妙妙丹边上座位的缅甸男子换票。缅甸男子成人之美之心，爽快地换了位子。

此后的一段日子，陈敬德隔三岔五地约妙妙丹看电影、看戏、登山、饮茶、打牌。妙妙丹总要叫上尼拉或丹娜、陈水仙。林美珠不让妙妙丹单独与男孩子在一起。陈敬德希望尼拉、丹娜、陈水仙都拒绝。尼拉或丹娜、陈水仙总是乐滋滋地打扮一番一同前往。她们心底都喜欢儒雅，英俊的陈敬德。

妙妙丹、尼拉、丹娜、陈水仙来欣荣贸易公司时，陈国泰都借故离开。陈敬德不在时，陈国泰讲世界各国的风俗人情，天南海北的奇闻、怪事、趣事。

妙妙丹、尼拉、丹娜、陈水仙发现陈国泰有超强的记忆，见过的事，听过的话都能记住。

这日上午，陈国泰、陈敬德、妙妙丹、尼拉去看电影《爱情与美德》。陈国泰有意让二个女孩坐中间，陈敬德坐妙妙丹身边，他坐在尼拉身边。电影散场，四人吃了午饭去仰光河看缅甸人单脚划。

盛温、盛暖到妙妙丹家十有八九扑空。听秀丽说被陈敬德约出去，心理很不安。

盛温比妙妙丹大两岁，盛暖与妙妙丹同龄。从小一起玩耍。小时候，妙妙丹被蜜蜂蜇了一口，疼得眼泪汪汪。盛温将她领到母亲跟前，母亲用乳汁抹抹。芒果熟了，盛温、盛暖、丹娜、妙妙丹、登盛用竹竿打；香蕉青时，盛温、盛暖就急不可待爬上树采下给妙妙丹，涩她一口。瑞波与德智是好友。两家大人想着孩子们长大了亲上加。登盛能娶丹娜，妙妙丹能嫁给盛温或盛暖，没想到冒出一个陈敬德。

这日傍晚，盛温、盛暖刚走进柚木别墅的大门，就遇见倒垃圾的秀丽。秀丽告之：妙妙丹又被陈敬德约走了。盛温、盛暖顿时满面沮丧。

秀丽同情道："你们两家关系那么好，如果能结亲，成为一家多好。"

盛温、盛暖与秀丽道别，决定去欣荣贸易公司。兄弟俩认为陈敬德这么紧追妙妙丹，妙妙丹迟早会动心的。

欣荣贸易公司门卫夫妇认识盛温、盛暖微笑说："阿德出去了，阿泰在楼上。"

盛温、盛暖首次上楼，左看右瞧。

陈敬德又出门去找妙妙丹。陈国泰还没想好要不要去看赌石，便靠在床头看小说《水浒传》。他听见敲门声，抬眼见是盛温、盛暖连忙起身笑迎、热情地让座、沏茶。

盛温、盛暖礼节性地问了问生意。

陈国泰当然明白兄弟俩不是来关心公司的生意，直截了当问："两位兄弟，有什么事？"

盛暖微笑，直言不讳道："我家与妙妙丹家是世交。在你们来之前，妙妙丹与我们兄弟俩很融洽。"

陈国泰明知盛暖的话意，却问："现在不融洽了吗？"

盛温微笑解说："我们双方父母都有结亲家的意思。妙妙丹嫁给我们俩中的一位，登盛娶丹娜，亲上加亲。"

陈国泰哈哈笑道："姻缘讲的就是缘字，生下来就注定了。"

盛暖笑容顿失说："夺人所爱不好。"

陈国泰收起笑容道："这不是夺人所爱。要看妙妙喜欢谁。"

盛温指着自己和弟弟对陈国泰说："我们想请陈敬德在我和弟弟之间选一位决斗，好吗？"

陈国泰笑道："中国人是抛绣球，让妙妙丹抛绣球。"

盛温微笑道："我们不是中国人。"

陈国泰淡笑道："决斗应该不是缅甸人的习性。缅甸是佛教之国，不杀生。"

盛暖浅笑道："决斗又不是杀生，点到为止。"

盛温、盛暖交流一下眼神起身告辞。陈国泰决定去看赌石，顺便送盛温、盛暖。

晚上十点多，陈敬德回来。陈国泰详细说了盛温、盛暖来的事。

“强龙斗不过地头蛇。”陈敬德思索着说。他不是胆怯，而是不喜欢打斗。打斗中，情况千变万化，情绪难于控制，力量难于限制，失手之事十有八九。他不喜欢见血、见伤、见死亡。

陈国泰鼓动：“要甜头，不怕拳头及棒头！盛温、盛暖不会摆手。”

陈敬德耐心地说：“婚姻是一件美好的事。抛绣球、对诗词等浪漫、美妙。决斗充满血腥。将来回忆起来都恶心。”

第二天上午，陈国泰、陈敬德到善缘玉店二楼登盛的办公室。登盛放下手中的玉雕品，起身迎接、让座、泡茶。

陈国泰告诉盛温、盛暖想决斗的事。登盛极力反对决斗。

当晚，登盛走进白色别墅。客厅里的瑞波太太告之盛温、盛暖在楼上。登盛直奔二楼到盛温的房间。盛温、盛暖正在小声谈论决斗一事。

登盛坐下后，直入主题劝道：“人与人是有缘分的，姻缘是强求不了的。修得百年同船渡，修得千年共枕眠。妙妙是不会因为你们赢而嫁给你们俩中间的一人，也不会因为你们输了而不嫁给你们俩中间的一人。决斗没有任何意义。”

盛温兄弟俩以为陈敬德胆小怕事更坚定决斗的信心。

登盛耐心道：“不是陈敬德胆小，是不愿意把美好的事沾上血腥味。”

登盛劝说无果，无可奈何地告诫：“佛家不喜欢血腥。不杀戮是我们的信仰。无论如何点到为止，不可流血，更不可伤残、致命。”

盛温、盛暖同声答应。

登盛接着叮嘱：“我得请一位外科医生，预防万一。决斗消息仅限于六个人知道，否则引起不必要的麻烦。”

盛温兄弟俩点头赞成。

登盛让盛温当即起草决斗声明：点到为止，不可伤残、致命。登盛拿着盛温、盛暖签字后的决斗声明书到贸易公司让陈敬德、陈国泰签字，并嘱咐：“点到为止。”

陈国泰浅笑道：“放心吧。我们知道盛温、盛暖是你的好兄弟。”

数日后的一个清晨六点半，盛温与盛暖、陈敬德与陈国泰、登盛与请来的一名德国外科医生相继来到仰光河畔。除外科医生提一个医疗箱，其他人均空手。六人一起到达仰光的一个小山岗。随后，登盛等六人开始清理决斗地点的杂草。登盛检查所有人的身，大家又相互搜身，确认没有暗器。盛温、盛暖认为自己是当地人，又是挑战方，理应让陈敬德先选点。陈敬德客气地谦让二句，选择面对着东方。

陈敬德、盛温弓立着，心儿怦怦跳地注视对方，等待对方先出手。陈敬德的耐性不如经过寺院修行过的盛温，注视数分钟后，陈敬德的拳击向盛温。盛温避过。陈敬德前后左右挥舞拳头，像舞棍专家一般灵活。盛温、陈敬德对垒，机会像闪电一般短促。陈敬德一指一节，一招一式，风驰电掣直逼盛温。盛温在进攻和防守中把拳腿和肘膝法灵巧组合，一招接一招，一环套一环，连续不断，使陈敬德没有喘息反攻之机。

德国外科医生看得眼花缭乱。盛暖、登盛目不暇接。陈国泰眼脑直映，闪出自己会用什么招式对应。

盛温的脑门和脸上的一角被陈敬德重击一拳。盛温的拳头直劈陈敬德。陈敬德的胸口、肩被猛击一拳。两人不分胜负，再比下去，两败俱伤。登盛连声叫停。盛温、陈敬德住了手。

盛温擦着汗水，喘着气说："没有胜负不行。"

登盛警示道："再决斗下去会出人命的。"

盛暖站出来郑重地说："我替我哥。"

陈国泰接口："我替陈敬德。"

德国外科医生为盛温、陈敬德消毒、处理、包扎伤口。

烈日当空，阳光灼热，双方的气势更热。盛暖敏捷地注视高大魁梧的陈国泰。陈国泰急不可待地问："准备好了吗？"

盛暖紧盯着陈国泰答："好了。"

陈国泰敏捷地朝前跨一大步，俯下整个身子向盛暖猛击一拳。盛暖闪开，趁陈国泰重新站直身子时，像一条蛇似地在陈国泰的腋下溜过去，对陈国泰就是一拳。陈国泰晃了一下，面孔膨胀，仿佛由内部的炭火烧红。盛暖瞥见陈国泰眼睛明亮洞孔里的火焰。陈国泰的拳头侧斜打过，触及盛暖的肩膀。盛暖忍住疼痛反击。陈国泰不顾腹部被踢连续跳跃躲开。盛暖抓住陈国泰，像野兽似的扑过去，脚尖照准陈国泰的腹部连踢数下。陈国泰向盛暖的胸口猛击一拳。盛暖跳一下，躲过。陈国泰的拳头连击数次，击中盛暖的面孔。立刻，一股鲜血从盛暖的鼻孔涌出，蒙盲视线，脑筋也震昏了，只向空际乱摇他的胳臂，“四脚”朝天，像卸下一个石灰袋似的沉重仰跌在地。陈国泰、陈敬德、盛温、登盛及外科医生围上前。盛温和登盛扶着盛暖。盛暖困难地撑着站起来，突然一拳击向陈国泰。陈国泰本能用手挡，一阵冰冷如钢击触到他的手，一阵麻疼。

盛暖除膝肘攻击外，还前踢、侧踢、后踢、高踢、飞踢、扫踢、旋踢、腾踢陈国泰的头部和胸部等要害部位。陈国泰机警地躲闪。盛暖顺势落地时使出卧地撩阴腿，将头顶、肩撞、扫蹬、飞膝、砸肘等缅甸拳发挥得淋漓尽致。陈国泰以咏春拳，夹带太祖拳、五祖拳抗击缅甸拳，几十个回合不分胜负。

登盛叫停。

一把匕首飞向陈国泰。众人惊愣。一个身着白衣的人接住匕首，手掌流出了血。一根飞针飞向盛温。登盛腾空接住飞针。众人惊诧。白衣人将匕首递给同伴。

德国医生为白衣人包扎手。陈国泰、陈敬德连声感谢。陈国泰认出白衣人与其同伴是看腾冲商人买赌石的日本人。白衣人不紧不慢自我介绍名叫吉田太郎，和同伴田原一雄路过这儿，以为比功夫，就停下来观看。正好看到有东西从头顶飞来就出手。

众人见吉田太郎长脸，淡淡的弯眉，单眼皮、亮眼睛、长长的人中，精干之相。田原一雄着白色白条纹衬衫，目字脸，浓浓的一字眉，单眼皮、细长眼，沉稳机灵之相。

吉田太郎心理暗暗佩服陈国泰的记忆微笑道：“比功夫用暗器不道德。”

盛暖、盛暖声明没有使用暗器。陈敬德、陈国泰也声明没有暗器。四人相互搜过身，没有可能藏暗器。登盛清楚地记得自己搜过四个人的身没有暗器。决斗地点是登盛临时决定的，不可能事前藏暗器。匕首和飞针来自何处？

外科医生为盛温、吉田太郎及陈国泰包扎伤口。

众人都极力回忆刚才的场景，周围并没有发现其他人影，旁边的人也没有谁有异常的举动。事发突然，动作之快捷、武功之高。众人疑虑重重。

吉田太郎、田原一雄立即用缅语声明两人路过此处，以为是比武就站在一旁看，并主动要求登盛搜身。登盛认为没有理由搜吉田太郎、田原一雄的身。吉田太郎、田原一雄强烈恳求登盛等人搜身，以消除众人的猜疑，证明自己的清白。

登盛只好对两人进行搜身后，对众人说："没有暗器。"

吉田太郎、田原一雄轻松地笑了。

当晚，欣荣贸易公司陈国泰的房间，陈国泰、陈敬德正在议决斗场上谁使的暗器？为什么要使暗器？

第四十四章　抵押生命

一个月后，登盛在皇家湖边的缅甸风味馆设晚宴，促进陈敬德、陈国泰、盛温、盛暖握手言，同时答谢吉田太郎、田原一雄出手相救。

妙妙丹的高贵、美丽、单纯令吉田太郎、田原一雄眼前一亮，爱慕之情蓦然在心中升起。难怪陈敬德会与盛温、盛暖决斗。

吉田太郎、田原一雄说他俩是来缅甸了解玉的市场，想做一点玉的生意。

田原一雄询问各种玉的价格。

登盛毫无保留地介绍玉的种类，辨别玉的等级。

吉田太郎说想去玉场。

登盛反对："去不得。缅甸产玉的地区都是'瘴疠之乡'。举世闻名的红宝石产地一莫谷，每年从5月份开始进入雨季，一直要下到10月份。莽莽苍苍的原始森林植物异常茂密。瘴疠肆虐、山荒无人、地形极其复杂，终年云封雾锁，素有"深山地狱"之称。玉石场是发财之路、冒险之路，更是死亡之路。"

吉田太郎似乎有把握地说："准备充分，走到玉场应该可以。"

登盛提醒："瘟疫蔓延，毒虫滋生，蚊子、蚂蟥多，荆棘纵横、层峦叠嶂、毒蛇猛兽四处出没横行，险河急流。缅人称'野人山'、'魔鬼居住的地方。'突发的危险无法想象。"

陈国泰插话道："那么到玉矿挖玉的人是怎么到达玉石场？"

登盛悲叹："九死一生。"

吉田太郎充满信心道："既然有人能够到达玉矿，我们也能到达。"

陈国泰赞同："我们了解一下，一路上都必须带些什么东西。吃的东西要带多少？穿的要带多少？要带什么药？带多少药。刀枪要带怎么样的？山上虎、野猪等野兽、蛇啊，都要考虑到。越周全就越安全。"

吉田太郎、田原一雄到缅甸的主要目的是想实地察看玉石场。

登盛见吉田太郎、陈国泰态度坚决，不再反对。

吃饱了，喝足了，陈敬德提议散席。

玉石场的死亡之路迫使两人等待更多的勇士、智者、能者同行。吉田、田原三天两头到欣荣贸易公司找陈国泰游说去玉石场。陈国泰不仅聪明而且勇敢、胆大。

陈敬德劝陈国泰："钱了（没）了可以挣；命没了不值。"

陈国泰坚定地说："船赚船吃，船破做乞食。生死有命，富贵在天。"

陈国泰、陈敬德意见不统一，晚饭后两人到柚木别墅。

林美珠与陈国泰、陈敬德讲起妙妙丹小时候调皮的故事。妙妙丹五岁时穿着红肚兜，满面汗尘，手里拎着用自己的外衣包着沉甸甸的东西。芹姨跑上前去，接过东西，打开一看，全是小石子，用称子一称，五斤。大家为妙妙丹能够拎五斤的重量高兴。妙妙丹与其堂姐尼拉争荡秋千。妙妙丹将花生米塞进尼拉的鼻孔。德智将尼拉抱到医院镊出花生米。妙妙丹七八岁时，与男孩子冲陡坡，摔到沟里，左眼眶，左脸颊青紫肿，流了许多鼻血。有一次妙妙丹放的风筝挂在芒果树上，妙妙丹撩起美丽的绸缎裙摆，双手一抱，两脚一蹬，像猴子一样攀上芒果树拿风筝。下树时，脚崴了，脚踝肿得数月……

陈国泰、陈敬德明白林美珠讲妙妙丹童年的调皮、任性、娇宠意在让陈敬德知难而退。陈敬德已迷恋上妙妙丹，他只当妙妙丹小时候的调皮是聪明、可爱。

陈国泰趁林美珠饮茶时转移话题道："我想与吉田太郎、田原一雄去玉石场。"

登盛、德智、林美珠耐心地讲各种风险劝阻陈国泰去玉石场。他们深感到陈国泰的倔强。德智拿出防治蚊虫、蛇咬的药，治疟疾的药丸、药水给陈国泰。

陈敬德经过数目的思虑，决定与陈国泰一起去玉石场。

陈国泰、陈敬德、吉田太郎、田原一雄到大象市场选购两只强壮、训化过的大象。雇两位印度人查特吉先生和波色先生拉车。租一辆缅甸"恰卡力"平板拉车。平板拉车两个木轴心，直径两米的大木轮，木轮四周镶满旧轮胎。每人一根木杖，一顶竹笠。每人两个包着大蒜、雄黄纱布球，分别绑在左右脚脖上。他们备足了米、炒米、面粉、炒面粉、煎饼、熟番薯干；食品、药品、刀枪，换洗衣裤、棕衣出发了。

陈国泰分工道："我和陈敬德一组，吉田和田原一组，一个组照顾好一只大象。查特吉、波色拉平板拉车。分工不分家，大家可临时替换。"

吉田太郎补充："我们要走在一起，深山老林危险多。大家心齐才能共同走到玉石场。"

两只大象驮着沉沉的一藤篾筐满满的食品和驱蛇粉、奎宁丸等药品，迈着稳健的步子前行。一行人照登盛吩咐跟着老虎的足迹小心翼翼前行。

陈国泰的步子大总是走在最前面。跟他一起走会被迫加快脚步。吉田太郎总是有意走在最后，可以观察到每个人的举动。

成千上万棵千百年的大树巍然耸立。层层叠叠的树叶遮住了天空，偶尔看到筛子眼儿那么点儿大的天空，一行人精神一振快步前。

陈敬德习惯匀速，并且希望大家都匀速。

陈国泰见与同伴距离远了就停下脚步回头大声喊："走那么慢，快点！"

紧接着众人听到"哎！"一声，见陈国泰在淤泥里挣扎。陈敬德砍下一根树枝，将树枝的细端递给陈国泰。众人奋力把陈国泰拉上。

陈敬德埋怨："前面并没有什么好看的，你走那么快干什么。"

陈国泰笑道："你们走太慢了，何时才能走到玉石场？"

树林里沼泽绵延不断，众人用成捆的树枝加固路面，小心地通过可怕的泥泞路。大家边走边找水源。走了一天，见一个小水塘，陈国泰清洗一身的泥浆，其他人趁机洗澡，换干净的服装。众人感到舒爽，便在附近找来树枝、树叶燃火，烤衣物，取暖，烧水，煮粥，吃大饼。

这一路上两位中国人、两位日本人、两个印度人用缅语、英语交流，不时借助肢体语言解决交流障碍。

陈敬德注意到田原一雄在道路难行、难辨识时，会故意落后。陈国泰总是兴冲冲走第一个。陈敬德有时会故意叫住陈国泰。这时，查特吉、波色就会走在最前。一路上，陈国泰滔滔不绝地讲趣闻、故事、笑话。路上烧开水不方便，言多口干舌燥伤元气。陈敬德有时会含蓄地、巧妙地打断陈国泰的说话。

一行人坚持不起早，不吃饱，时常吸烟，防瘴气，度过了六天。这日天色渐黑，大家加快脚步，边走边找搭帐篷的地方过夜。走了约半个小时。忽然，一阵怪风起，飞沙走石。大家连忙从行囊拔出刀枪。一声虎啸震动山谷。三条野猪亡命地朝他们跑来，后面一只大猛虎，蹿坡越涧，如飞扑来。陈敬德、田原一雄、查特吉、波色一时愣着。

吉田太郎、陈国泰对视，大吼一声，同时抽刀朝猛虎砍去。刀触虎皮，虎猛扑陈国泰。陈国泰速往下一矮身从猛虎胯下穿过，反臂对虎胯下刺一刀。虎受伤发怒，蹲身蓄势，又朝陈国泰扑来。陈国泰不敢迎头砍，一刀正砍在虎胯骨上。虎掉转虎躯伏在地上。吉田太郎、陈国泰配合默契，始终一个在虎头一个在虎尾。五六尺长的虎尾把地打得“啪啪”响。

陈敬德、田原一雄、查特吉、波色拿着长刀、长棒见机打一棒、砍一刀，虎大吼。陈国泰大吃一惊，单臂举刀向猛虎劈下。虎连受两次刀伤，野性大发，站起身一抖，纵身过来，大吼一声，张开血盆大口，伸开两只虎爪，纵起虎躯，扑上前去，与吉田太郎迎个正着。吉田太郎无法躲闪，头进虎口。说时迟，那时快，陈国泰双手一上一下撑住虎口。陈敬德、田原一雄用刀炳一上一下顶住虎口。查特吉、波色快速移出吉田太郎的头部。

虎怒目直射众人。陈敬德大叫一声，身纵空中，用尽平生之力，迎头一刀。刀陷虎额内，急切间拔不出来。田原一雄急中生智，连忙手中捏住刀柄，用力一按，就势往旁一侧，从虎肩臂上滚翻过去。

陈国泰大吼一声，纵身跃起，使劲全力往虎身上的刀柄一摁，虎大吼，震耳欲聋，随即趴伏在地。

众人不知虎死活，小心翼翼，慢慢移步向前，见虎圆睁二目，一动也不动。再近看，一丈长的死虎依旧生气勃勃。陈国泰佩服说：“虎死了，威风还在。”

陈国泰、吉田太郎四肢无力坐在地上，汗水如雨。田原一雄为吉田太郎的头皮消毒包扎，头皮只擦破一小块。陈敬德见陈国泰双手掌血肉模糊，有的伤口较深，忍不住皱眉。消毒水浸入伤口，陈国泰疼得额头青筋鼓胀，汗水直淌，咬紧双唇。吉田太郎见陈国泰伤得比自己重感恩地说：“谢谢你，泰哥。”

陈国泰疼得说不出话，摇摇头。

查特吉、波色扒虎皮。陈敬德、田原一雄去拾木枝、草。走进森林十余天没有吃肉。六人将虎肉拷到脆黄喷香，大口吃得满唇、满手都油腻腻。

陈敬德双手各拿一块虎肉骨，一手喂陈国泰、一手喂自己。吉田太郎不时喂陈国泰一口稀饭。

吉田太郎提醒："虎肉烤熟、烤干。垃圾必须及时掩埋。因为只要有星点的油脂，就会引来蚂蚁，蚂蚁又会引来蜥蜴，蜥蜴又会引来蛇，我们就危险了。"

众人佩服地看了看吉田太郎，七手八脚将虎骨深埋。将烤好的虎肉密封在罐子里，继续赶路。

吉田太郎提醒："尽可能远离这里搭帐篷睡觉。"

在远离虎骨掩埋处的五公里外，吉田停下脚步，说："这里地势较高，且避开峡口，不会遭遇别处山洪倾泻的危险，这里安全。"

众人娴熟地搭好两个帐篷。与虎搏后，个个精疲力竭很快入眠。

数日后的午夜，一阵凄厉的"来人啊！"的叫声划破森林的黑夜。

惊醒的陈国泰抓起枕边的枪、棒冲出帐篷。与此同时，陈敬德、查特吉、波色、田原一雄拿着棍棒、枪惊骇地冲出帐篷，朝喊声跑去。解手的吉田太郎正与一只狼搏打。狼张开大嘴，拼尽全力高高跃起，企图撕咬吉田的致命部位。吉田使出吃奶的力气，顶住狼头。田原一雄举棒砸向狼头。狼"嗷呜"痛叫着仓皇逃命。查特吉瞄准狼开一枪。吉田太郎叫大家收拾行装迅速离开此处。狼是群居，这一只狼会召集众多狼来。

众人七手八脚收帐篷、整行装，打着火把高一脚浅一脚快速离开。他们不时踩到满是落叶湿软的坑洼处，臭水溅得满裤脚、鞋子。火把时时被火刮得欲灭。茂密的树林望不见天，黑黝黝。不时传来山禽野兽的叫声。蛇虫跑窜的"沙沙"、"嚓嚓"声，仿佛鬼怪出没。夜风仿佛鬼怪哀啼。

为了能够互相搭救。大家强忍累、困搭两个帐篷。吉田、查特吉与田原一雄一个帐篷。陈国泰、波色与陈敬德住一个帐篷。在两帐篷间点火堆，然后进帐篷。陈敬德、田原一雄为吉田太郎消毒，清理创口。众人无法入睡，惊骇、疲惫、无语地躺在帐篷内。陈敬德感到一阵紧似一阵地头痛、目眩。天蒙蒙亮时开始腹痛、呕吐、拉肚子。折腾四五个来回，陈敬德浑身疼痛，发热，走不了，只好推醒陈国泰。陈国泰搀扶着陈敬德来来回回。

陈国泰见状说："可能是中瘴气。"

陈敬德有气无力地点点头。

陈国泰找出"玉密"解瘴药，喂陈敬德服下。

吉田、田原及查特吉、波色睡到近中午才起来。田原用木桶拎水，烧水。每人喝一些开水，吃一些饼。吉田按陈国泰吩咐煮一锅稀粥。陈国泰盛一碗稀粥加几粒盐和一些白糖，喂陈敬德。众人吃完稀粥，七手八脚把平板车整理出位置，让陈敬德躺在平板车上。陈国泰不时地扶陈敬德去拉稀。一行人走走、停停。

第二天夜里，田原开始呕吐、腹泻、发烧。后面的日子，一路上，陈国泰照顾陈敬德，吉田照顾田原，一行人艰难地前行。

一阵树枝被踩断的声响，一行人紧张地停下脚步，从板车上拿出自己的枪。陈敬德与田原撑起软绵绵的身躯，拿着枪，屏气凝神。一头野猪"咔——呼哧——咔——呼哧"朝他们跑来。进山前，他们了解到遇到成群的野猪不可怕，因为它们有安全感，落单的野猪才可怕。此时不能蹲，不能跑，只能面向它轻缓地后退，无声地盯住野猪。野猪撞向田原，田原跳起。吉田握着猎枪。野猪一个转身，扑向吉田。陈国泰包着纱布的双手忍住疼痛握着枪时时准备防卫。吉田扎进草丛，借势滚到松树后，他摸了一下受伤未愈的头皮，皱了一下眉，把猎枪挎在脖子上，一跃窜上松树。野猪嘴不住的拱松树根旁的泥土。众人发现野猪的恐怖比狼群有过之而无不及。陈国泰忍住手痛端起猎枪一扣，子弹从野猪肉皮上擦过。野猪更加疯狂。吉田对野猪头开一枪，野猪一声悲鸣，倒下。

查特吉、波色扒猪皮，陈国泰、吉田拾柴升火，众人烤肉、吃肉。众人轮流坐在大象上，轮流拉平板拉车。晚上，两个棚子里每个人都在挑破血泡，擦药粉，旧的血泡破了，新的血泡又冒出。血泡连着血泡，沙子掉进鞋子里，痛得钻心啊。

走了两天河水，大家的身子都泡肿，全身都是鸡皮疙瘩。他们没能在预计时间走到玉石场。热带原始丛林的雨季到来了，天天都下着倾盆大雨，道路泥泞不堪，举步维艰。下山的时候在泥水里滚。有时山洪“轰隆隆”冲下时，快速逃到高处。

吉田目光无意中落到陈国泰的小腿肚，陈国泰的裤子湿红了巴掌大的血迹！他冲过去撩起陈国泰的裤腿，一条比大拇指粗一倍的山蚂蟥正叮在陈国泰的腿上猛吸血！众人往附近的地面上一看，不禁毛发竖起：遍地都是山蚂蟥在蠕动。大家顿时惊慌地纷纷低头环视自己的身体。吸过血的蚂蟥又粗又大。大家互相消毒，止血，在裸露部分涂上“棕色水”。

众人坚持多走、快走，逃离恶心的蚂蟥区。他们不知原始森林就是地狱。离开蚂蟥区进入蚊子区，蚊子和蚂蟥一样猖獗。

成千上万只蚊子张开翅膀像蜻蜓飞向众人。乱飞乱闯的蚊子鸣声如雷，震耳欲聋。众人手舞足蹈还是被蚊虫叮咬。众人从“恰卡力”平板拉车找到“特纳卡”，迅速擦在被咬处，顿感一阵清凉、痒止。人人满面满手都是蚊咬的红包包，慌慌张张逃离蚊区。

雨淋汗浸又无法洗澡，白色的虱子一串串地粘在众人的头发上，像撒满了白芝麻。灰黑色米粒大的虱子咬得众人苦不堪言，边走边抓。大家相互间在头发上搓煤油。

越往山林深处走，越阴森恐怖。这日午后又是黑云骤起。山雨欲来，无处可搭帐篷，不远处有一个棚子，大家往棚子里躲。棚里躺满恐怖的白骨，众人浑身起鸡皮疙瘩。风一吹骨架在地上“骨碌碌”地滚动。骨架分了家，散发出恶臭的味道，使人晕眩。劈雷暴雨铺天盖地，闪电如箭，不躲在棚子里，不被雷劈死，也被暴雨淋死。一行人忍着恐惧、恶心，把尸骨往旁边挪，睡在尸骨旁边。

一个月后，陈国泰的手渐渐结疤。查特吉、波色也有气无力的。被病魔折腾的痛苦不堪的田原、陈敬德深深地后悔踏上死亡之路，活受罪，玉石是遥远的事，眼前是命在旦夕，拿命去碰运气值吗？坚强的吉田、陈国泰撑住疲惫的身子不时地给其他人打气，坚定信心，同时绞尽脑汁想着如何才能安全走到玉场。

陈树铭夫妇二个月没有收到儿子、陈国泰的来信万分焦急。陈树

铭忧心忡忡地写信给思源客栈掌柜。掌柜回信说陈敬德、陈国泰一行人去了玉石场。陈树铭心急如焚地从厦门赶到仰光。

陈树俊在冠南楼为陈树铭接风。陈树铭没有心情吃喝、一心想着如何找回儿子。陈永康阻止说："茫茫野人山，不知他们的线路，如何找得到人？没有充分的准备，强壮的体魄是走不出死亡之路。"

陈树俊通过闽南华侨雇用玉石场路口的当地人打探陈敬德等人的消息。只要发现陈敬德一行人就以最快的速度给予帮助并报告赏1000缅盾。每日，各个玉石场路口的人都在打探。

这日早上，陈国泰一行人终于到曼德勒。他们扔掉所有的行装，买新的内外衣，鞋袜，理光头发，彻底清除头上的虱子、跳蚤，洗澡，换上干净的服装。三个月来，他们第一次感到清爽、舒坦。中午，他们吃了久违可口的饭菜，到客栈睡到第二天的傍晚。晚上，六人在曼德勒酒店庆祝"活着走出死亡之路。"六人时而用英语，时而用缅语交谈。人人心有余悸，同时又充满幸存的自豪。数日后的晚上，陈国泰一行人终于返回仰光。次日上午，陈永康一家，德智一家拎着面线和鸡蛋到贸易公司祝陈国泰、陈敬德平安归来。晚上，陈树铭在冠南楼摆三桌请帮助寻找陈敬德、陈国泰的人，同时祝陈敬德、陈国泰平平安安。

陈敬德心有余悸叙述玉石路之行。

陈国泰双手比画说："我和吉田随挖工们进入洞中，深达数百公尺，高仅四五尺，洞上方虚悬泥石，紧逼人身，不怎么亮的矿灯，洞暗默默，没空气，又闷又热。洞中无大木柱撑顶，泥土疏松，不时掉落。我好得与吉田太郎商议退出洞。刚到洞口，还没透气，听得里面呼叫。好得我聪明，没就死翘翘。我们与外面的工人没命地挖。我和吉田、查特吉、波色急得拼命挖，哪有用啊！可怜那些工人'盖天被'。这种惨事时有发生。"

陈国泰叹息："在玉石场1个多月时间，蔬菜不够吃，摘野菜充饥。晚上气温下降到零下十几度，穿厚厚的棉袄仍感觉冷。十几个人挤在一起，互相取暖。无医生，常见病也不能治。"

众人身临其境之感，毛骨悚然，想都不敢想去玉石场。

第四十五章　自立门户

陈树铭担心陈敬德对妙妙丹的感情越陷越深，强行带着陈敬德回厦门。陈国泰想自立门户。这些年里，跟随陈敬德父子鞍前马后，熟悉了商场生意的门门道道，结识了许多国家的商人，结交了许多朋友，觉得可以自立门户，他乘机要求一起回厦门。

陈树铭、陈敬德疑惑地看了看陈国泰。

陈国泰笑了笑说：“出来很多个月了，想回家看看妻女。”

回到厦门的次日清晨，陈国泰拎着大包小包回泉州，到开元寺一拜。从开元寺出来，陈国泰直接到汽车站乘车到南安金淘。

陈国泰走进村，映入眼的多是破旧的土楼、砖木屋。村人纷纷涌出门，惊喜地与陈国泰打招呼。有人见他穿着洋布衫说：“赚大钱回来了。”上了年纪的人望着陈国泰挎着大包拎着小包的背影无比羡慕说：“阿贵救这个苦人孩，值。”

陈国泰大声地请村人到家中坐，给上前的成年男子敬烟、点烟。

有村童跑到黄和贵家中报信说陈国泰回来了。

黄怡琴抱着六个月大的小女儿，和贵妻牵着五岁的大外孙女陈红霞，黄和贵手握烟管兴奋地在大门外远望：陈国泰背着，拎着大包小包，一路与村人招呼、敬烟、停停走走而来。

陈国泰远远见妻女、养父母站在砖埕等待自己加快了脚步。

和贵妻满面兴奋地对陈红霞说：“叫阿爸。”

陈国泰很久没有回家，陈红霞认生羞怯地不让陈国泰抱，亲吻，不肯喊“阿爸”。

和贵夫妇接过大包小包。

陈国泰拿出拨浪鼓边摇边念道：

拍手哥，印铜锣，
……

陈红霞白胖胖的小手接过拨浪鼓，开心地摇，还是不叫“阿爸”。

和贵夫妇安慰满面失意的陈国泰说：“是自己的骨肉，很快就不会生分。”

陈国泰亲了亲黄怡琴怀中的小女儿陈红红。陈红红被大胡碴扎得皱起小脸，扭过头不让抱。

“你的胡子刺到她了。”黄和贵笑哈哈地说。

陈国泰心底泛起丝丝遗憾。他非常希望有一个儿子。

和贵妻抱过陈红红。黄怡琴打来洗脸水。陈国泰洗了脸，一阵清爽。

黄怡琴递上一杯茶给陈国泰。口渴的陈国泰接过茶，“咕噜咕噜”一口饮尽，像是不经咽喉、食道，直接倒入胃。他一连饮三杯，放下茶杯，满面笑容地解开大包小包，拿出烟、酒，对岳父道：“这是美国骆驼香烟，是世界有名的。松[illegible]堂药酒常饮有舒筋活络、行血补气、驱风祛湿之功效。‘松[illegible]堂’三字是孙中山先生亲笔题名。”

黄和贵笑眯眯地频频点头：“好，好。”

陈国泰拿出布料、围巾递给岳母、妻子。然后，拿出鼓浪屿馅饼、贡糖、麻滋都堆在八仙桌。

和贵夫妇习惯了陈国泰一回来将礼物全部拿出来堆满八仙桌。陈国泰每拿一样出来，和贵夫妇都满脸灿烂地说上一句：“花这么多钱，买这么多，不必要。”陈国泰就笑应：“不多、不多，应该的。”

陈国泰最后拿出一小包换洗衣服对黄怡琴笑说：“来不及洗的衫裤。”

和往常一样，不等和贵夫妇、黄怡琴询问，陈国泰就滔滔不绝地讲他的喜闻乐见。

黄和贵吸着美国烟，和贵妻抱陈红红，陈红霞依偎在和贵妻身边，听陈国泰讲缅甸之行。

黄怡琴在厨房煮面线蛋。不时地站在厨房门口听丈夫声情并茂的讲述缅甸之行。

黄怡琴端着香气喷喷的面线蛋放在桌上。陈国泰从桌上的竹筒里抽出一双竹筷，搛了海蛎干、香菇放入红霞的小嘴。红霞害羞地笑着，小嘴“吧嗒，吧嗒”地吃着。陈国泰边吃边喂红霞，边讲赌石的惊心动魄。

和贵夫妇、黄怡琴笑眯眯地看着陈国泰大口吃得很香的男子汉样子。

陈国泰三口二口很快吃完面线蛋，拿出手帕，擦了擦嘴，继续绘声绘色地讲述玉石场之路。

和贵夫妇、黄怡琴黄听得毛骨悚然，同时欣赏和担心陈国泰的勇猛、果断。

黄和贵劝说：“赚钱也要有谱，太危险的事不能做。”

和贵妻正想说此话，丈夫说了，就连声说：“不求荣华富贵，只求平平安安。”

“我心理有数。”陈国泰将另立门户的想法告诉和贵夫妇。

黄和贵赞同说：“我支持你。‘少年不打拼，老来无名声’。”

和贵妻犹豫地说：“自己做太辛苦。”

黄和贵微笑道：“要赚钱，当然要辛苦。”

晚餐时，和贵妻不时地将没有鱼肚、肉厚的中间段带鱼搛给陈国泰。

“你们也吃。”陈国泰搛一块中间部位带鱼给岳母，妻。岳母、妻又搛给他。闽南女人从小看着祖母、外祖母、母亲给家中的男人好吃、好喝、好穿，看男人吃得香，身体壮实就满足、幸福，一代又一代言传身教。

晚餐后，陈国泰拎一袋烟、酒到黄衍明家。衍明之父客气道：“不必趟趟送礼。”

“师父的恩情不能忘。”陈国泰笑与衍明父子寒暄数句，一起到黄和贵厝的砖埕。砖埕聚集着村里的男女老少。和贵夫妇、黄怡琴将八仙桌、家中所有的长条凳、小方凳、靠背椅全都搬到大埕。将家中的茶杯、酒杯都拿出来。黄怡琴、和贵妻满面笑容来往于厨房、大埕，不停地烧水。黄和贵喜笑颜开地冲茶、倒茶……

陈国泰阔气地撕开一盒烟，恭敬地敬长辈烟，并点上火。然后撕开二盒烟放在碟里，豪爽："烧烟，烧烟……"只有南洋客和外出发达的人回来才能享用到盒烟，会吸烟的男子涌上前拿烟。和贵夫妇、黄怡琴喜欢陈国泰的"风龟神"气，最好吃、最好喝、最好的烟都拿出招待村人。

村里有的人没有到过县城，没有坐过汽车、人力车。村人喜欢听村外来人讲村外的世界。陈国泰回来就像带了一个精彩的世界回来，不仅有厦门、泉州，还有上海、北京，更有英国、美国、日本、南洋的新闻、奇事、趣事。有的人笑说陈国泰"大炮客"天上知一半，地上知了了。"

村人喝着茶，吃着馅饼、贡糖，吸着洋烟，入神入境地听着陈国泰讲述缅甸之行、玉石路之险、赌石的惊心动魄。缅甸的神秘深深地印在村人的脑海。玉石场恐怖令听者毛骨悚然，同时对陈国泰充满敬佩。

夜深了，陈国泰的故事讲完了，村人依依不舍地回家。年长些的人都充满羡慕地对和贵夫妇说，值啊！前世人做好事，天公送这个这么水、这么孝顺的达啵仔给你们。

和贵夫妇笑得合不上嘴，不住地点头。

次日早晨，黄怡琴身后背着陈红红拎着一袋香烟，陈国泰抱着陈红霞，拎二袋厦门贡糖、麻糍、药酒回南安九都。

正午前，陈国泰进村，喊长辈时，长辈们都惊喜道："'路狗'变得越来越正人（英俊）。赚大钱回来了。嫫水，查嫫孩也水。"

黄怡琴听村人夸自己漂亮兴奋、羞涩地向村人点头微笑。

国泰的伯伯、伯母、叔叔、婶婶及堂兄弟姐妹听得村童报讯已在大埕迎候。陈国泰的老宅是陈国泰婚前翻新的三进式。国泰的伯伯、叔叔两家人住着。陈国泰留一个“大房”回来时住，平日陈国泰的堂妹住着。

陈国泰的伯母、婶婶共同忙午餐。伯伯、叔叔、堂哥、堂弟围着八仙桌泡茶聊天。黄怡琴抱着陈红红，陈红霞跟在黄怡琴身边与忙午餐的伯母、婶婶、堂嫂、堂弟媳在厨房聊天。

午饭后，陈国泰喝一会儿茶，将二袋东西留出数包烟、糖用于晚上招待村人，其它分成三份，一份给伯伯家、一份给叔叔家、一份给堂伯家。

堂伯家距陈国泰的宅子五十余米。堂伯一家人见陈国泰携妻女来，个个满面笑容，让座、沏茶。堂伯母抱起陈红霞亲了亲，又抱过陈红红亲了亲，逗了逗。堂伯的大儿媳妇要去煮面线蛋。陈国泰、黄怡琴阻挡说：“刚吃了饭，确实吃不下。”堂伯母才作罢。堂伯母高兴地擦着忍不住盈眶的喜泪。

陈国泰从衣袋拿出两个光洋递给堂伯母。

堂伯母推辞：“免每趟回来都给我钱。”

陈国泰强行塞到堂伯母手心说：“阿姆，您是最有资格得我的东西。我从小得到您的疼爱。小时候，我就发誓，以后我赚钱，一定孝敬您，给您享福。”

黄怡琴时常听陈国泰念叨堂伯母：小时候被伯伯、伯母、叔叔、婶婶打时，堂伯母总是挺身而出夺下伯伯、伯母、叔叔、婶婶手中的枝条、棍棒；被罚不能吃饭时，堂伯母总是偷偷地给一个番薯、一个芋头或几片地瓜干。那时，陈国泰就暗暗发誓，若有出头之日定要报答堂伯母。

陈国泰如同与母亲倾诉，将自立门户的想法说给堂伯母听。

“想好了就去做。你会发达的。”堂伯母脸上露出欣慰的笑容，爱怜地牵着陈国泰的手。

陈国泰顿感一股暖流通热周身，眼眶湿润。

晚饭后，村里除陈国平一家人外，其他人陆续来陈国泰厝前的大埕。陈国泰拿出厦门带来的烟、甜点招待村人，声情并茂地讲述缅甸之行、玉石场之行。

村人听得心惊肉跳，佩服这位苦人仔的胆略。一些上了年纪的人故意说："没想到'路狗'这会长得这么水，会发达。""人都说不准，不要看人不起。"

面对村人的称赞，陈国泰的伯母、婶婶心底涌起深深的内疚和后悔。

次日早上，陈国泰携妻女到父母坟地。坟头长满杂草。陈国泰与妻女一道拔草，清理墓地四周的杂草、垃圾。陈国泰、黄怡琴摆上水果、糕点、点烛、烧香、祭拜。陈国泰告诉坟墓里的父母："我要做生意当老板，请父母保佑。"

午饭后，陈国泰带着妻女回到岳父母家。一会儿，黄怡芬和丈夫抱着二岁的儿子，黄怡芳和丈夫抱着一岁的儿子先后到来。黄怡芬、黄怡芳仍喊陈国泰："阿哥。"

黄怡琴与母亲、二个妹妹忙着杀鸡、杀鸭、炖参汤。午餐、晚餐的饭菜丰盛而热闹。大家听着陈国泰的缅甸之行，玉石场之险，敬佩而担心陈国泰。晚餐后，黄怡芬、黄怡芳与丈夫、儿子回家。

和贵妻拿出一个花布包，打开里面有一个小红布包，打开小红布包，一叠钱出现在陈国泰面前。和贵妻将一叠钱递给陈国泰说："给你做本钱。"

陈国泰没有接钱笑道："我有钱。"

黄和贵微笑："你有多少钱我们知道。你一有钱就寄回来。每次回来又买那么多东西。我们是把你当儿子而不是女婿。"

陈国泰温笑："我也是把你们当父母，而不是当丈人、丈母。但你把钱都给了我，对两个小妹不公平。"

和贵妻笑劝："她俩是把你当着阿哥，而不是姐夫，不会有意见。"

黄和贵讲了许多个"输人不输阵，输阵番薯面"，"争气不争财"及"三分本事七分胆"的典故。

陈国泰感动地接过钱，下决心赚多多的钱给养父母和妻女享受。

陈国泰回到厦门过了一个星期，终于硬着头皮与陈敬德说想辞职，自己做生意。陈敬德愣了一下，知道陈国泰很难改变已定的事，说出的话不容易收回的。他微笑道：“我知道你迟早会自己做的。你不是那种甘于人下的人。”

次日薄暮时分，商铺林立的中山街繁华而热闹，人们比肩继踵。陈国泰戴“荷兰帽”，身穿白色“夏威夷”平脚反领的短袖上衣。林强戴“荷兰帽”，穿白色印度尼西的“甘姆艳”的圆脚反衬衣。两人的白皮鞋擦得亮亮，扇着纸折扇走向南轩酒家赴宴。

满面污秽、头发蓬乱、赤脚的乞儿一见有钱人便涌向前。林强挥手让他们都离开。

陈国泰掏出零钱一人一张。孩子们高兴地离去。陈国泰流露出助人为乐的笑容对林强说：“每次看到这些孩子，我就会想起小时候来厦门的苦日子。能帮助别人是一种福分。”

林强惭愧地点点头。

陈国泰、林强并肩走进南轩酒家。公司的八个骨干已在包间。陈树铭、陈敬德随后进入。

伙计很快上菜。众人纷纷敬陈国泰酒祝他成功，早日也成“头家”。陈国泰一杯又一杯，杯杯一饮而尽。众人知道陈国泰海量饮不醉，任由他喝。席近尾声，众人猜拳。一箱酒在吆五喝六声中灌入肚皮里，个个饮得满脸通红。

每日，陈国泰早出晚归奔波于厦门的大街小巷，逛商店寻找启发点；拜访亲朋好友，喝茶、喝咖啡，聊天寻找信息；出入各类娱乐场所，像警犬一样的搜寻创业灵感。

陈国泰想起在缅甸吃的仰光米粥、焖饭，口感极好。仰光米有敏党、小绞、大绞等品种，洁白，质好、颗粒大。煮稀饭、焖干饭都好吃。陈国泰决定去一趟仰光，敲定此事。

半个月后的一天上午，陈国泰到达仰光，仍住在欣荣贸易公司原住的房间。次日上午，他拎一袋水果及陈敬德托带的一包东西到柚木别墅。德智、登盛不在家，林美珠热情地请坐。

陈国泰将装有铁观音茶、万全堂酒的袋子放在茶几边道："这是阿德托我带给你们的。"

"阿德太客气了。"林美珠明白陈敬德在追求妙妙丹。

芹姨满面笑容地奉茶。陈国泰说明自己离开欣荣贸易公司自立门户，来仰光进米的事。

芹姨笑哈哈道："缅甸一年三季稻，是世界'三大米仓'之一。仰光米颗粒饱满、坚硬，白亮、透明，煮粥、焖饭都好吃，香、可口，可以不要菜，出饭率比别的米高三倍。"

林美珠、芹姨你一言我一语地介绍华侨的碾米厂、经营的米厂。林美珠拿起茶几上的纸笔列一张华侨住址、厂址清单递给陈国泰。

陈国泰将清单折入衣袋，再三感谢，起身告辞。

陈国泰经过一个星期的市场调查，查看各种仰光米、货比三家，与仰光的数家华侨粮行签订敏党、小绞、大绞等仰光米的合同。

这日晚上，陈国泰拎一竹篮水果到柚木别墅告别。德智、林美珠、登盛聊着仰光米。陈国泰想促成陈敬德与妙妙丹的婚事稍稍夸张地赞赏陈敬德。德智、林美珠满意陈敬德及其家庭，但厦门太远了，没有表态。

这日晚，秀丽在整理妙妙丹的房间做卫生，见书桌上《陈三五娘》戏本，好奇地拿起来，翻了翻问《陈三五娘》的故事。

妙妙丹停下绣帐帘的手，放下针线，绘声绘色地讲戏文。

"五娘胆真大，敢私奔。如果是我，我是不敢……"秀丽边擦桌椅边说，见林美珠走进来止住话，拿起抹布离开房间。

林美珠坐在妙妙丹对面指出绣品针角不够齐，线不够匀之处，将话题转到瑞波夫妇对妙妙丹从小到大疼爱的桩桩件件。

妙妙丹立即明白母亲的意思。果然，林美珠讲到盛温、盛暖兄弟俩的爱慕。

妙妙丹胸闷、心乱、羞涩、五味杂陈，一阵阵无以名状的心境。她蹙眉噘嘴说："盛温、盛暖脾气好、品德好、对我好，两家知根知底，可是我没想过要嫁他俩中的任何一人。"

林美珠试探道：“你喜欢阿德？”

妙妙丹心顿时狂跳，血液升温，羞红了脸。

“只是嫁到厦门去太远了。”林美珠对陈敬德及其家庭没得挑剔。陈敬德留学日本，儒雅、英俊、有礼貌，有才气。

妙妙丹反唇：“您从南安嫁到仰光不是更远吗？”

“是啊。刚来时，想家，我经常哭。太远了，回去一趟不容易，一封信来去要二三个月。这里没有娘家的亲朋好友，一切都重新开始。好在你爸对我很好，处处关心体谅。若是遇到一个坏丈夫，有苦都无处诉，被欺负时，连避处都找不到，更不要说有人替你出头，真的想都不敢想会怎样。”

妙妙丹满不在乎：“人是活的。没有朋友，可以交朋友。”

林美珠不知如何说服天真、浪漫的女儿，留下一句话：“我们是不会同意你离开仰光的。”

银色的月光透过粉红色的窗帘，婆娑的树叶投下树影。四周万籁寂静。妙妙丹独靠在的床头，脑海里闪现：站在日光岩上俯视绿树红花掩映中，依山傍海千姿百态的别墅。她想起陈敬德讲的相思树爱情故事的情景。她想住在鼓浪屿的别墅里，早上看日出，晚上，海滩散步，吹海风、听海涛，远望进出港口的邮轮如星的灯光。每日，闲逛在没有车辆喧闹、爬满青藤的幽静的大街小巷。耳听优雅的钢琴声。恬静的鼓浪屿深深地吸引她。她突然萌发像五娘一样出走的念头，追求心上人。

第四十六章　海盗

这日晚上，田原一雄用弹弓往妙妙丹的阳台射纸弹。妙妙丹听见“嗖”的一声连忙走到阳台，拾起一个纸弹，打开纸弹看到条纸上漂亮的汉字：我们在路口等你。她朝阳台下招手的吉田太郎、田原一雄点点头。她到客厅拨电话约陈水仙、尼拉去看电影。

林美珠不知吉田太郎约会女儿没有反对。

妙妙丹、陈水仙、尼拉如约到路口，与吉田太郎、田原一雄一起看电影，然后到仰光河畔的咖啡屋饮咖啡、聊天。妙妙丹有意将话题转到《陈三五娘》的戏文。

吉田太郎立马明白妙妙丹矛盾的心理。他对妙妙丹耳语“你若想去厦门，我们过些天要去厦门，准备明日去买船票。”

吉田太郎注意到妙妙丹的脸擦过一丝微笑。

次日上午，妙妙丹来到吉田太郎与田原一雄的租屋。三人一起去买了头等舱的票。

数日里妙妙丹一会儿为能够与心爱的人在一起而兴奋、激动。一会儿又担心到时无法离家按时上船。

开船前一天半夜，妙妙丹悄悄地起床，借着窗外的月光整理数套换洗衣物，化妆品装入小皮箱。她轻轻地打开窗户，以床单为绳将皮箱缓缓地、小心地放到窗下的灌木丛。她尖着赤脚，蹑手蹑脚地下楼，将皮箱藏好，再回到房间。她迷迷糊糊到天亮。她起床，站在窗口，偷看院内，见父亲、哥哥出门，赶紧下楼洗漱、吃早饭，伺机出逃。

林美珠一直在客厅绣花。芹姨时进时出。妙妙丹心急如焚地对着翡翠玉观音祈求："保佑我吧。"

"你有事吗？"林美珠感觉妙妙丹有事瞒着自己问。

"没有。"妙妙丹镇定地说。

林美珠凝视道："那你为什么在我面前绕来绕去的。"

妙妙丹想照这样下去无法离开，又一想钱、船票都在身上，大不了不要行李。她上楼换上一套满意的缅服笑说："我出去买绣线。"

林美珠停下手中的针线说："芹姨过一会儿要上街，叫她顺便买回来。"

一会儿，芹姨拎着篮子准备出门，妙妙丹说："芹姨，你帮我买一些绣线。金黄色，绿色、橘色、红色各买一支。一定要买到，我等着用。"

芹姨一走，妙妙丹像刚想起似地敲着自己额头说："昨晚，永康叔挂电话叫你今天早上去觉民社一下。"其实妙妙丹没有忘，而是等待最佳机会再说。

妙妙丹边帮秀丽拧床单边偷看母亲，见母亲走了，连忙叫印度保安过来帮忙拧床单。印度保安背对大门、灌木。妙妙丹快速地冲到灌木下拎出小皮箱，轻步跑出家门。她怕遇见熟人，低着头，快步到街心。

吉田太郎、田原一雄已拎着行李等候，正焦急地左顾右盼。三人雇两辆人力车赶往码头。

"嘟……"一声汽笛长鸣后，船缓缓驶出码头。船上的人与送行的人挥手告别。妙妙丹望着渐渐远去的仰光港，美丽的仰光变得模糊。船头的前面是茫茫的大海，此时她的脑海空茫茫，兴奋一扫而去，眼眶湿润，喉咙哽咽，泪水"唰唰"流下。

吉田太郎连忙递上手帕。

妙妙丹接过手帕擦泪，不禁哭出声来。

吉田太郎理解妙妙丹的离别之情。

林美珠从觉民社回家，许久未见女儿身影，问叶丽珠、印度保安、秀丽，都说没有注意妙妙丹。林美珠上楼到女儿卧室，卧室无人，但见梳妆台的香水瓶压着一张信纸。她急步入室，拿起信看。信上说：我去厦门找阿德了。前些天买了一张与吉田太郎、田原一雄同船的票，别担心。

林美珠没有想到陈三五娘的戏会发生在自家。她转身跑下楼，出门，雇上人力车，直奔码头。大船已成一叶小舟。

林美珠心急火燎地急步到善缘玉店。

德智、登盛惊愕妙妙丹的任性，胆大，私奔到那么遥远的地方。

登盛当即去买船票，没有直达厦门的，便买到香港的船票，从香港转厦门。

林美珠不愿意这种伤风败俗之事传扬。只说女儿跟人回南安看外公、外婆去了。秀丽装作不知。芹姨守口如瓶。印度保安不爱打听主人家事，此事没有扬传。

妙妙丹一直坐在船舱里。一会儿为自己勇敢地成为五娘而得意，一会儿担心父母生气。

“你真勇敢，敢做五娘。到厦门，我要叫阿德付我照顾你的费用。”吉田太郎说笑话、趣事，想驱散妙妙丹忐忑不安、伤感的心境。

吉田太郎见妙妙丹脸色苍白，痛苦万分，断定她晕船了。吉田太郎一次次地扶着妙妙丹到厕所呕吐。

吉田太郎到商场买一小盒晕丹灵、一小盒虎标万金油、一两咸金枣。突然，他眼前闪过一个戴白荷兰帽，身着白衬衣、白皮鞋、宽肩、魁梧的背影。陈国泰！他也在船上。吉田太郎没有唤陈国泰。

陈国泰从商场买两包烟，点上一支烟，惬意地深吸一口，缓缓地吐着烟，走到冲洗过未完全干的一等舱甲板。干净的湿润的甲板令人清爽。他心疼地买了一等舱。这些年跟着陈敬德父子让他知道做生意要有消息、情报。一等舱都是有权势、有金钱、有很多信息的人，也就有很多的机会。

吉田太郎回到船舱没有告诉妙妙丹、田原一雄看见陈国泰。他刮了一点万金油擦在妙妙丹两边的太阳穴，轻轻地揉。

“我原来是不会晕船的，这次不知怎么啦。”吐空了胃的妙妙丹舒服许多，有气无力地说。

田原一雄倒一杯开水，用另一只空杯对倒散热。妙妙丹饮了数口温开水，服下晕丹灵。吉田太郎倒出数粒咸金枣递给妙妙丹。妙妙丹放入口中，顿时生津入胃。妙妙丹没想到吉田太郎如此细心，这么会照顾人。

吉田太郎心疼地望着“水番婆”苍白、倦意的脸色劝她睡一觉。吉田太郎、田原一雄告退回到自己的船舱睡觉。

晚餐时，让田原一雄到妙妙丹船舱叫醒妙妙丹，自己去餐厅买三份饭。吉田太郎戴上白礼帽，压低帽檐，双眼左瞟右瞄，不想撞见陈国泰。

餐厅整洁，男女均衣冠端正、清洁，态度温文尔雅。吉田太郎进入餐厅，买了三份饭菜快速离开餐厅。

田原一雄敲门声惊醒迷迷糊糊昏睡的妙妙丹。她懒懒地说：“稍等一下。”

妙妙丹无精打采地梳妆一番，见镜子里的自己整洁清楚，才开门。

田原一雄一见妙妙丹就全身热血沸腾，心怦怦跳。他关切地问：“还难受吗？”

妙妙丹脸色、精神状态都好了许多，微笑道：“好多了。”

田原一雄激奋得胸脯急剧起伏，兴奋地教妙妙丹防晕船。

一会儿，吉田太郎满面微笑端着三份晚餐进来。

妙妙丹呕吐感觉退了，胃口不好不想吃。

吉田太郎、田原一雄哄劝妙妙丹慢慢吃完白粥。随后的数日里，一日三餐都是吉田太郎、田原一雄从餐厅买到妙妙丹的船舱，哄妙妙丹吃。

每日，陈国泰数次到宽敞的甲板、室外依栏观景和散步、聊天。有时到室内游泳池游泳、健身房健身、土耳其浴室洗澡。他不太喜欢看书，却喜欢图书馆的宽敞、明亮、静谧、舒适的沙发、精美的图书。

他待一会儿，看一看杂志、报纸。他喜欢与不当班的水手戴德耀、李思源、苏文德、蔡宗保到一等舱公共休息室吸烟、聊天；到酒吧饮酒、聊天；到舞厅跳舞，到电影室看电影。他不到赌场，担心忍不住赌一二把，万一输了，生意也做不成。

数日后，妙妙丹不晕了，坚持要自己前往餐厅吃饭。玉石路之行吉田太郎了解陈国泰一日三餐的饭点，尽可能避开陈国泰饭点，祈祷不要撞见陈国泰。

陈国泰走进舞厅。灯火通明的演奏台，乐队正演奏华尔兹舞曲，舞池里一对对先生与女士正享受着舞的欢悦。陈国泰找一个空位坐下，要一杯酒。突然，他看到妙妙丹与吉田太郎跳舞，以为自己看错定神细看，惊喜万分。曲终，舞池的先生、女士款款走向自己的位子。陈国泰走到吉田太郎、妙妙丹的位子，见田原一雄坐在另一旁。

吉田太郎表明妙妙丹要到厦门找陈敬德。陈国泰笑了笑。他看出吉田太郎的企图。

此后，陈国泰、吉田太郎、田原一雄、妙妙丹多了一项快速打发时间的消遣打麻将。

“双美”号邮轮行近马六甲海峡。海峡狭窄处多，水道繁忙，船多，海盗猖獗。邮轮巡逻队加强巡逻。驾驶员和值班舵工在驾驶台保持瞭望，开启两部雷达并保持系统的观测。

这晚，舞会至午夜散。陈国泰、吉田太郎、田原一雄将妙妙丹送至船舱，叮嘱关好门。

陈国泰回舱将外衣置枕边，将匕首绑在小腿上睡觉。

夜幕下的马六甲海峡一片宁静。两组防海盗值班人员手持太平斧不间断巡逻，警惕地盯着漆黑的海面。

尖锐的汽笛声刺破黎明的宁静，酣睡的人从梦中惊醒。海盗！陈国泰跃身跳下床，披上外衣往外闯，冲到妙妙丹的船舱，急敲门喊：“妙妙。”

妙妙丹被汽笛声惊醒，躺在床上听动静，听得陈国泰急促的敲门和呼叫声，忙起来开门。

陈国泰急促地说："可能遇到了海盗。"

妙妙丹惊恐："海盗？！"

陈国泰笑着安慰："免惊，有我在。"

这时吉田太郎、田原一雄冲进来，见陈国泰已先到松了一口气。田原一雄微笑："还是泰哥快。"

吉田太郎突然蹲下，双手在地板上搓，其他三人还没反应过来，吉田太郎的脏手就往妙妙丹脸上抹。陈国泰等三人佩服吉田太郎周细。

船长立刻发出警报求助，并下令：驾驶台留一名舵工协助船长操控船舶；大副和轮机长带领船员立刻到甲板上严阵以待。

船员们向海盗船投火把、石灰粉等，击退海盗的第一次进攻。

数分钟后，海盗快艇快速向右舷靠拢，利用船员躲避密集子弹的时机迅速将铁梯挂上船舷。

5分钟后，海盗船一边向船员疯狂扫射，一边登船。十余名身穿黑衣，头扎红头巾的海盗抛出绳索。绳钩钩住甲板，海盗沿着船侧爬上船。两名海盗举起自动步枪砸碎驾驶窗。一名海盗把唯一一个值班船员堵在角落里，用枪顶着他的脑袋。另一名海盗守住值班室。

突然，妙妙丹的舱门猛地被撞开，冲入两名手持冲锋枪的海盗。其中一个用英语大叫："出来，跟我们走！"

妙妙丹惊恐地双手紧紧地抓住陈国泰、吉田太郎。四人走出舱门。

船上叫骂声、哭喊声混合着闷雷般的波涛声。不到十分钟，东躲西逃的大部分乘客被赶进舞厅。先生们紧贴在披头散发的、惊恐的女士身边低声安慰。陈国泰极力控制自己的怒火，观察事态发展，想对策。

陈国泰拍着妙妙丹颤抖不止的肩："免惊，有我在。"

陈国泰铿锵有力的五个字如五粒镇定丸镇住妙妙丹恐慌的心，陈国泰有力的大手止住妙妙丹颤抖的周身。她敬佩地看着神情镇定的陈国泰。

吉田太郎沉静地说："有这么多人，没什么可怕。"

一群海盗大汉簇拥一个英俊青年走进舞厅。众人猜测是海盗头目。海盗们握着刀、枪，把船上的人逼到舞厅的一角。

俊青年令手下："把你们身上的宝贝都拿来。"

众人惊讶盗首是一个美女。众人担心受伤害，纷纷摘脱戒指、项链、耳环、手镯、手表。海盗搜抢珠宝，交给美女盗首。

美女盗首问："他们的行李检查过了吗？"

五个海盗大汉迅速离开舞厅到船舱去搜查行李。

一会儿，数位海盗将捧着的"战利品"、"哗啦"、"哗啦"倒在女盗首面前。妙妙丹看到自己的碧绿的玉镯、项链、手链。吉田太郎、田原一雄也看见自己从善缘玉店买的玉镯、玉佩。海盗们得意地欣赏着金银珠宝、美玉。"他们的牙齿检查过了吗？"一位粗壮的海盗粗声粗气地说。数位海盗逐个检查牙齿，果然在数人口里发现数颗金牙。

一个黑胡子海盗拿着一个麻袋来，一个黑卷发海盗跟着蹲下装金银首饰，两人抬关沉甸甸的麻袋跟着女盗首走。

夜，难熬的夜。性急的陈国泰终于按捺不住挪向吉田太郎轻声："我们不能等死。"

"硬拼不行，这些海盗手里有枪，他们个个强壮得像野牛，我们这里又有这些弱不禁风的女人和小孩。"吉田太郎叮嘱。

绝望的阴影梦魇般压得妙妙丹六神无主，四肢不停地抖动。吉田太郎挪到妙妙丹身边，暗中紧紧握住妙妙丹的手："别怕！"

陈国泰、吉田太郎耐心等待机会，等待海盗们送食物和水来。突然，外面甲板上传来海盗们的欢呼声"到家了！"海盗们狂蜂般拥进舞厅，兴奋地冲进人群抓住女人就狂抱乱吻。男子都跳起来，奋不顾身地保护自己的妻女。

一个海盗抓住妙妙丹的手怪笑："姑娘真俊。"

陈国泰挥拳砸向海盗的鼻、嘴。陈国泰身后窜出两个海盗死死地抱住陈国泰。陈国泰后脚踹两海盗。两名海盗疼得呱呱叫。

一名海盗想撕妙妙丹的衣。妙妙丹牙咬，脚踹。

吉田太郎冲上前对着海盗的头部就是一拳。海盗松开妙妙丹，一拳砸向吉田太郎。田原一雄冲上前一拳顶回。

海员如梦方醒冲上前与海盗搏打。美女海盗朝天打了一枪，众人戛然而止。

两个海盗迅速抓住妙妙丹。

陈国泰眼疾手快抓住一位黑胡子海盗厉声道：“看谁敢动她。”

美女盗首突然命令手下：“放开她。”

美女盗首盯着陈国泰用英语问：“闽南人？”

陈国泰用英语怒声怒气道：“是。”

美女盗首惊喜地用闽南语唤：“胡须哥，你还记得我吗？”

陈国泰细看一会儿想起往事。很多年前，陈国泰到马六甲谈生意，路上见一伙歹仔欺负一位女孩，上前与一伙歹仔打起来。歹仔打了十余个回合觉得打不过就跑了。陈国泰见那个女孩可怜给女孩一些钱。没想到女孩成了海盗头。

女盗首兴奋道：“‘看谁敢动她。’你那如雷的声音一直在我的耳旁回响。你刚才一吼，熟悉得令我震惊。”

“为什么做海盗？”陈国泰关切地问。

美女盗首面无表情说：“我父母死了，我们兄弟姐妹得到一位好心人支助。后来就跟着他做。我嫁给他的儿子。在一次劫船中，家公和丈夫都被打死了。我要养孩子没办法。惹是有办法，我怎么也不会过这种提心吊胆、随时可能死的日子。”

“等我发大财一定不让你当海盗。”陈国泰信誓旦旦地说。

女盗首笑哈哈：“祝你发大财。”

陈国泰恳求放人、船和还东西。

“人和船放行。船上的物质、船客的金银珠宝不能还。”女盗首诉苦，遇到长时间没有劫到物质，没有生活来源。他们有时吃发霉的米，拾菜摊倒掉的菜。

第四十七章　突变

陈敬德收到登盛的电报说要来厦门充满喜悦，盼着早日见到心动的人。数日后，陈敬德的喜悦变成了恐慌。“双美”号失踪的各种传言如一颗炸弹炸得厦门人心惶惶。

树铭太太惊疑看着黄敬德：“水番婆怎么会在船上？”

陈敬德没有言语。

树铭太太埋怨：“这个查嫫孩胆太大，敢自己跑来厦门。这种番脾气，我们能受得了？”

陈树铭不悦：“还是先保佑妙妙平安吧。”

数日里，阴霾笼罩厦门、鼓浪屿、安旺别墅。陈敬德食无味，睡无眠，如坐针毡，无心公司的事，忙着打听“双美”号船的消息后，默默祈求陈国泰、妙妙丹平安。

每日，苏爱梅都到安旺别墅打探陈国泰的消息。淡淡的妆掩不住她憔悴的面容、哭肿的双眼。树铭夫妇、陈宝珠总是宽慰苏爱梅。

半个月后，“双美”号船和人安然无恙的消息振奋厦门。陈敬德兴奋地计算着船到厦门的日子。

这日上午，水仙码头上，人们望眼欲穿。陈敬德、陈宝珠、登盛、苏爱梅翘首以待多时。他们担心如数日前乘兴而来，败兴而返。

“船来了。船来了。”码头上的人惊喜地欢叫，激动地等待亲人出现在面前。

陈敬德、登盛、陈宝珠跟着苏爱梅跑，见陈国泰两手各提着一个皮箱，妙妙丹拎着女包，远远走来。

苏爱梅朝妙妙丹友好地笑了笑，走到陈国泰的另一边。妙妙丹迅速打量一眼苏爱梅，长得还算漂亮。陈敬德兴奋地接过陈国泰手中的皮箱，走到妙妙丹的身边喜得不知说什么。

一路上，陈国泰绘声绘色地讲述惊心动魄的遇险记。

陈国泰得意接口："很多年前，我到马六甲谈生意，路上见一伙歹仔欺负一位查嫫孩。我一人打了那一帮人，救了那个查嫫孩。我还给了她一些钱。没想到她成了海盗头。我叫她放了大家。她留下船上的物质、船客的金银珠宝，人和船放行。"

陈宝珠敬佩道："你一人救了一船人啊。"

陈国泰得意地看着陈敬德说："这就是'爱管闲事'的好处。"

妙妙丹赞道："男人就应该这样，路见不平，拔刀相助。"

陈国泰、苏爱梅与陈敬德等人道别，一起到天一大厦拍电报给德智，报告妙妙丹毫发无损抵达厦门。陈敬德、陈宝珠、登盛、妙妙丹到安旺别墅。

次日晚，陈树铭在家中设宴为陈国泰、妙妙丹压惊。

晚宴后，客房。登盛语重心长地对妹妹说："小时候，盛温、盛暖就护你，好吃好玩都想到你。我们两家知根知底。"

妙妙丹不耐烦："我从来没有想过要嫁给他们兄弟俩的任何一人。"

登盛耐心开导妙妙丹深谈到午夜。

次日晚，陈敬德请登盛、妙妙丹、陈宝珠、陈国泰到中华茶园看木偶戏《水浒传》。小木偶解衣、拔剑、插剑、细腻逼真，动作惟妙惟肖令登盛、妙妙丹惊叹，诙谐风趣的台词让登盛、妙妙丹发笑。

戏毕。看戏的人涌向茶园右边的二十余家风味小吃摊。陈国泰占了一个桌子。陈敬德点一大碗线面糊、一碟海蛎煎、一碟九重粿。

陈敬德不时地瞧妙妙丹。妙妙丹的目光总是地躲着陈敬德火辣辣的目光。陈敬德的心儿一阵阵激动地跳荡。他想：没想到妙妙丹还这么害羞。

第三日近晌午，陈国泰、陈敬德、陈宝珠到水仙码头送登盛、妙妙丹回仰光。

送走登盛、妙妙丹后，陈国泰紧锣密鼓地准备开业。在雍菜河的大榕树边租一间店铺，外间卖米，里间作厨房兼卧室。吉日吉辰，陈敬德、许志平、郑成安、林强等人捧场，陈国泰燃放鞭炮，“陈记仰光米店”开业。陈国泰雇堂哥陈国建、堂弟陈国宁做伙计。每日，陈国泰带着苏爱梅到各国领事馆的领事、工作人员家中送仰光米。苏爱梅教他们用仰光米焖干饭、煮稀饭。

一日三餐，在店门口，苏爱梅请过路人尝仰光米焖干饭、稀饭，介绍仰光米。

苏爱梅心疼白白的仰光米说：“一分钱没挣，去了百余斤仰光米。”

陈国泰笑道：“没出哪有入。要收成就要先播种、施肥、浇水。不要看目前，要看日后。”

一个月后，开始有人上门买仰光米。陈国泰告诫苏爱梅、陈国宁、陈国建说：“对任何人称头都要足，切不可短斤少两，因小利失去大利。对老人、身体不好的人、手脚不方便者送米上门。”米店送米的白粗布袋是苏爱梅绣的一株金灿灿的稻穗和红字“陈氏仰光米店”。

苏爱梅记账，并记录购米者的住址。数月后，陈国泰、陈国宁、陈国建、苏爱梅渐渐掌握了购米者家中用米速度、用量。在客户米快吃完时，主动送米上门。陈国泰叮嘱陈国宁、陈国建送米时，顺便将原缸底的米倒出，擦干净缸底，米不会生虫，变霉。冬天，一个月一次，秋天约二十天一次，春夏十五天一次，保证米的新鲜。

晚上，陈国泰带陈国宁、陈国建去讲古场听故事，有时讲世界各地趣事、笑话给陈国宁、陈国建听。潜移默化，他们不同程度地有了陈国泰“讲天抓皇帝”的风范。送米时，他们见该户人家有空，便会停留下来，说说话，聊聊天，绘声绘色地讲故事、趣闻、笑话，逗得男女老少笑得泪花滚滚。客户家人都喜欢送米时带来的快乐。

鼓浪屿越来越多人食用仰光米。高级酒店采用仰光米。一些粮行陆续地找上门批发仰光米。仰光米在厦门打开销路。陈国泰开始以批发为主，零售为辅。

这日上午，陈国泰正准备出门时，吉田太郎、田原一雄走进“陈氏仰光米店”。陈国泰分外高兴“双美”号被劫一别数月，相见分外亲切。吉田太郎说想在厦门开茶叶公司。田原一雄在日本三井洋行厦门分行工作。

陈国泰当即约吉田太郎、田原一雄傍晚在“苞记五香店”，为其接风。

傍晚，陈国泰到“苞记五香店”找临街窗的一张桌子并点好菜。一会儿，陈敬德走进来在陈国泰身边坐下。四个人边吃边饮边聊。

吉田太郎在驻厦门日本领事馆附近购置一座二层闽南红砖别墅。外部简洁，红砖白灰勾线，不引人注目。内部装修富丽堂皇。一楼客厅、餐厅、卫生间、娱乐室、带卫生间的私密会客室。客房、书房兼办公。带卫生间的洗澡间。客厅是日本式的推拉门。一张短脚茶几，长边各铺二张棉垫。柚木板的榻榻米。一个千余平方米的庭院。院前的相思树、榕树、樱花、草坪、灌木、盆景错落有致。田原一雄在三井洋行有一套宿舍，更多时间与吉田太郎做伴住红砖别墅。

这日晚，吉田太郎、田原一雄、福岛次郎在吉田红砖别墅客厅边品尝铁观音边议搞到铁观音制茶秘籍。

吉田太郎浅笑道：“铁观音风靡世界。英国、德国、荷兰等欧洲各国、东南亚各国都以铁观音为镇店之宝。1858年至1864年英国从厦门进口铁观音1800吨。厦门输出铁观音最高时3000吨。安溪人在东南亚开的茶叶店有一百余家。”

田原一雄点头道：“我会与福岛一起与‘胡须陈’合作开好茶叶公司。”

吉田太郎、田原一雄、福岛次郎都是首次到厦门人生地不熟，只得依靠陈国泰、陈敬德。正遇上陈国泰另起炉灶，极力劝陈国泰合作开茶叶公司。陈国泰对开茶叶公司不感兴趣，碍于玉石之路生死之交，带着吉田太郎、田原一雄、福岛次郎跋山涉水到安溪县各地品茶、看茶、聊茶。

制茶的基本工序复杂而神秘。每一道工序都有很细的细节经验，一个细微的不足都将影响到茶叶的色、香、味。陈国泰总是用闽南话与吉田、田原、福岛交流，目的是让茶农知道这三个日本商人是“闽南通”。一些聪明的茶农能很好地把握分寸，点到为止。有的茶农为显示自家茶的品质，眉飞色舞地介绍制茶经验。陈国泰担心泄露制茶技术就见机，若无其事地走到言者身后，触碰言者。多数言者能恍然大悟地住嘴。

陈国泰在安溪与吉田太郎等人道别，从安溪直接回南安金淘。

和贵夫妇、黄怡琴知道陈国泰只留一天，也高兴。晚餐，陈国泰请衍明父子共饮番薯酒。陈国泰神采飞扬地描叙厦门城市建设，华侨、外国人到鼓浪屿投资建领事馆、别墅。他笑哈哈说：“这是发财的大好机会。我头一个就想到师傅。”

陈国泰绘声绘色的宣导，仿佛厦门、鼓浪屿到处是黄金，弯下身，挖数锄头就可得到。

衍明之父笑赞：“跟着陈先生父子走世界，你的口才更不得了。看着满地的钱，不弯腰去拾说不过去。”衍明父答应组建一支木匠队跟着陈国泰干。

次日清晨，陈国泰带着黄衍明赶到惠安。

惠安县城不大，商贾云集。2米余宽的街道两边绸布店、打金银店等商铺鳞次栉比，店铺多为土木平屋，少数为二层小楼。碎石板路面被行人足履踩踏得滑亮。为防盗匪，东西南北四个方向分别设五座隘门，入夜隘门关闭，通八间街的隘门楼上夜间值班守护。陈国泰、黄衍明无心逛繁华的街市直奔花岗岩场。在县城住了数日，与数个花岗岩场谈定购买花岗石之事，聘请二位著名石雕师。

陈国泰快速建起一支花岗石和石雕队。由黄衍明负责购买花岗岩，陈国泰与林强找买主，然后由陈国宁、陈国建直接送往买主指定的地点，或卸到陈国泰租的仓库。

陈国泰与许志平建立合作关系。衍明父负责的木匠队不仅包下建房门窗、吊顶和地板的活，且包下业主的家具活。木匠队师徒个个认真，不因为赶工而粗制滥造。木匠队、石雕队技艺精湛、细、精、巧吸引了许多业主。陈国泰对边角料用心琢磨，材尽其用，用好下脚料，替雇主省木料、石料，雇主开心、赞叹。许多人找上门来，生意接踵而来。

从缅甸进口的柚木、红木赶上鼓浪屿业主装修、做家具的需求。卖木料、石料赚一斗。当陈国泰的粮库里堆满粮食，粮价上涨，再赚一斗。应验了那句老话“钱找人会旺，人找钱会疯。”陈国泰还清建别墅的贷款还有足够的资金装修别墅。此时鹭江道、中山路地皮每平方米130银元，古城东路每平方米40银元。陈国泰没有一次性还清贷款，将钱买地皮、投资房地产。

陈国泰的别墅取名心怡。占地千余米。白花岗方柱镶红铁栅。正门花岗岩正方柱，镶入10公分的钢管三米宽的双铁门，铁门顶为圆弧形，正中是面对面的一对金葫芦、金浪花。正对铁门是一幢三层楼爱奥尼克式的别墅，冬暖夏凉。两侧为六棱柱形，棱柱间是一扇窗；两厢间是栏杆，正中二根圆柱，玻璃窗后都装上铁栅。花岗岩台阶亮丽淡雅，镶上醒目的白色、蓝色条纹区别，在雨夜里都不会踩空。金丝柚木的门框、窗框。门窗之楣都是精致的浮雕。赤楠木的地板，楼梯富贵、豪华，实用。

楼前栽数棵相思树、一棵榕树、茉莉花、月季花。楼后种一棵枇杷树，两棵石榴树，　棵龙眼树、一棵紫荆树。

心怡别墅的家具都是陈国泰与衍明父子共同打制的。二层东是黄怡琴的卧室。她满面微笑、幸福而满足地看着室内的紫檀木家具。一张细雕工刻精致、鎏金吉祥图案、雕花栏杆、茶花装饰花板的二十四堵带排楼的床。以红色为主色调的床挂着红绫罗丝帐。一对18K黄金蚊帐钩，分别刻着隶书“百子千福”、“天长地久”。一个双开大橱，一张长形桌上排着一个青花瓷的花瓶。两张圆面小椅。衣橱的一扇门上装有镀水银厚玻璃镜。浮雕鎏金花鸟图案的角柜、角架、小巧梳妆台、柜。

黄怡琴走到隔壁儿女间。两张小床、两张书桌、两张靠背椅、一个书橱、一个衣橱。

与此同时二层西屋，苏爱梅满面灿烂满足地欣赏家具。家具的款式、件数与黄怡琴相同，以栗色为主的二十四堵带排楼的床挂着粉红绫罗丝帐。一对18K黄金蚊帐钩刻着精美梅花。

三层东是陈国泰的卧室，三层西最里间是和贵夫妇的卧室，隔壁是国泰堂伯、堂伯母的卧室。四位老人可以避免有人经过吵闹。

一层客厅、餐厅、牌室、客房、蔡管家和其他佣人的房间。厨房、浴室、卫生间。

吉日吉时，陈国泰点鞭炮，燃灶火。雇请的蔡管家、旺婶、丽珠忙着用新锅煮鸡公等各种美味佳肴。和贵夫妇、黄怡琴的两个妹妹及妹夫，国泰的伯伯、伯母、叔叔、婶婶、堂伯伯、堂伯母及堂兄弟姐妹等人都来庆贺。心怡别墅的客房住满人，充满乔迁的喜庆。

客厅、饭厅摆了七桌。新居人气旺盛，一片嬉笑声。

德智、林美珠了解妙妙丹认定的事十匹马拉不回，决定不反对女儿的婚事。陈敬德是一位才貌双全、知书达理的好青年。厦门是一个美丽的港口城。气候好，空气好。德智、林美珠决定成全此桩婚事。

林美珠对德智说："陈敬德相貌堂堂，知书达礼、斯文。树铭太太温和、通情达理，婆媳不会难处。陈宝珠与妙妙丹投缘，姑嫂也不难处。妙妙丹嫁到这样的人家可以放心。"

林美珠走进妙妙丹的房间。

正靠在床头遐想的妙妙丹见母亲进来，移了一下臀部，坐正。林美珠在床沿坐下，直入话题道："我和你爸商量，同意你嫁给阿德。"

林美珠原以为女儿会欢天喜地，没想到女儿默默无语。她一时无语，心想：女儿上次到厦门改变主意了？陈敬德怎么啦？

沉默的数分钟后，林美珠盯着女儿问："怎么啦？"

妙妙丹起身走到桌边，倒一杯温开水，饮一口，看了一会儿母亲，鼓起勇气说："我想嫁给泰哥。"

一向和声细语的林美珠大声惊道："什么？陈国泰？"

妙妙丹见母亲惊大的双眼，低头说："是。"

"厦门、海盗劫船、你和阿泰……"林美珠找不到合适的词句表达意思。

妙妙丹明白母亲想说的意思说："他很规矩。我喜欢泰哥的男子气。"

"你以前不是说他没读书，很粗鲁，脸板板的，没有笑脸。"林美珠提醒女儿说。

"他没进学堂，但是看的书很多。他记忆很好。他比那些读书多的人知道的东西更多。他忠厚老实，让人信任，有安全感。他豪爽、热情、勇猛。他非常聪明，口才好。"妙妙丹充满崇拜讲述陈国泰勇斗海盗的故事。

林美珠敬佩陈国泰的勇猛、侠义。少女最容易崇拜这种男子。她担心道："陈国泰生得正人（帅），很有男子气。他'臭腥神'，很讨女人喜欢。你能受得了女人围着他吗？嫁给陈国泰做'小姨'（小老婆）家庭有失脸面。家穷、生活所迫的姑娘才给人做'小姨'。有头有脸人家的姑娘哪有给人做'小姨'。三个查嫫人一个安（丈夫）很难相处。爱是自私的。如果陈国泰给你的爱多了，那两个太太心中肯定不好受，心理不平衡，嫉妒。你这性格很难与他的两个太太相处。论长幼，先来后到，你要被两个太太管教，你受得了吗？"

妙妙丹听完母亲的话，不以为然道："我不惹她们总可以吧。"

林美珠知道女儿没有听进自己的话语重心长劝道："说的容易，做的难。牙与舌最亲密，有时牙还不小心咬到舌。你和两个太太生活不是一二个月，可以忍耐；也不是一二年，而是几十年的事。"

林美珠苦口婆心地举许多事例仍说服不了女儿，无奈地、忧愁地走出房。

登盛见母亲满面忧虑，问明原因，大吃一惊，无论如何都想不到妹妹会要嫁给陈国泰。他走向妹妹房间。妙妙丹望着母亲离开的背影，思索着如何说服父母同意自己嫁给陈国泰。她见哥进来的神情，猜出哥哥来的目的。

登盛在桌边的一张靠背椅坐下，直入主题谈："我知道你为什么想嫁给陈国泰。你是崇拜英雄。陈国泰与海盗搏斗的勇猛、聪明，敢想敢干。你崇拜他，喜欢他是一回事。嫁给他就是另一回事。阿德斯文、温和、脾气更好，作为丈夫，阿德更适合你。"

妙妙丹的脑海塞满陈国泰络腮胡的俊脸，磁性洪亮的声音，宽肩、挺拔、魁梧的身膀，登盛的话一句也没有听进。登盛苦口婆心至午夜，妙妙丹没有一丝回心转意。

陈敬德掐着手指算，这一年就要过去了，登盛、妙妙丹的信越来越少，越来越短。一天等一天，度日如年。过了一个半月，他分别写信给登盛、妙妙丹。问是不是父母还不同意？这日上午，陈敬德同时收到妙妙丹兄妹的信。他迫不及待地撕开妙妙丹的信。二张信笺写了近期的所见所闻，最后写明自己喜欢泰哥。陈敬德沸腾的热血顿时冷却。他急忙撕开登盛的信。信很短，半页信笺。写了一些客套的问候，一些近况，说想不到妹妹想嫁陈国泰。家人都反对妹妹嫁给陈国泰做妾，正在说服妹妹。

陈敬德始料未及，心差一点儿蹦出来，脑海一片空白。他无法理解、想不通事情怎么会一百八十度变化。这就是父母担心的“番”性吗？

与此同时，陈国泰也收看了妙妙丹兄妹的信。登盛信中写：三个女人一台戏，女人之间本不容易相处。尤其爱同一个男人的女人们那就更难相处，相互嫉妒、猜疑、生恨。希望陈国泰来信劝一劝妹妹。陈国泰的惊愕不亚于陈敬德。他敲了敲脑门，确定不是做梦。他无法理解，想不通，脑海一片迷惘。妙妙丹为了嫁给陈敬德不顾家人反对私自跑来厦门。怎么会变成要嫁给我呢？难道这就是“番”性？这么富贵、娇宠、漂亮、年轻的妙妙会想嫁给我？此刻他想：阿德一定会误会我。他当即挂电话约陈敬德面谈。

“没空。”陈敬德正痛苦着，瓮声瓮气地说了一声，挂掉电话。

陈国泰明白陈敬德看了德智兄妹的信后一定极度的伤心。他急匆匆地到欣荣贸易公司，没有找到陈敬德，又匆忙赶到安旺别墅，陈敬德不在。树铭太太见陈国泰急急忙忙的神色，追问何事。陈国泰边快步走边说：“回头慢慢说。”

陈国泰走进“闲闲茶行”见陈敬德独自饮茶。小茶桌上放着一壶茶、一碟贡糖。

陈国泰在陈敬德对面坐下。陈敬德眼都不抬，闷头饮茶。陈国泰自己倒了一杯，一口饮下，连饮三杯，见陈敬德仍不抬眼不说话，急道：“我没上过学，但我懂得道理。我没对不起你。我知道你爱她，我不可能对她有什么的。我说话都很注意，说了你很多好话。”

陈敬德仍无语，自己续开水，倒了一杯茶饮。

陈国泰更急更大声说：“你是一位有文化、有头脑的人。这么简单的道理都不知道。她是金枝玉叶，我配不起，也养不起。我有两个嫫（老婆），两个查嫫孩。我怎么会有非分之想。她的父母不可能让她做我的小姨婆。”

陈敬德相信陈国泰与妙妙不会有什么事。陈国泰仁义、肝胆喜欢开玩笑，但是有节度。陈国泰的一番肺腑之言字字在理。

陈国泰急了，忍不住嚷嚷道：“我不是傻人，我不是吃塞（屎）的。我会抢你爱的人吗？”

陈敬德挪一下身，绷得脸松了，为陈国泰倒了一杯茶，为自己倒了一杯茶，闷声闷气说：“我相信你。”

陈国泰松了一口气，荡起笑容，一口饮尽杯中茶，为自己倒一杯，缓了语气道：“你赶紧去仰光，当面说清楚。今晚，我就写信给水番婆，明确告诉她我不可能娶她。”

第四十八章　追梦

树铭太太不放心陈敬德失魂的状态独自去仰光，让陈宝珠陪同照顾。在船上的半个月里，陈敬德食无味，睡不安，满脑想着如何说服

妙妙嫁给自己。为了驱散哥哥的忧愁，陈宝珠不时地问缅甸、新加坡，马来西亚的风景、风俗。

这日傍晚，终于到达仰光的欣荣贸易公司。门卫夫妇见陈敬德到来非常高兴。门卫阿姨用仰光米煮陈敬德喜欢的稀饭、炒了陈敬德喜欢的腌萝卜、芥菜，红烧五花肉。

陈敬德没有口味简单地吃一碗稀饭、数口咸萝卜。陈宝珠被哥哥的心情影响只吃一碗稀饭、数口炒芥菜。

门卫夫妇发现陈敬德兄妹情绪低落，不敢问发生什么事，试探地说："坐船辛苦，早点睡。"

陈敬德住原来的房间，陈宝珠住隔壁。洗过澡，兄妹俩舒服地睡了一夜。第二天早晨，陈敬德精心梳好二八背头，黑亮，顺溜，身穿乳白绸缎短袖衬衣，月白色哔叽长裤，橙色皮鞋。陈宝珠身着小碎花绸缎连衣裙拎着铁观音茶、咸酸甜、贡糖等伴手礼，心事重重地走向柚木别墅。

林美珠热情地迎入陈敬德兄妹俩。芹姨欢喜地泡茶，到厨房煮点心。

陈敬德刚刮胡子的脸挤出的笑容掩饰不了憔悴。林美珠见陈敬德面色苍白消瘦，眼圈乌黑，母爱油然而生。她知道说什么话都不能安慰失恋的人。林美珠让秀丽去找妙妙丹。

林美珠关心地打听厦门、泉州、南安的近况。陈敬德兄妹你一言我一语地详尽所知。

一会儿，芹姨端出两碗热腾腾、香喷喷的面线蛋。陈敬德兄妹俩心事重重，胃胀胀，无食欲，再三婉拒："刚吃过早饭，真是吃不下。"

林美珠、芹姨理解，不再强求。林美珠开导："姻缘是注定的。你也不必急、不必难过。"

妙妙丹跟着秀丽走进客厅，尴尬地笑牵陈宝珠的手问这问那，眼睛躲避陈敬德的眼睛。

林美珠说带陈宝珠看院里的花。陈宝珠会意地起身跟林美珠出厅到院里看花花草草。

客厅里只剩下难受的陈敬德和别扭的妙妙丹。妙妙丹为陈敬德倒了一杯茶，自己倒了一杯，一口饮完。两人一时间不知说什么，尴尬的沉静令人窒息。

陈敬德温和地问："为什么？"

妙妙丹坦诚道："那次船被劫，我才明白我想嫁泰哥这款的人。"

陈敬德见妙妙丹说到陈国泰时眼里充满敬慕的眼神，语音里溢满爱慕的情调，知道自己没必要再说了，说也白说。他伤心地起身告辞。陈宝珠见哥哥愁眉锁眼，心理已明白如预料之中的结果。

林美珠、芹姨极力挽留陈敬德兄妹共进午餐。陈敬德和陈宝珠再三婉拒。

林美珠、芹姨忧虑地看着陈敬德苍白的脸，痛苦的表情。妙妙丹尴尬地送陈敬德兄妹至大门口。

门卫阿姨见陈敬德、陈宝珠回来，连忙拿起菜篮出门买菜。午餐，门卫阿姨捞饭、红烧鱼、酱猪排，炒茄子，蛏汤。陈敬德只喝了一碗捞饭汤就上楼休息。陈宝珠、公司的三位小伙子在一楼饭厅与门卫夫妇进餐。陈宝珠担心哥哥，无心聊天，无食欲，草草吃一碗捞干饭上楼。

陈宝走进哥哥的房间，见哥哥闭目，便轻手轻脚地退出，回自己的房间。她知道哥哥是闭目躺着，根本无法入眠。她侧耳细听隔壁房间哥哥的动静。不能让哥哥闷在房间，越想越痛苦。陈宝珠梳妆好到哥哥房间，恳求哥哥带自己上街。陈敬德觉得妹妹辛辛苦苦陪自己来，第一次来仰光连街都没有逛说不过去。

陈敬德洗漱一番，强颜欢笑陪妹妹逛街。陈宝珠不停地让哥哥参谋服饰、首饰、布料。陈敬德想付钱时，陈宝珠又说不是太喜欢。她并没有打算买东西，只想分解哥哥的痛苦。她要求哥哥带自己吃缅甸小吃。

走了二个小时的陈敬德也感到胃的不舒服，想是饿了。妹妹一定也饿了，带妹妹吃"馍哼卡"鱼汤面、"糕哼瑞吉"糕、禅族炸豆腐、鱼汤米线。他不想吃，每次只点一份。陈宝珠总叫老板多拿一双筷子、一个碗，恳求哥哥吃一点，别浪费。陈敬德像征性地吃一点。

傍晚，登盛到欣荣贸易公司请陈敬德兄妹到缅甸菜馆吃晚餐。妙妙丹、尼拉、陈水仙直接到缅甸菜馆。

缅甸菜馆宾客满坐。食客多数是穿缅甸服装的青年男女。

陈宝珠心疼地看着哥哥。登盛、尼拉同情地招呼陈敬德兄妹吃喝。妙妙丹的心情五味杂陈，吃得少，说得少。只有陈水仙不明事情真相说一些笑话自然地调节晚餐尴尬的气氛。陈敬德、陈宝珠为了不影响气氛，有时勉强笑一下，说一二句话，吃一小口，喝一小口。

晚饭后，登盛提议散散步。一行人散步到茵莱湖。湖风吹拂，阵阵凉爽。登盛用佛教的缘分耐心地开导黯然神伤的陈敬德。陈敬德知道姻缘的道理，爱之切，一时无法释怀。

尼拉与陈水仙边观赏夜景边交谈。陈宝珠不停地向妙妙丹叙说哥哥听说船被劫时的紧张、忧伤和哥哥被拒绝的痛苦。

妙妙丹能感受到陈敬德的真爱，知道陈敬德的痛苦，但她确实想嫁给陈国泰。陈国泰就像一座山一样岿然不动的安全。

午夜后，担心哥哥，翻来覆去的陈宝珠起床到哥哥房间。借着窗外的月色走到床前，隐约听见哥哥难受的喘气声。她摸摸哥哥的额头，很烫，惊慌地猛敲对门。

公司的两个办事员惊醒开门。陈宝珠慌忙说明。两位小伙子速穿上外衣轮流背陈敬德奔向永康医院。永康医院是陈永康开设的医院。

第二天上午，陈永康在医院走廊遇见陈宝珠，听说陈敬德住院，连忙跟着陈宝珠到病房。陈永康见陈敬德双目紧闭，满面烧得通红，双唇紫红微微开着喘气，鼻子扇动。他双手触了一下陈敬德的额头，滚烫。他轻声安慰陈宝珠：“退烧没那么快。不要紧。多喂他滚水。我会交代医生。”

陈永康走出病房到院长办公室拨电话给林美珠告知陈敬德住院一事。

临近中午，陈宝珠见德智、林美珠、登盛、妙妙丹拎着水果轻手轻脚走进来，连起身相迎。林美珠等人走近床头见陈敬德昏睡，示意陈宝珠别叫醒，关切地、轻声地叮嘱陈宝珠数句，有事挂电话，告退。

每日，欣荣贸易公司的四位办事员、仰光陈家帮的弟兄轮流守护陈敬德。一日三餐门卫阿姨煮好稀饭、青菜，陈宝珠送到医院。永康妻、芹姨煮了数次营养汤送到病房。陈敬德没有胃口，表示尊重人的一片心意，吃一点，喝一点。

登盛一有空就到医院与陈敬德聊天，驱散陈敬德的痛苦。尼拉对陈敬德一见钟情，知道陈敬德追求妙妙丹，不敢有非分之想，只能暗恋，如今紧抓住机会，每日约陈水仙至少一次到医院看陈敬德。陈水仙第一次见到陈敬德就喜欢陈敬德的儒雅、清秀、绅士风度。她害怕远离父母到厦门，不敢爱，还是很喜欢见到陈敬德。她们讲一些缅甸民间故事、传说等减轻陈敬德的痛苦。陈敬德很少说话，偶尔礼貌性地附和一两句。妙妙丹为避免尴尬，三五天约一次陈水仙、尼拉一起到医院，坐十余分钟便找借口先告辞。陈敬德退烧后回到欣荣贸易公司休养，半个月后，登盛、尼拉、陈水仙、妙妙丹到码头送陈敬德与陈宝珠回厦门。

陈敬德回来的当晚，陈国泰来到安旺别墅。陈国泰见陈敬德整个身体如抽丝，丰润的双颊消瘦，苍白、眼窝深陷，目光无神，心理明白了结果。陈国泰一时不知说什么好，默默地坐在陈敬德身边。妙妙丹因为自己而拒绝陈敬德，自己有嘴说不清，

树铭太太、陈宝珠心理不平衡：妙妙丹宁肯嫁给陈国泰做妾，也不嫁给陈敬德为妻，一时间尴尬无语地干坐。

陈国泰忍受不了沉静说：“我已写信寄给妙妙丹，很明确地说我不可能娶她。”

陈敬德悲凄地说：“落花有意，流水无情。妙妙丹真的喜欢你。”

陈国泰表明：“我记得‘三十六誓言’，不能抢兄弟的查嫫人。”

陈敬德叹一口气：“我知道不是你抢我的女人。我爸也明白这事的过程。我们会与帮里的兄弟说明，帮里的人不会对付你。”

陈国泰辩白：“我不是怕帮里的人对付我。我真的没想过娶那个水番婆。你这么聪明的人，怎么会不明白？我与她不般配。我有嫫、小姨、两个查嫫孩。我的家境、地位都配不上那个千金小姐。”

树铭太太见陈国泰内疚、焦急的样子有一点儿于心不忍："姻缘前世注定，没办法。你们俩该吃就吃，该喝就喝。不要想太多。想多也没有用，身体最重要。"

妙妙丹自收看陈国泰的拒绝信后，整日关在房里，茶饭不思，郁郁寡欢。盛温、盛暖、丹娜隔三岔五过来与妙妙丹聊天。

瑞波太太时常劝林美珠，儿孙自有儿孙福，姻缘注定，亲家做不成，永远是好朋友。

林美珠叹道："有心栽花花不开，无心插柳柳成荫。陈国泰并没有要娶妙妙丹的意思。"

瑞波太太浅笑道："陈国泰还是有自知之明。"

林美珠赞扬："他是一个本分人。"

妙妙丹认定嫁给陈国泰就如进了保险箱不怕天塌地陷，嫁到鼓浪屿就如进仙境。

德智、林美珠担心妙妙丹像梁山伯患相思病。

登盛不时地写信劝说陈国泰，同时写信请陈敬德劝陈国泰娶妙妙丹，避免出现梁山伯和祝英台的悲剧。

陈敬德三番五次的劝说陈国泰娶妙妙丹，陈国泰决不松口，娶苏爱梅已觉得愧对黄怡琴、养父母，再娶妙妙丹，无论如何开不了口。妙妙丹那么金贵、娇生惯养很难侍候。三个女人一台戏。黄怡琴、苏爱梅肯定看不惯妙妙丹的作派。陈敬德耐心地、充满爱慕之情地讲着妙妙丹的可爱、美丽、聪慧，和她在一起开心、快乐。随着时间的推移陈国泰竟然有了爱妙妙丹的感觉。他恍然大悟，自己和陈敬德一样都是喜欢妙妙丹的番性，不矫揉造作，无忧无虑的个性。

陈国泰靠在沙发上闭目思索。妙妙丹是第一个让他怦然心动、费心费神的女人。娶黄怡琴时，陈国泰还没有成熟，是对家庭温馨的渴望，懵懵懂懂结了婚，就像喝一碗适温的稀粥，不咸不腻，平平淡淡。黄怡琴礼、敬、贤淑、知书达礼、温顺、勤俭、吃苦耐劳，是好女人。娶苏爱梅时，陈国泰是因为苏爱梅为自己挡了一刀不能生育。她爱玩、泼辣、爱打扮，守妇道，勤俭、吃苦耐劳。娶番婆？番婆的番性与两位太太能相融吗？番婆金贵，从小吃好、穿好、玩好。两位太太能容忍吗？他不敢向黄怡琴说此事。

连日里，陈国泰烦躁不安，楼上楼下，前院后屋，走来走去。心怡别墅的人都小心谨慎，担心做错事，增添陈国泰的烦闷，触发雷霆。陈国泰担心烦闷变成火气伤害家人，按捺不住时，到海边，坐在礁石上任海风吹拂。

客厅里黄怡琴抱着陈红红讲事故。苏爱梅、许丽丽、陈宝珠、林爱兰正在娱乐室打麻将。陈国泰走进客厅直接上楼。

黄怡琴将陈红红递给叶丽珠，跟上楼。她敲一下陈国泰敞开的门。面朝门靠在太师椅上的陈国泰抬眼看一眼黄怡琴。黄怡琴缓缓走进屋，搬过一张太师椅，坐在陈国泰身边。她心疼地看着丈夫。

陈国泰无精打采："什么事？"

黄怡琴轻缓地说："我没有事。你是为缅甸的妙妙的事烦心吧。"

陈国泰惊疑地说："你知道？"

黄怡琴听堂弟黄衍明说过仰光"水番婆"的许多事，知道"水番婆"非常漂亮，父亲是缅甸玉商，家财万贯。她见丈夫神不守舍，知道丈夫娶水番婆是迟早的事，不如显出高姿态、宽宏大量。她挤出一点点笑容说："阿德来劝过我和阿梅了，大舅也来劝过我了。"

陈国泰无语。

黄怡琴安慰："我肚量没那么小，我会尽量让番婆，不会让你为难。"

陈国泰感动地看了一眼黄怡琴说："这个家还是你管。我对你、阿梅不会变的。"

黄怡琴点点头道："我相信你。"

陈国泰兴奋地吻了吻黄怡琴说："我知你量大福大。"

这个吻暖得黄怡琴许久许久。

随后的日子，心怡别墅的人看出陈国泰掩不住的欢喜。陈国泰写信给林美珠商议婚事，希望婚事礼俗能简化。因为两家相距太远，按礼俗费时、费神、费钱，采取折中的办法，将日子订好，提亲、下聘礼，迎亲一次性办好。德智、林美珠正有此意，一拍即合。

第四十九章　妙妙丹嫁如意郎

两个月后的一个傍晚，丰庆号大轮船停靠在仰光港。陈国泰、黄衍明、陈国建、陈国民、陈国宁入住思源客栈。

第二天大清早，陈国泰一行五人到唐人街市场购买糖、饼、面线、鸡蛋、猪蹄。吃过早饭，梳整一番，担着贴上红纸的聘礼到柚木别墅。一路上路人好奇驻足观看议论。

柚木别墅到处张灯结彩，五颜六色的花篮、花球、花环。

陈国泰将装有金砖、金条、光洋、金手镯一对，金耳环一对，金项链一条，珍珠项链一串，四季服装各两套的红皮箱交给德智。德智随手交给身边的林美珠。

黄衍明一行人将面线、鸡蛋、猪蹄等聘礼担放在客厅。

午餐时，德智、林美珠边吃边将后天婚礼的流程和礼俗告知陈国泰等人。陈国泰等人不明之处问明牢记在心。人生大事的婚礼不可出错，否则会烙下坏彩头的阴影。

婚礼日的上午吉时，陈国泰红西装，白衬衣、红领带、红皮鞋，神采奕奕与梳理整洁的黄衍明等人到达柚木别墅。

林美珠将钻石戒戴到陈国泰的无名指上。德智为女儿戴上翡翠项链、祖母绿的玉手镯。妙妙丹的爷爷、叔伯、姑姑们依次为妙妙丹戴上项链、手镯、戒指等。

妙妙丹身着红色与金黄色条纹的锦缎筒裙。高耸的发髻戴一顶镶有百颗钻石的黄金冠冕，项上一条条珍珠项链，红宝石、蓝宝石项链。双腕上金镯子、玉镯子；手指上金戒指、玉戒指，一身珠光宝气，耀眼夺目。

陈国泰、妙妙丹席地而坐。面前摆着鲜花、水果、烟草、棕榈叶。后面的架子上摆着器皿、镜子、茶具以及其他家用物品。

黄衍明、陈国建、陈国民、陈国宁心底惊叹新娘家的气势，感叹人与人之间的不平等，“富人家嫁女，穷人家卖女。”娶这样的金枝玉叶，打不得、骂不得，难侍候。

德智上着白锦缎长袖衣，下着浅玫瑰色锦缎“笼基”。林美珠着淡红锦缎中式衣裙。夫妻俩笑盈盈地恭迎宾客。

首先来的是人力车行的老板王南、王安兄弟。随后进门的是身着缅服的瑞波夫妇、盛温、盛暖、丹娜。陈永康夫妇、陈水仙、陈刺桐。厦门、南安等公会，西滨社、龙山堂、颖川公司（陈）等来了二十余人。

缅甸女宾穿鲜艳绸缎斜襟长袖短衫，下穿筒裙，左右裙端扭成带状。缅甸男宾都包着头布、穿着锦缎、绸缎、锦缎衫，笼基，行合十礼。中国男宾穿绸缎、锦缎长衫或西服，行恭敬礼，女宾穿旗袍，微微鞠躬，颌首。

红绸灯罩的灯光照得厅堂、桔红、桔红的，充满喜气。留声机里播放着南音《相思》《百鸟归巢》《望乡里》。

德智的兄、嫂、弟、弟媳、姐姐、姐夫、妹妹、妹夫陪来宾饮茶、聊天。

婚礼时辰，妙妙丹的长辈席地而坐在高台的红地毯上。陈国泰、妙妙丹并肩赤脚在红地毯上缓缓走到长辈的面前跪下，向前匍匐着，手心向上着地，头埋在手中。居中的一位老者手中拿着一个本子，诵经，长篇累牍地念着一些祷词，让人感觉到时间的漫长。

陈国泰与妙妙丹一起拜佛、拜僧、拜父母、拜师长，接受父母的祝福。祝福完毕，主婚者是子女双全、婚姻生活持久、家庭和睦的一对年长夫妇。主婚夫妇将陈国泰的左手与妙妙丹的右手指指相扣，用一条红绸缎将两人的手腕绑在一起。主婚夫妇向绑着的手上撒花瓣，

用银钵中香料的清水灌礼和洗手，祝愿新人幸福如意、百年携手。“叠手礼”后，主婚夫妇松开系着手的陈国泰、妙妙丹，向陈国泰、妙妙丹口中各喂送一汤匙白米饭，意“丰衣足食”。这时有人诵起吉祥经。主婚人撒起爆米花和裹着金纸的钱币、糖果、花朵、槟榔。一对金童玉女给陈国泰、妙妙丹献上一束番樱桃花，祝福。

冗长的仪式告一段落。登盛引领众人到仰光大饭店赴婚宴。

第二天上午，林美珠手捧一个精美、缅甸最名贵的蜡染织丝布的六寸长的椭圆盒跟着德智走进新房。

林美珠打开盒盖，呈现在陈国泰、妙妙丹面前是一尊玉观音。陈国泰知道这是一块罕见的美玉。翠绿剔透的底色上非常均匀地布满一层其淡若云、浓若脂的黄色翡翠。高手匠人使观世音菩萨显得大慈大悲，莲花台用两串白色翡翠玉和红宝石镶嵌而成；观世音身旁的净瓶是黄色的翡翠玉，那枝垂杨柳苍翠欲滴。

德智将玉观音递给陈国泰，轻缓的语调里字字重千斤说：“这是上等的翡翠，是我挑选国内最著名的工匠精雕而成的。这是我经营珠宝以来从质地到工艺俱佳的艺术品！这价值没法估量！我的女儿的价值远远高于这。今后就请你多关照了。”

“请相信我，我不会让她受一点苦。”陈国泰字字铿锵有力，发自肺腑。

德智一字一句道：“做买卖关键要看合作伙伴，做朋友关键要看是否讲义气。她为了你，离开我们，到那么远的地方。希望你精心地呵护她。”

“你放心好了。天塌下来，我会用身体护着她。”陈国泰信誓旦旦，真心地说。面对一个年轻、漂亮、富家小姐肯嫁给自己作妾，他能不感动到死心塌地为她死吗？

德智充满信任点点头道：“你是个言而有信的男子汉。我相信你说到做到。”

林美珠对陈国泰轻声细语地说：“她从小娇宠，脾气犟。你多让她一些。你别太偏心她，这会使两位太太心理不平衡。她会更难与她们相处，相处不好，大家不快乐。”

陈国泰钦佩这位岳母的周细点头说：“您放心，我懂得这个道理。”

林美珠从茶几上另一个精致的首饰盒中拿出一套24K金项链和镶着玫瑰红宝石的心型项坠，祖母绿的玉镯、镶钻石的戒指；一对金灿灿镶玫瑰红宝石的金耳环放入红皮箱，叮嘱女儿：“压箱底的嫁妆留作念想，不到万不得已不要卖。遇事不要任性，家和万事兴。要礼让三分，尊重大太太、二太太，把她们当作姐姐，遇事多听她们的意见，不要自作主张，不要独占丈夫的爱。要理解大太太、二太太的感受，别伤害了大太太、二太太的情感，否则难于相处。凡事适中，不可以任性，非赢不可。”

妙妙丹笑嘻嘻道：“你讲了很多遍了。想忘也忘不了。”

宴毕，陈国泰、妙妙丹双双向德智、林美珠行五体投地大礼三次。礼毕，陈国泰、妙妙丹、登盛、尼拉一行八人乘人力车直奔港口，乘“双美”回厦门。

按照陈国泰临行前的要求，黄怡琴、叶丽珠采买新房用品。黄怡琴请好命人晋江阿婆铺床、缝被、挂蚊帐，布置新房。

晋江阿婆既夸奖又安慰黄怡琴：“量大福大。”

黄怡琴强忍着胸闷，时常深呼吸，尽管不情愿，还是一一过目新房用品，她不想让丈夫不满意。

每日，苏爱梅溜出去打麻将、逛商店。有时被黄怡琴差遣，不情愿地帮头帮尾。

这日上午，林强、蔡管家、红呢轿夫、马夫、鼓乐手等人早已等候在水仙码头。秋末冬初的海风有了几分寒刺，吹在脸上如针灸。

陈国泰一身白西装、红领带、白皮鞋，挽着身穿红锦缎缅甸筒裙的妙妙丹下了船。登盛、尼拉、黄衍明、陈国建等紧随其后。

蔡管家、林强快步迎上前接过行李。媒婆牵着娇媚的妙妙丹上了红呢大轿。陈国泰骑上壮实的披挂着红绸花的红马，其他人坐上披红的6辆人力车。鼓乐队吹起唢呐、打起铜锣，一路吹吹打打。行人驻足

观望，外国人嬉笑地议论。

红呢大轿在心怡别墅前停下。吉时未到，众人在厅外等待。妙妙丹掀开盖头巾，走出红呢轿。

众人惊讶，抿笑、暗笑、捂口笑妙妙丹“番”。

陈国泰见状，领着妙妙丹参观院子。

妙妙丹细细打量充满喜庆的庭院：披红挂灯、红门联、红“喜”。楼前种有数棵相思树、一棵榕树、茉莉花、月季花……红花绿叶点缀其间，花果飘香。鲜红的龙船花似一团团热烈火焰，喜庆。

陈国泰紧跟妙妙丹绕到楼后。妙妙丹仰视后院：一棵枇杷树，两棵石榴树，一棵龙眼树、一棵紫荆树。

蔡管家走到楼后，对陈国泰道：“时辰快到了。”

陈国泰牵着妙妙丹到大门口。大门前已摆放一个木炭通红的火盆，妙妙丹一看便明白了要跨火盆。母亲常讲一些闽南的习俗。临行前，母亲再三叮嘱她按规矩做。

媒婆笑喊：“过炉子，家伙（财产）蓬蓬起；跨火烟，年年春，隔年抱‘大埔’（儿子）。”

陈国泰牵着妙妙丹跨过火盆，跨过门槛，进入大厅。客厅空无一人，只有留声机欢快地旋转。《欢喜嫁娶》欢乐的南音弥漫着整个客厅。妙妙丹知道家人都躲起来了。妙妙丹环视客厅。厅内插有许多红烛的挂灯，漏空雕花的屏风将客厅、饭厅隔开。客厅里一长，两短的黑皮沙发，一张藤条椅，一副柴檀木茶具，一个精美的挂钟。

一会儿，蔡管家、旺婶、叶丽珠笑眯眯从楼上走下来。紧接着，国泰的伯伯、伯母、叔叔、婶婶、姑姑、堂伯、堂伯母等亲戚笑哈哈地从楼上下来。随后，黄怡琴抱着陈红红，苏爱梅、陈红霞跟在黄怡琴身后下楼。

陈国泰正准备介绍，妙妙丹机灵叫“琴姐、梅姐”。

黄怡琴髻子上插满茉莉花，额前梳得光亮光亮，拔过的脸化了淡淡的妆，身着橙色锦缎的衣服，黑缎裤子，配一双橙色绣花鞋。陈红红身穿红花衣，小红布鞋，头顶红绸花蝶扎一束秧苗的发。苏爱梅身

着桃仁色锦缎旗袍，穿着桃红色半高跟皮鞋，拔过的脸化适中的妆，髻子上插满玉兰花。陈红霞身着小碎花红衣，红皮鞋。

黄怡琴、苏爱梅与其他人一样惊叹妙妙丹高贵的美。妙妙丹发髻上镶有百颗钻石的黄金冠冕，双耳挂着金镶鸽血玉耳坠，细长的脖子亮着鸽血红的心型坠金项链，双腕圈着鸽血红的玉镯。黄怡琴自我安慰：我的皮肤比她白。苏爱梅自我安慰：我的个子比她高。

陈国泰、妙妙丹拜天地、拜长辈、夫妻对拜。旺婶端着洗净的茶具到妙妙丹身边。妙妙丹喜欢朱红色镶嵌金边的茶具，精致喜气。茶壶肚上八个男童，个个头顶红绳扎着一株黑秧苗发，躬着的背上分别驼着烫金八个字“生、死、有、命，富、贵、在、天”。

妙妙丹从手提袋里拿出母亲精心准备的灶心土、竹心、盐、米、茶叶交给旺婶冲泡。

客厅里陈国泰的长辈依辈分、长幼坐好等着新娘敬茶。

妙妙丹倒茶，依蔡管家介绍，亲切地喊伯伯、伯母、大舅、大妗……琴姐、梅姐……双手端小茶杯一一敬茶。受茶人笑吟吟地接茶，饮尽，将“答敬茶”礼与茶杯递给妙妙丹。黄怡琴、苏爱梅挤出苦涩的笑容接过新娘茶饮下，周身的不爽，尴尬地将“答敬茶”礼与茶杯递给妙妙丹。

妙妙丹给亲戚们玉戒指、玉挂件作为见面礼。

中午，“五龙屿酒店”主厅，一支中式8人乐队欢奏喜乐。厦门市长夫妇、商会会长夫妇、吉田太郎、田原一雄、美、英、日等领事馆领事及太太、厦门政界要人、名绅名商及陈家帮的弟兄，近六百人参加婚宴。宴席最高档次。全鱼、全鸡、海参、东山龙虾、土笋冻、文昌鱼……每桌24碟，10大碗。

妙妙丹心花怒放不拒敬酒者，一饮而尽，一杯又一杯，满面通红。众人惊慕妙妙丹的美貌、高贵的气质，惊诧妙妙丹的好酒量。登盛、尼拉劝妙妙丹少饮酒。蔡管家、林强、黄衍明、黄怡琴等人不时地出面阻挡敬酒。

树铭太太不时地阻止陈敬德饮酒：“修得百年同船渡，修得千年共枕眠。朋友要有缘，夫妻要有缘，一切都是有缘。”

第五十章　南安水头之行

陈念念与陈国泰的堂侄告别，从南安九都回到厦门。他边售书边整理揭密材料，梳理思路，寻找蛛丝马迹。

十余日后的一个上午，一辆军绿色吉普车停在“相思树书屋”前。女首长的战友，一个白发苍苍，身着白衬衣、绿军裤的老者如约走进书屋。

陈念念起身恭迎，请坐。老者慈笑地说：“免客气。抓紧时间。”

一位身穿白衬衣、蓝西裤，昂首挺胸、平头，军人气质的年轻人与一位穿黑白方格无领T恤，留二八分头的年轻人走进书屋。白衬衣者自我介绍叫陈承志。白方格T恤自我介绍叫林振兴，是老者的孙子。

陈念念拎起一个小行李包，关上店门，上车，与老者挥手道别。

吉普车以每小时八十公里的速度奔向南安水头镇。一路上，林振兴介绍水头镇的巨变。成片住宅小区的开发建设让整个水头镇充满现代城镇的气息。

吉普车在镇政府院内停下。等候在镇政府传达室的一位穿白色短袖方领T恤的年轻人上前与副驾驶位上的林振兴打招呼后上车。他向陈念念自我介绍叫苏德模。陈念念作自我介绍。

苏德模热情介绍：“水头镇是南安最发达的乡镇，是世界石材之城。不管是硬件还是软件，水头在整个南安市都处在领头位置……”

吉普车沿着山路前行，不时有采石留下光秃秃的山头、路边的石堆耀入陈念念的眼帘。来回奔波满载巨石磊磊的货车，挖掘机声轰鸣，不时掠过车窗。

陈念念、林振兴、苏德模、陈承志每日清早出门，夜幕后回镇招待所。陈念念一行人翻山越岭，累得腰酸背痛脚打泡，走进一个又一个自然村。有的村聚落在安平桥之西，奎峰山北麓，呈块状分布，福厦公路穿村而过，交通方便。有的村散落在三面环山，蜿蜒的九溪之间，交通不便。有的村一面临海，一面是崎岖的山峰。有的村坐落于丘陵、平地、河谷相间之处，与外界隔绝。这日中午，他们走进吴姓村。吴姓村在郁郁葱葱，风景秀美的大山、溪水间。村里一片热闹的景象。苏德模向一位迎面而来的妇人打听消息。妇人说村里一位九十岁的寿星做寿。

陈念念向妇人打听："阿婆叫啥名？有没有在厦门、鼓浪屿生活过？"

妇人笑哈哈道："她叫啥名不知道。辈分大的人叫她嫂，婶，辈分小的呼阿嬷、太嬷。她年轻时是在厦门给人雇。"

陈念念满面笑容充满希望。

"她呀，真好命。五个达啵仔，二个查嫫孩。内亲外戚二十五户，一百零二人。年龄最长的吴老太九十岁，最小的是第五代中一周岁幼童。全家族有大学生十二人。五个达啵仔轮流侍奉，现在跟尾仔住。从老人七十大寿到如今九十岁。每年的寿辰成为家族固定的团圆喜日。九十岁了身体还很好。牙根很厉害，能嚼一些粗粮，番薯干、麦子、米饭……"妇人羡慕说着，引领陈念念向吴老太的红砖厝走去。

红砖厝前的花岗岩大埕站满人。红砖厝人进进出出。妇人进房内通报。陈念念、林振兴、苏德模、陈承志在大埕等待。妇人领出吴老太的大儿子。苏德模向吴老太的大儿说明来意。

"等下午再问。免得老人回忆往事，心情不好。"吴老太的大儿子热情地迎入陈念念一行四人。

上厅，一个耄耋老太太身穿红碎花斜襟衣，黑绸缎阔裤，左手搭在膝盖上，右手摇芭蕉扇满面笑容坐在木椅。拜寿的人上上下下。

吴老太大儿子对吴老太说："这些人是我的朋友，正好来玩。"

陈念念、林振兴、苏德模、陈承志赶忙上前向老人祝寿。

吴老太两颊光亮，眉角、口边条条深纹，无牙的口笑如婴儿甜，热情地请陈念念四人坐下饮茶，聊天。

吴老太的小儿子说："墙上毛泽东像是老人的精神寄托。她坚持早起床，第一件事是站在毛主席像前唱《东方红》。"

陈念念笑说："我阿嬷也是这样。"

吴老太的子孙热情再三地请陈念念等人参加寿宴。十桌满满地挤着五代人。

下午，陈念念、林振兴、苏德模、陈承志与吴老太及其五个儿子围坐在上厅的大圆桌。

吴老太的大儿子沏茶、倒茶说："她记性好，不看日历也知道什么日子。每到农历七月，她都能清楚地说出每个地方的普度时间。让邻居们感到特别惊讶。"

吴老太小儿子说："她能抱着圣诗和圣经天天用闽南白话字诵读。她不仅会看会念，还写得一手漂亮的闽南白话字。"

吴老太笑说："我的闽南白话字是在鼓浪屿时二太太教的。我陪二太太到教堂。当时牧师读一段，我们写一段，很快就学会了，老鼓浪屿人都会写闽南白话字。"

吴老太的小儿子拿出纸笔。吴老太工工整整地写上闽南白话字自己的名字，令人称叹。

"大太太教我学过中文，全没记了。闽南白话文记得牢牢的。"

吴老太的大儿子说："她中文和闽南白话文对照的圣经可以用闽南话非常流利地从头念到尾。"

陈念念惊赞数句后，恭敬地向吴老太打听："您在厦门时认识缅甸仰光人吗？"

吴老太笑答："认识。我年轻时在鼓浪屿一个富翁家中做事。头家大胡须，长得真正人（帅）。第三房小姨就是缅甸仰光人。"

陈念念忙问："阿嬷。您的名字是不是叫叶丽珠。"

吴老太激动异常地说："是啊，是啊。你哪会知道？"

陈念念道明身份。叶丽珠激动地立身，摸了摸陈念念的脸老泪纵横，迫不及待地问：“你阿嬷身体好吗？”

“阿嬷过身（世）许多年了。”

“你阿爸呢？”

“在家。”

“你阿嬷和你阿爸离开洪濑镇怎么过日子？”叶丽珠纠结在心理五十多年的问题，急着想知道。

陈念念悲叙祖母与父亲悲惨的生活。

陈念念讲完后，叶丽珠哭着哀叹：“没想到番婆那么富贵的小姐、太太会过比我还艰苦的日子。我根本无法想象她能那么坚强。你的阿公一心一意想要一个达啵仔，让达啵仔吃好、穿好、读书。没想到，他连一面都没有看见过你阿爸。你阿爸过得那么艰苦啊。都是夭寿日本仔害的。”

陈念念说明此行寻找祖父姓名、身份。

“我是在你阿公、阿嬷结婚时，蔡管家雇到这家做家务。”叶丽珠清晰地忆起往事。

让我们搭乘逆时光倒回妙妙丹的厦门人生轨迹。

第五十一章　欢喜过春节

新房门上的大红双“喜”笑嘻嘻站岗。屋内红烛欢跳，两炷香飘着淡淡香的青烟。新房充满华贵。黄花梨木镶嵌宝石、珐琅、贝壳、玉的床。一对绣着鸳鸯红缎套的桑蚕丝枕头、一床绣着凤凰红缎套的

桑蚕丝毯。红色的丝罗帐、一对用百余颗不同颜色、不同形状玛瑙、珍珠、钻石，精心雕镂编缀成的帐钩。小巧的梳妆台、角柜、角架、穿衣镜、挂衣柜都是黄花梨木，法国路易十六式，雕花涂金。既有中式家具，又有西式靠椅。玫瑰红的金丝绒窗帘。梳妆台上一个精致的青花瓷瓶上插着一束鲜花。橱柜上一尊柚木雕母子像。

陈国泰拉上窗帘。妙妙丹解下脑后松松的贵妃髻，懒懒地坐在梳妆台前卸下耳环、项链、戒指。陈国泰抱起妙妙丹。妙妙丹听见自己的心“扑通扑通”的跳，抖掉脚上一双银灰闪光的珠珠拖鞋。陈国泰将她慢慢地放到床上，捏住她的手。她有些不知所措的紧张、害羞，浑身一颤。陈国泰见她微微娇羞的面，一双水汪汪的眼睛秋波盈盈心旌大摇，轻声笑说：“我以为你不会怕羞。”陈国泰欣喜若狂吻她的唇说：“心肝，免惊。”

陈国泰、妙妙丹还在蜜甜的梦中时，陈敬德、陈宝珠带登盛、尼拉去公园西路看刚建成的厦门最高的建筑物，六层的消防钟楼。

陈敬德对妙妙丹嫁给陈国泰仍不能释怀，极力掩饰心底的惆怅，强笑：“楼顶日夜有警察在瞭望。”

登盛、尼拉仰视楼顶的瞭望台。陈宝珠故意不回答登盛、尼拉的问话让陈敬德回答，以解痛苦之情。

陈宝珠不知不觉地与登盛并肩。她掩饰对登盛的爱慕而激荡的心情讲述厦门城区建设。

一个星期后的水仙码头，登盛、尼拉回仰光。陈宝珠、陈敬德、陈国泰、妙妙丹依依不舍地送别。

鼓浪屿的海风、日光、星空、美食让妙妙丹的新婚生活充满快乐。

妙妙丹如鲜花乍开，陈国泰乐不思蜀，一个月都在妙妙丹的房里过夜。妙妙丹从两位太太的眼神中读出了不悦。妙妙丹想起母亲的叮嘱。晚上，妙妙丹靠在陈国泰的胸前，用手摩挲着他的脸，柔声低语道：“你不能慢怠琴姐、梅姐。”

陈国泰用手指在她鼻尖上点了一下：“你提醒我了。今晚，我就去阿琴那儿，明晚，去阿梅那儿。”

连日里，黄怡琴、苏爱梅眉开眼笑，对妙妙丹的态度温和许多。妙妙丹心知肚明，那是陈国泰的关爱滋润、消除嫉妒、怨恨。

心怡别墅的人都习惯早睡早起。早餐喜稀粥、肉松、豆腐、豆腐干、酱菜。妙妙丹习惯晚睡晚起，早餐不食稀粥，要么在家饮茶、咖啡，吃一些贡糖、馅饼，要么等着“走街仔”到门口，让丽珠或旺婶买烧肉粽、芋包、发糕、鱼丸汤、扁食汤、花生汤。蜜月里妙妙丹就能在新房里辨别“走街仔”此起彼伏的叫卖声及伴着铜、铁、木、竹、瓷、乐器等摇、敲、打、击、吹的器具敲击声。

黄怡琴、苏爱梅看不惯妙妙丹爱差遣人的行为。叶丽珠、旺婶乐意被差遣。妙妙丹常送礼物给叶丽珠、旺婶作为辛苦费。

冬至前一天掌灯时，心怡别墅厅堂的祖先牌位前摆上长桌，供放糯米粉团。陈国泰带着妻妾焚香祷告。然后，众人围着餐厅的圆餐桌搓汤圆。

苏爱梅羡慕地说：“救世医院院长美国人约翰进口一辆摩托车，比那位黄大弼医生骑马方便多了，快多了。比买人力车雇专职车夫、买轿子养轿夫省事。”

黄怡琴含笑：“都麻烦，又浪费。临时要用，雇一下更省事，更省钱。”

妙妙丹抬眼笑：“这是体现身份，显示财力。做生意要讲究面子。”

苏爱梅看一眼陈国泰，笑吟吟道：“想省钱就租，想显身份就买。”

妙妙丹笑盈盈道：“做生意的人就是要显示自己的经济实力。别人与你做生意才有安全感。”

苏爱梅道：“往往是没钱人装有钱，怕人看不起；有钱人装没钱，怕人借钱。”

“那是普通人不是生意人。”妙妙丹鼓动陈国泰买一辆摩托车。

黄怡琴心底不悦。这种富贵小姐就是不懂惜钱，败家子。

妙妙丹知道黄怡琴、苏爱梅看不惯自己，很想与她俩关系融洽，春节快到了，约她俩一起购布料做过年新装。黄怡琴、苏爱梅婉拒。她俩感觉与妙妙丹的消费观差距太大。妙妙丹都是逛名贵商店，买名贵东西。

陈国泰猜想妙妙丹是想讨好黄怡琴、苏爱梅便说："去吧，去吧。快过年了，看一看有没有适合我的。"

黄怡琴不敢不给陈国泰面子，答应明日去。苏爱梅知趣地随口答应。

次日，吃过早饭，黄怡琴、苏爱梅、妙妙丹各自回房间打扮。黄怡琴昨晚就选试了今日要穿的服饰，一次次试服装不满意，第一次为没有高档、时尚的服饰心酸痛得想掉泪。她穿一套红色对襟裙，细心地梳髻子，化上淡淡的妆，感伤：岁月不饶人，皮肤的光泽一年不如一年。苏爱梅穿上昨晚选试后的孔雀蓝金丝绒旗袍，披上貂皮短袄，精心地化好妆。妙妙丹想与二位太太拉近距离，化了淡淡的妆，穿一件金黄色的缎袄裙。

陈国泰、黄怡琴、苏爱梅、妙妙丹乘小汽船到厦门。

街市一片过年的景况，摆摊写春联、卖鞭炮、火花、红烛、门神和年画。

妙妙丹耐着性子陪黄怡琴、苏爱梅走过一条条大街小巷货比三家。黄怡琴、苏爱梅累得走不动了。妙妙丹极力劝她俩到装修精致的喜乐咖啡屋喝咖啡。黄怡琴不肯去。

苏爱梅笑着替黄怡琴说："钱来趁（赚）到手，毋通（不要）大虾配烧酒。要算了吃，毋通吃了算。"

妙妙丹笑说："浪费是不能，但太省也不必。钱是赚来的不是省来的。"

"要赚也要省。"黄怡琴劝说。

"我们赚别人的钱，也要让别人赚我们的钱。这样一来，大家都有得吃。"妙妙丹拽着黄怡琴往里走。苏爱梅紧跟进了咖啡屋。

黄怡琴第一次进喜乐咖啡屋，顿感舒畅。她环视着西洋化的精致优美，感到这些有钱人真懂得享受。

妙妙丹点三杯咖啡，一碟馅饼，一碟贡糖。三个人边饮边评价咖啡与茶。喝完咖啡，三个人精神了许多。妙妙丹拉着黄怡琴、苏爱梅走进同英布店。黄怡琴、苏爱梅被新进的全毛呢绒吸引。黄怡琴喜欢墨绿色的，嫌贵舍不得买，苏爱梅喜欢枣红色的，嫌贵犹豫不决。妙妙丹喜欢朱红色的。妙妙丹叫伙计按大衣料剪墨绿色、枣红色、朱红色三件料子，一并付款。

“太贵了。”黄怡琴说。她从小就受母亲勤俭持家的教诲，买东西，货比三家，能省一点是一点。

妙妙丹笑说：“惊贵买没好物。”

“不一定。同样的货，不同的店价格有的相差几块。”苏爱梅会压价，有时会货比三家。

妙妙丹不愿意把时间费在压价上，购物从不压价，也不懂得压价，看中就买。她觉得做生意不容易，让人家挣是应该的。黄怡琴打开拎包，拿出钱包争着付款。

妙妙丹推开黄怡琴的手说：“我送给你们的过年礼物。”

黄怡琴忍不住说：“你呀，没当家毋知柴米贵。人无勤俭不富。只勤毋俭，无钱无盐。”

苏爱梅提醒道：“去苏师傅店做。”

黄怡琴道：“苏师傅的工钱特别贵。”

苏爱梅道：“他做得样式好，工细，排队的人很多。”

妙妙丹道：“好布料要有好师傅做，否则就浪费布料。”

黄怡琴觉得有道理不再反对。

这日上午，陈国泰听人说中山路新开张一家“胜家缝纫机店”，毫不犹豫地取100大洋买一台胜家牌缝纫机。

“胜家缝纫机店”的两个小伙计将缝纫机送至心怡别墅。蔡管家、叶丽珠、旺婶都围观两个小伙子组装缝纫机，并教黄怡琴如何使用。许多人来看新鲜、新奇。

黄怡琴心疼道：“这么贵。”

陈国泰拍了拍黄怡琴的肩笑说：“我心疼你太累了。整日劳碌做裳、改裳。手都被针刺疼了。缝纫机很快速。你可以省出时间去讲古场听讲古，想看书就可以看书，不会那么辛苦。”

陈国泰一番话如一股暖流瞬间流遍黄怡琴周身。

转眼到了除夕，上午，陈国泰撕下旧春联。黄怡琴将涂浆的新春联递给陈国泰。苏爱梅、妙妙丹在陈国泰身后看是否齐正。春联是黄怡琴写的隶书体。上联：一年四季行好运。下联：八方财宝进家门。横批：家和万事兴。

陈国泰走进客厅贴年画。一张是一位长白胡须，一手持杖，一手捧着寿桃老寿翁，旁边是数个胖乎乎的男、女儿童；另一张是一男童抱一条大大的鱼。

中午，厅堂的八仙桌上摆二双筷子、二个碗、二个酒杯、三牲、鲜果及丰盛菜肴。陈国泰在祖先的灵位前点燃一对红蜡烛，点香、祭拜。黄怡琴、苏爱梅、妙妙丹、陈红霞跟着烧香，毕恭毕敬跪拜祖宗，烧纸钱。

午饭后，一家人轮流洗澡。黄怡琴、蔡管家、苏爱梅忙着年夜饭。妙妙丹不会做家务，听招呼，传递剪刀、菜刀、姜、葱、蒜、碗、盆等。

陈红霞、陈红红惊奇地看陈国泰变魔术。

傍晚，家家户户年夜饭开桌前的爆竹此起彼伏，震撼整条街。黄怡琴、苏爱梅帮蔡管家烧了五六道菜后，陈国泰点燃万响鞭炮，坐大位。黄怡琴抱着陈红红坐陈国泰右边，苏爱梅坐在陈国泰的左边，妙妙丹坐在黄怡琴边上，陈红霞坐苏爱梅身边，蔡管家坐在陈红霞、妙妙丹之间。

陈国泰开一瓶万春堂药酒，首先为蔡管家倒上说：“一年头到尾你最辛苦。”

蔡管家感动说：“不辛苦，不辛苦。”

陈国泰依次为大太太、二太太、三太太和自己倒酒，端起酒杯敬酒祝福。

陈国泰动筷子笑哈哈地说：“吃。”

众人纷纷动筷。

蔡管家笑眯眯地说：“年夜吃蚝兜，好人来相交。”大家动手吃蚝兜。

蔡管家满面笑容说：“吃猪脚芋头，来年有奔头。”大家又跟着搛猪脚芋头。

陈国泰情不自禁讲起童年的除夕。

黄怡琴、苏爱梅对陈国泰苦难的童年耳熟能详，仍耐着性听着。

妙妙丹微笑说：“年兜晚不要说伤心事。多想现在的好日子才会欢喜。”

“想到过去的苦就会感到今日的满足。”陈国泰说。

妙妙丹不赞同：“可是想到苦心情就不爽，影响心情，影响吃饭。人要多想欢喜的事。”

黄怡琴担心陈国泰与妙妙丹争论起来举杯敬蔡管家：“蔡哥，祝你健康！家庭幸福！”

陈红霞、陈红红学着大人样稚声稚气地敬酒祝福，逗得大人们阵阵发笑。

陈国泰边吃边讲各国的过年习俗、笑话，排解妙妙丹的思乡情。他尽可能放慢咀嚼速度，还是第一个吃饱。他没有离席，继续讲笑话让众人笑，直到众人吃饱才离席，到留声机边上播放南音。

子时，陈国泰开大门，众人跟出。陈国泰点燃鞭炮“接年”。黄怡琴、苏爱梅不敢放鞭炮。妙妙丹教陈红霞放鞭炮。

黄怡琴阻止：“查嫫孩放什么鞭炮。”

妙妙丹道：“查嫫孩为什么不能放鞭炮？”

陈国泰对不知所措的陈红霞说：“想放就放。”

陈红霞试着放鞭炮。她有时是不赞同母亲的观点，佩服妙妙丹的新潮、敢想敢做。

整个鼓浪屿香烟缭绕，鞭炮声此起彼落，不绝于耳。妙妙丹第一次在厦门过年既新奇又开心。接夜后，鞭炮声渐稀小，大家互相作揖，拜年、祝福，各自回自己的房间休息。

正月初一早上，陈红霞起床，穿上母亲做的大红底小碎花洋布棉衣罩衫，红裤，新袜、新红布鞋。她坐在梳妆台前，自己梳编二根齐肩的辫子，两根辫尾各扎一朵红丝绸蝶花。

黄怡琴听见隔壁陈红霞起床的动静，跟着起床。一会儿，陈红红在床上叫“阿母，阿母。”黄怡琴为陈红红穿上大红小碎花洋布棉衣罩衫，红裤，红线袜、红布鞋。她边为陈红红梳头梳边念：“初一场，

初二早，初三困到饱，初四接神……”

黄怡琴满意地看了看陈红红两把羊角上的红蝴蝶结，精心地梳好自己的髻，插一支金簪。穿上妙妙丹送的墨绿色立领呢短大衣，黑金丝绒面绣花鞋。

蔡管家最早起床，已烧好两瓶的开水。他穿着黄怡琴裁缝的新长衫袄，见黄怡琴抱着阿红下楼向黄怡琴祝福，黄怡琴笑滋滋地回祝。

苏爱梅绾着高蓬的盘头插着一串粉红色“珠花”，穿着妙妙丹送的枣红色香蕉领呢短大衣，脚穿红高跟皮鞋。

“大家都起床了，你快起床。初一早上，大家要互敬甜茶。”陈国泰穿上新锦缎袄，叫醒妙妙丹后，先下楼。陈国泰与蔡管家道福后，到餐桌上泡一壶“甜茶”，一杯杯倒好，招呼：“来吃甜茶”。

妙妙丹上穿半西式的八分短袄，黑呢长套裙。外套一件朱红色呢无领短大衣，露出一条花丝的围巾。脸上扑淡淡的“亚媲贡”法国香粉，淡红带黄的粉末辉映带起透明的情调。

妙妙丹与众人道福一番。

早餐后，大家再次洗漱、梳妆打扮。陈国泰身穿湛青色西服、戴上一顶黑色“遮瓢”帽，脚蹬一双咖啡色皮鞋。

陈国泰一行人乘上小汽船。蔡管家对妙妙丹说：“轮渡码头建成后，小汽船能容纳七十人，票亭也扩大到能容二人买票。厦门与鼓浪屿往来方便多。以往，每次到厦门那头都提心吊胆。舢板在海上摇摇晃晃。”

厦门比鼓浪屿热闹。这里一圈，那儿一圈。笑声，叫声，锣鼓声交集。一会儿，陈国泰、妙妙丹与黄怡琴等人挤散。

妙妙丹见围着一大群人爆发出阵阵叫好声，便往里挤钻。陈国泰怕挤散了，紧抓着妙妙丹的手挤进人群。妙妙丹挤到最前面，深深地呼出一口气，新奇地看“双狮抢球”表演。双狮出洞、伸腰、伸脚……狮子天真活泼。妙妙丹拍手称好，看得不肯走。陈国泰告诉她还有很多好看的。妙妙丹跟着陈国泰挤出人群。

妙妙丹很快又挤入另一个人圈。陈国泰紧跟着她挤到最前面。只见一条全身蓝绿色鳞片，威武雄壮的龙“青龙出海”、“腾云驾雾”、

"龙游鲤城"、"跳跃龙门"……龙头随珠舞动，翻、滚、打、斗，龙身节节相随，龙尾摆动殿后。

"太厉害了。"妙妙丹情不自禁地高声叫好，见引来许多目光，住了嘴。

陈国泰耐心地陪着妙妙丹一直看到收场。一些人迅速散去，一些人往铁盘里扔钱。临出门前，陈国泰给了妙妙丹许多零钱作赏钱。妙妙丹毫不犹豫给了三个碎银，挽着陈国泰走。

陈国泰有些别扭。黄怡琴、苏爱梅从来都不敢挽着他走。一路上陈国泰不时地与认识的人相互作揖，"恭喜发财！"、"身体健康！"熟人边作揖边惊奇地看他俩挽着的胳膊，多看二眼妙妙丹的美貌。陈国泰很不自在，同时又有些得意、自豪。

这时一队壮汉头戴草箍，赤足、赤膊，下穿宽大的短裤，随音乐节奏拍颤头、击掌、投足、拍胸、腋窝和大腿，扭腰、模仿老鼠出洞、青蛙游泳、公鸡展翅。时而跳跃，时而跪蹲、时而抬腿、时而踢腿，高昂激越拍得全身通红，粗犷、豪迈矫健。

妙妙丹笑眯眯问："这是什么？"

陈国泰笑答："拍胸舞。"

"哇，真厉害，边走边舞不会摔倒。"妙妙丹驻足看得入神。

妙妙丹拖着陈国泰快步朝人群里挤。她不顾人多，大声问："这是什么戏？"

陈国泰笑答："贡球舞。"

陈国泰、妙妙丹直看到散场。陈国泰拿出怀表看一下问妙妙丹中午想吃什么？

"这么快，就要吃中午饭啦。"妙妙丹看了看自己手腕上的女式表十二点了，说。"去飞海粽店吃肉粽。"

妙妙丹是"飞海粽店"的常客。陈国泰要了六个烧肉粽，一碗海带猪骨头汤，一碟炒芥菜，一碗红烧猪蹄。妙妙丹想看热闹就在门边可见街道的位置坐下。

一会儿，老板娘端着一小盆烧肉粽上来。陈国泰解好粽绳递给妙妙丹。陈国泰喜欢这家店用仰光米焖的干饭，饭粒不硬不烂。老板娘为陈国泰盛一碗干饭。妙妙丹津津有味地吃着烧肉粽。

一队浓妆艳抹穿戏服的人沿街而来。陈国泰向妙妙丹介绍："这个是火鼎公、火鼎婆，盼望日子过得兴旺火红。"

妙妙丹放下手中的粽子跟着火鼎公、火鼎婆表演队走了。

老板、老板娘与陈国泰对笑，羡慕妙妙丹没长大的天真、可爱。

陈国泰吃了一碗饭，停筷等待妙妙丹。妙妙丹跟着火鼎公、火鼎婆表演队走了半条街折回来继续吃午餐。陈国泰见妙妙丹吃得津津有味，趁机说："初二是女婿日。孝女、女婿初一、初二到，不孝女儿女婿初三迟'过到'（晌午）。女婿登门要带礼物给岳父岳母，同时要给小孩们分红包，桔柑或糖果之类。"

妙妙丹马上说："阮厝很远，怎请女婿？"

"你厝太远，我们没法去给你爸你母拜年。明日，我携阿琴和阿霞、阿红回南安拜年。"陈国泰注视妙妙丹的表情。

妙妙丹明白陈国泰的真实意图笑问。"噢。带我去吗？"

"带你去？"陈国泰没有想到妙妙丹会提出这么幼稚的要求，一时不知怎么回答，心想番婆就是番。

妙妙丹见陈国泰没有吭声，问："不肯？"

陈国泰笑道："你想一想，合适吗？"

妙妙丹想到自己的身份会令黄怡琴的父母尴尬，便说："阿梅也要回娘家吗？"

"是。蔡管家在家。你可以约人打牌、听戏。我两天就回来。明年带你回九都过年。"

第二天，妙妙丹还在睡梦中，陈国泰、黄怡琴带着两个女儿、炖熟的猪脚、年糕等礼品回南安。苏爱梅也带着同样的礼品回了娘家。

第五十二章　报恩

年前，和贵夫妇请屠夫杀了一头三百斤的大猪，分给两个长工黄金田、黄火炉一些膘肉、排骨、大骨、瘦肉、板油带回家过年。按照村庄的习惯，当日黄和贵请全村人共进午餐。庆宴后，黄和贵村人帮着制作猪血糯米灌大肠、腌肉、腊肉、做肉松。和贵夫妇将猪肉、猪骨煮的煮、卤的卤，炸的炸，一盆盆、一钵钵，准备“女婿日”给女儿们带回婆家。

初二“女婿日”，天蒙蒙亮。和贵夫妇喜滋滋地起床，清洗茶具、碗筷；摘洗菜、葱、蒜。吃过早饭，杀鸡去毛、炖鸡。将午餐的菜一盆盆、一碟碟、一盘盘切好，配好等待中午下锅。女儿、女婿回来时有更多时间泡茶、聊天，与外孙、外孙女亲近。

十一点钟，陈国泰穿提花湛青色绸缎对襟棉衣，双手提着大包小包的礼物。黄怡琴身着提花绸缎红棉衣。陈红霞、陈红红跑进大厅欢叫：“阿公、阿嬷，大姨、大姨夫。二姨、二姨夫。”

黄怡琴挎着一个包，跟在陈红霞、陈红红身后走进大门。

黄怡芬的丈夫李庆喜、黄怡芳的丈夫林文宾跟着其妻唤陈国泰“大哥”。

村人看见黄和贵的三个女儿、女婿回来满心充满羡慕。心底想生这三个女儿不比生三个儿子差。前些年，陈国泰做木材生意时，买了一根粗大笔直的楠木，为和贵夫妇准备了百年后的棺材。村里人羡慕和贵夫妇说好心有好报，救了个苦人仔，享福了。两位老满心乐滋滋说：

一个女婿半个儿，我的阿泰顶别人二个儿子。

李庆喜、林文宾不嫉妒岳父、岳母对陈国泰更亲。他们知道陈国泰从小在这个家长大的养子。

陈国泰坐下，掏出一包“双喜”香烟，“嚓”一下撕开封口，一把抓出四支烟依次敬养父、两位联袂。随手将烟仍在桌上，掏出打火机，“咔”一下打出火，依次点烟。关上打火机盖，随手置于桌。

黄和贵喜欢陈国泰豪爽、干脆利落的动作。

陈国泰少了女婿的恭敬客气的生分，多了儿子的随意、亲切的情分。陈国泰自己倒一杯茶饮，一连饮三杯，开始讲他的走世界见闻。

陈红霞、陈红红、怡芬的孩子与村里的孩子们在大门口玩耍。

黄怡琴、黄怡芬、黄怡芳与母亲在厨房准备午餐，唠家常说着公婆、妯娌、姑子的鸡毛蒜皮之事。

黄怡琴说一些番婆的“番事”，乐得母亲和两位妹妹笑得泪花滚滚。

和贵妻对黄怡琴道：“家和万事兴。说明番婆还懂事。人敬我一尺，我敬人一丈。好来好去。你要给阿泰面子，别让阿泰难做人。阿泰对你好就好。有的人没娶小姨（妾），对嫫又打又骂，有什么好。有的人娶小姨，对嫫仍是疼，有什么不好。”

黄琴芬含笑说：“你就是疼大哥。不是亲生仔，你们也这样疼，重男轻女。”

和贵妻笑骂道：“你们有良心吗？你们小时候被人欺负，都是阿哥为你们出头。厝边没人敢欺负你们。村人羡慕我和你爸一个女婿胜过两个儿子。”

当晚，村里的男女老少聚在黄和贵红砖厝前的石埕。长凳上挤四五人，短凳上挤两人，有的人自带凳子，有的人坐在门头石阶上，有的人蹲、有的人站。村人抽罐子烟、饮茶，吃厦门贡糖、鼓浪屿馅饼、咸酸甜，听陈国泰讲南洋、日本、缅甸、英国、美国奇闻怪事。

夜深天寒，陈国泰结束他的“讲天抓皇帝”，村人依依不舍地回家。

妙妙丹懒洋洋地穿好衣服，穿上棉鞋，梳理好髻子，下楼。整栋楼静悄悄的。她想起他们都走了，一阵心酸想哭。

蔡管家在沙发上看报，听见声音，起身问，想吃什么？家中安静得让妙妙丹受不了，没有食欲，淡淡道："随便。"

蔡管家知道妙妙丹早餐喜欢甜食，到厨房热开昨晚煮的花生汤，蒸一盘麻糍。蔡管家陪妙妙丹吃，尽量说一些开心的事驱散冷清。

妙妙丹告诉蔡管家，中午和晚上都别等她吃饭，她要去玩。蔡管家也不适应突然人少，突然清静。

妙妙丹正准备出门，陈宝珠、吉田太太、田原太太来了。一会儿狄瑞克夫妇、满乐思夫妇也来了。他们说是陈国泰请他们来家里来陪妙妙丹。妙妙丹心理阵阵温暖。他们喜欢到心怡别墅摸麻将，有人泡上等的铁观音茶、有世界各国的好烟，还有可口的饭菜。

初三早，黄怡琴给两个妹妹一人一块洋布料，一人一袋礼物。袋里有一条"双喜"烟、一瓶万春堂药酒，一盒鼓浪屿馅饼、一盒贡糖。和贵妻给黄怡芬、黄怡芳的婆家准备了肉松、九层糕。黄怡芬夫妇、黄怡芳夫妇拎着礼物，带着孩子开心地回家。

陈国泰抱着陈红红，黄怡琴牵着陈红霞，拎着烟、酒、馅饼、贡糖到九都。一走进村，村人就惊喜地招呼："回来啦！"很快，陈国泰携妻女回来的消息就传遍全村。

陈国泰发达后，建连排三幢洋楼。外看是西式洋楼，内部是闽南传统"五开间"结构的三层楼，伯伯、叔叔、堂伯三家人住。国泰的伯伯、叔叔、堂伯伯三家人都在洋楼的大埕满面笑容地迎接。

黄怡琴将手中三袋相同的礼物分别递给伯母、堂伯母、婶婶。

伯母、堂伯母、婶婶乐滋滋地接过礼物，都笑哈哈道："都免这么客气。"

黄怡琴笑吟吟道："我母做得肉松、还有一些厦门的糕点。"

晚上，顶厅。数盏油灯跳跃的灯光与黑暗映出影影绰绰。伯伯、伯母、叔叔、婶婶、堂兄弟等人忙着搬凳子、端茶水。村里除了陈国平一家人，其余的人都来了，聚在厅里。长凳上挤四五人，短凳上挤两人，有的人自带凳子，蹲着的、站着的。村人抽罐子烟、饮茶，吃厦门贡糖、

鼓浪屿馅饼、咸酸甜，听陈国泰讲南洋、日本、缅甸、美国奇闻怪事。午夜，陈国泰结束他的故事，众人恋恋不舍散去。

初四，陈国泰带着妻女回金淘，不等吃午饭赶回厦门。和贵夫妇理解陈国泰牵挂“水番婆”急着回去。和贵妻让陈国泰带上肉松、五香卷，麻糍、菜头粿给“番婆”吃。陈国泰感激岳父母的宽宏大量。

当日傍晚，陈国泰回到心怡别墅，正如意料之中妙妙丹不在家。蔡管家一个人正吃着饭。

陈国泰放下东西，拨电话到妙妙丹有可能去的地方的，都说没有来。陈国泰喝了一杯蔡管家递过来的热茶，梳洗后直奔万国俱乐部。

陈国泰走进万国俱乐部的酒吧间。黄种人、白种人衣着华丽的二三人，四五人围坐饮酒。陈国泰见妙妙丹正与吉田、田原和狄瑞克猜拳饮酒。吉田太郎、田原一雄和狄瑞克想灌醉妙妙丹，获得一些信息，没想到妙妙丹海量，酒后不吐真言。

陈国泰忍着内心不悦，脱下呢大衣挂在衣架上，在妙妙丹身边坐下，挽起袖道：“我来。我一人对你们三人。”

吉田太郎、田原一雄、狄瑞克知道陈国泰猜拳基本是赢的，酒量又好，纷纷拒绝。陈国泰不容他们拒绝。吉田太郎、田原一雄和狄瑞克连连输，喝得迷迷糊糊。陈国泰得意地带着妙妙丹回家。

次日清早，蔡管家回家去。陈国泰起床，洗漱好，热剩稀粥，吃一点腌萝卜、肉松、豆腐干，然后到楼上叫醒妙妙丹说：“今天是接灶神日。”

“灶神今天就回来啦。”妙妙丹起床、洗漱，吃着陈国泰热开的花生汤，蒸热的麻糍。

妙妙丹在一旁笑眯眯地看着陈国泰将全鸡、羊腿、猪头、酒、瓜果、糖饼摆好，燃香、点烛、烧纸、接灶君、灶妈，祈求神明保佑合家平安。

中午，陈国泰带妙妙丹到喜乐咖啡店。妙妙丹点了一杯咖啡、一份牛排、一个煎鸡蛋。陈国泰要了一杯咖啡，一个面包。妙妙丹深知陈国泰省吃阔穿，对自己省对别人阔。她坚持又点一份牛排，强迫陈国泰吃。

初五一早，陈国泰驾快艇到厦门，快步到公司，在公司大门前端端正正贴上“开张大吉”，鸣炮。各商家店铺，陆续鸣炮开市，鞭炮声不断。

九时，妙妙丹懒洋洋地起床、洗漱、冲一壶上等铁观音茶，吃了二个馅饼，梳妆打扮一番，过渡厦门，到公司找丈夫。

初五、初六陈国泰、妙妙丹第一次享受两人世界。陈国泰抱着妙妙丹到楼上的卧室，相互挠痒痒。第一次无拘无束，放声大笑，不用担心吵家人，伤两位太太的心。

陈国泰、妙妙丹很享受两人世界的自由、欢快。但陈国泰要讲礼数，给苏爱梅的父母拜年。

初七早上，陈国泰轻手轻脚地起床、洗漱，冲一杯铁观音，吃一盘麻糍，穿上黑呢中山装，带上二瓶万春堂药酒、两条红双喜烟、贡糖、馅饼、红包去五通村看苏爱梅的父母。

五通村。阳光下，鸡、鸭、鹅、猫、狗闲荡。暖暖的太阳下，聊天的蔡玉树、林德发、苏爱花的兄弟等村人微笑地与陈国泰打招呼。陈国泰总是上前热情地敬烟、点烟。进村到苏爱梅家时已敬完一包烟。

苏爱梅与母亲坐在小凳上洗一个大木盆的衣衫。爱梅父、爱梅大弟吸烟、饮茶。爱梅二弟、小妹与村童跳绳，踢毛毽子。爱梅大妹洗菜。苏爱梅家人见陈国泰走来，喜得手忙脚乱。爱梅母、爱梅洗手、擦手、立身，爱梅母泡茶。爱梅端水果、糕点，爱梅大妹擦桌椅。陈国泰将礼物放在桌上，掏烟敬爱梅爸、爱梅大弟弟。陈国泰给岳父母各一千元的红包，舅子、小姨子每人两百元红包。

爱梅母、苏爱梅、爱梅大妹妹乐滋滋地准备午餐。陈国泰与爱梅父在厅里饮茶、聊天。

午餐，顶厅，大圆桌围坐着爱梅全家人。桌上都是陈国泰喜欢吃的芥菜糯米饭、红烧猪蹄、油煎猪血糯米灌猪大肠等。一家人欢天喜地吃团圆饭。陈国泰起身、双手敬爱梅父母酒。爱梅兄弟频频敬酒。小弟弟、妹妹们以茶代酒敬姐夫酒，祝：健康、发财。

陈国泰满面酒红，笑哈哈频频回敬。充满了优越感、成就感。午饭后，

苏爱梅拎着父母准备的龟粿、九层粿、菜头粿与陈国泰双双回鼓浪屿。

下午，黄怡琴带着陈红霞、陈红红回来。黄怡琴做龟粿、汤圆、发糕等准备敬天公。苏爱梅在黄怡琴边上帮忙。妙妙丹帮不上忙，在一旁打下手。

初八上午，叶丽珠、旺婶陆续回来，都带来自家的龟粿、麻糍、蒸发糕、菜头（萝卜）粿。妙妙丹立即拿了最爱吃的龟粿，一个叶丽珠家的，一个旺婶家的。刚冷却的龟粿不粘不硬，糯、Q，正合妙妙丹的口味。妙妙丹喜欢黑草龟墨绿发亮的颜色，散发青草的香味，碾碎的炒花生的香、甜、脆。她边吃边说好吃。吃完后笑滋滋地说："丽珠厝的黑草粿草更多，草香味更香。旺婶的黑草粿的馅多了橘子皮，有橘皮的香。都好吃。"

暮色初合。陈国泰搬出两张八仙桌，放在庭院。妙妙丹与旺婶系上红布。陈国泰、叶丽珠来回端着祭品。十二碗干鲜水果，十二碗素菜。顶桌摆一盆水仙花，龟粿、发糕、水果、柿饼、桂圆干、红枣等清素斋品。下桌摆猪头等的五牲荤食。

妙妙丹新奇地看着这一切，怕坏了规矩，不敢轻举妄动，只听着人招呼再动手。

子正之时，陈国泰点上一对新的大红烛，燃三炷清香插入专用的香炉。焚香之后，陈国泰领着全家大小，跪在桌前，叩谢玉皇大帝保庇平安顺舒的浩荡天恩，祈愿来年天公赐福，风调雨顺，祈祷孩子平安长大，并许愿日后隆重酬谢。

家家户户厅堂点燃红烛灯、"天公灯"，燃放鞭炮。鼓浪屿与隔海的厦门爆竹声响成一片，此起彼落。家家户户开始烧"天公金"。

敬天公后的次日上午，蔡管家拎着行李、包袱回来。

家家忙着扎灯，买灯，送灯迎上元节。生男孩之家制作或购买花灯，挂到寺庙、宗祠。未生男孩的妇人娘家忙送灯。心怡别墅一楼挂一对大龙灯是正月初十一黄怡琴娘家派一位男童送来"观音送子灯"。二楼的一对莲花灯是苏爱梅娘家送的。三楼的一对绣球灯是妙妙丹娘家寄来的。

正月十四清早，黄怡琴、苏爱梅和妙妙丹各带着香烛、红桔、钱柑等到南普陀求子。

陈国泰在庭院的相思树旁，坐在小矮凳上用竹片娴熟地扎两个小灯笼。蔡管家、旺婶、叶丽珠抱着阿红站着看，红霞坐在小凳佩服地看着父亲。蔡管家由衷赞道："头家样样能。"

陈国泰边扎灯边对红霞讲勤劳、吃苦的故事，人要靠双手赚食，勤劳、吃苦。多学一样本事，多一条生活路。

陈红霞点点头。

1928年2月5日上元节前夕的早上。旺婶浸泡糯米，磨浆。晚上，全家人围在一起搓元宵。原味的不包馅，咸的包肉馅，甜的包花生、芝麻、白糖。

上元节一大早，厦门家家户户把五牲、果子、酒菜、纸钱等供在桌上，向天宫神烧香祭拜，占卜卦，预测一年的福祸凶咎。祭酒之后烧金纸，完成祭仪、撤供。全家人一起吃元宵。

晚餐后，陈国泰抱着提小灯笼的陈红红。黄怡琴牵着提小灯笼的陈红霞。苏爱梅、妙妙丹、蔡管家、叶丽珠、旺婶都到厦门看游灯。

厦门每家门首悬灯二架，十家则一彩棚，数步一立表，一表辄数灯，家联户缀，灿若贯珠。大街小巷到处是卖汤圆、卖灯笼的摊点，此起彼伏的"卖汤圆"、"卖灯笼"吆喝声。男女老少成群结队上街赏灯。仰望腾飞空飘忽"中孔明灯"。

从厦门看鼓浪屿灯如五颜六色的夜明珠闪烁，灿烂。从鼓浪屿看厦门灯如五彩缤纷的星海，壮观。妙妙丹在仰光看不到仙境般的灯海。她的脸像一盏笑开的灯。她惊叹地看着青纱数丈的金龙灯。十余人执而舞之，腾飞、跃身、摇头摆尾、曲伸盘旋，鳞甲毕动。人群发出一阵阵惊喜的叫声。

一些外国人乐滋滋地吃着龙眼般的汤圆，看着舞狮、踩高跷、跑旱船、放烟火、迎紫姑、猜灯谜。盛装的少女和儿童跳起欢腾热烈的花灯舞；南乐团演唱南音古乐。

观灯至午夜陈国泰等人进门，兴奋、疲惫，各自洗漱回屋休息。

妙妙丹穿着缎棉睡袍站在衣柜的穿衣镜前，放下髻子。她凝视着镜中的自己，欣赏着那让许多女人向往的乌黑滑亮、大波浪的卷发，秀秀的鹅蛋脸，丰满的胸部。

陈国泰躺在九彩花缎面被里，伸出手臂，微笑：“番娜婆，来睡吧。”

妙妙丹眯眯笑地头枕陈国泰的手肘睡。

第五十三章　少妇生日

闽南女子出嫁后的第一次生日，娘家父母要置备蛋、面等礼物送给女儿，让男方记住其生日。因路途遥远，林美珠写了一封信，祝女儿生日快乐，意在提醒女婿给女儿做生日。

妙妙丹的十六岁隆重盛大的生日的气派深深地烙在陈国泰的记忆中，想抹都抹不掉。陈国泰挖空心思地想给水番婆一个热闹的端午节生日。如果生日排场太盛大会伤黄怡琴、苏爱梅心，嫉妒会引起她俩与妙妙丹更加不和。过于简单，会让妙妙丹很伤感。好在生日与节日同一天，隆重一些说得过去。上个月，陈国泰已带着妙妙丹到同英布店扯衣料、裤料，到苏师傅裁缝店裁一套新服。买了帽子、鞋袜。陈国泰对妙妙丹道：“我要让你的每年生日都穿上自己喜欢的新裳。让你欢欢喜喜过每一个生日。”

晚上，陈国泰为妙妙丹点了一支雪茄，自己也点了一支雪茄，试探地问生日怎么过？妙妙丹说想请许丽丽、陈宝珠、漳厦海军司令部外事组组长的太太。

说话间扯到今年厦门划龙舟。

妙妙丹突然兴奋地说：“让我参加划龙舟。”

陈国泰连连摆手说：“划龙舟？不行，不行。”

妙妙丹追问：“怎么不行？”

陈国泰拉过妙妙丹的手说：“查嫫人是不能上龙舟。龙舟过桥时，桥上都不能有查嫫人。嫫（妻）大肚子、坐月子的达啵人也不能划龙舟。”

妙妙丹紧问：“哪一个达啵人的老母不是查嫫人？”

陈国泰无奈地笑着说：“查嫫人上龙船，龙王会发火，船会翻。”

妙妙丹不依不饶道：“那就全船都是查嫫，翻了都是查嫫人。”

两人一句接一句，烟一支接一支，谁也说服不了对方。不知不觉吸掉一罐烟。妙妙丹突然感到头晕、恶心想吐。

陈国泰知道妙妙丹“烟醉”，忙跑下楼泡一杯浓白糖水，跑上楼边吹边一匙匙地喂妙妙丹。一碗白糖水入胃，妙妙丹难受的胸口渐渐平缓，苍白的脸色渐渐有了血色。妙妙丹软软地躺在陈国泰的手肘上，迷迷糊糊地睡着。

陈国泰心疼地、小心翼翼地将妙妙丹移到枕上。

次日上午，妙妙丹又想划龙舟的事，想到许志平提倡解放妇女，男女平等，打扮一番去许宅。

许志平不在。许丽丽沏茶、让座。妙妙丹与许太太、许丽丽说了自己想参加划龙舟的事。许丽丽很感兴趣，陪着妙妙丹去建筑公司找许志平。许志平当即答应帮助妙妙丹。

当晚，许志平、许丽丽来到心怡别墅。陈国泰靠在沙发上看报。妙妙丹跟着留声机哼歌仔戏《念家》。许志平在陈国泰边上坐下。许丽丽在妙妙丹身边坐下。陈国泰倒了两杯茶。许志平直说女子划龙舟之事。

陈国泰看一眼妙妙丹。妙妙丹得意地笑了笑。陈国泰无可奈何地说：“有钱的查嫫多数没力，也吃不了苦。没钱查嫫要做饭、洗衣裤，赚食没时间。划龙舟训练耗体力，要多吃饭，多营养，要多花钱，怎么会有人来呢？”

妙妙丹马上说：“没试一下，怎么知道没人来呢？”

陈国泰伸出一个巴掌，笑哈哈地说：“若有人来，来的人训练期间给5个大洋。”

许志平笑道：“你说的。”

陈国泰笑道：“我什么时候说话不算数过。”

妙妙丹高兴地指着陈国泰道：“你出钱。”指着自己说：“我负责找人。”

在一旁的黄怡琴边照看陈红红边竖起耳听，心底怨道：真是‘番’。不讲道理、不守规矩。没看过女人划龙舟。还要花家里那么多钱。

许志平、许丽丽离开后，苏爱梅冷冷地说：“生目（长眼睛）没看过查嫫人划龙舟。”

妙妙丹不悦地回嘴：“今年你就能够看到了。”

黄怡琴喃喃道：“花那么多钱。”

妙妙丹生气地说：“我自己出钱。”

苏爱梅没好气地说：“是，你有钱。”

黄怡琴忍住不满，冷冷道：“有钱也要节俭。”

“别争了。”陈国泰发话。黄怡琴、苏爱梅便住口了，浓浓的醋味心底荡起。

妙妙丹、许丽丽早出晚归忙着发宣传单找女队员，午餐常不回家吃。一时间厦门、鼓浪屿街头巷尾的人们在茶前饭后议论女人上龙舟之事。女子划龙舟成何体统？反对的声音占大部分。

陈国泰、许志平分别找厦门市政府和厦门商会，请求增加女子队。有人玩笑说：“陈大胡天不怕，地不怕，就怕水番婆撒娇。”“宠小姨宠得爬锅灶。”

陈国泰一笑了之。

陈敬德说服父亲同意女子参加龙舟赛，让陈家帮兄弟们的女眷参加报名。树铭太太对陈敬德道：“好的你没娶番婆。查嫫人也想划龙舟。从来不求人的阿泰到处去求人。”

陈敬德没有言语，心底说只要番婆高兴，再“番”的事我也愿意效劳。

陈宝珠看一眼哥哥说：“这不是番。花木兰、穆桂英都能打战，划龙舟算什么，我也想参加。”

陈敬德笑道：“我支持。”

树铭太太不满道：“姑娘不像姑娘样。”

一只龙舟需十八位对桨、一位舵手、一位鼓手、一位夺标手等二十一位。

妙妙丹、许丽丽给“小茶桌”茶馆老板宣导：每推荐一个合格的女子给一个大洋。厦门、鼓浪屿的大街小巷的“小茶桌”茶馆都积极招选划龙舟女子选手。一个星期的招募，看的多，报名的少。符合条件的更少。

陈国泰动员美国领事馆工作人员及亲朋好友报名。陈敬德动员选中陈家帮弟兄妻、妹、女儿，许志平动员的建筑工人、码头工人家中的女人报名，勉强选30余人。林爱兰、张丽娜、邹莹莹、欧阳莲凤、陈雪萍、6位金发碧眼的女子。27个新女性开始集训。

妙妙丹个不高，体态轻盈、天生节奏感好，被选为鼓手。每晚，陈国泰为她按摩全身和手臂。妙妙丹咿咿呀呀叫痛。陈国泰心疼说：“自找苦吃。达哓人做的事查嫫人也想试。”

黄怡琴、苏爱梅心如醋浇，同时心疼白花花的银子。苏爱梅嘟嘟囔囔：“为了番婆的荒唐浪费那么多钱。”

黄怡琴酸酸地说：“有什么办法，番婆年轻又水。”

黄怡琴、苏爱梅的心底羡慕妙妙丹的敢想敢为。

龙舟赛前的一个早晨，陈国泰带领妙妙丹等女队员到“全美”造船厂，为订做的一只新龙舟浸沐，为龙首点睛。新龙舟朱漆鲜亮。女队员们在龙舟角上挂神灯、献花、献果、献酒，在龙头前摆“三牲”。女队员们持香对龙头祭拜，手持香炉绕龙舟转一圈。十时四十分潮水涨到最佳位置，鼓乐声、鞭炮声中，龙舟触水。女队员们欢声雀跃，纷纷跃入龙舟内，将龙舟划远。

端午节前，心怡别墅和其他人家一样门前挂菖蒲、艾草。陈红霞、陈红红佩戴黄怡琴缝制的香囊、拴五彩线。旺婶烧了一桶又一桶的艾草水，人人洗身，防瘟疫。

端午节一早，妙妙丹吃了旺婶煮好的面线蛋，穿上龙舟赛的服饰外披呢大衣走了。陈国泰身着白西服、白皮鞋，紧随妙妙丹出门。黄怡琴、苏爱梅心如被打翻的五味瓶浸泡得难受，无奈地跟随。蔡管家抱着陈红红，黄怡琴牵着陈红霞，叶丽珠、旺婶一行人说说笑笑过渡到厦门看“划龙船”。

从海关码头到水仙宫万人空巷。鹭江道站满人群。厦门大学的海滩上人山人海。有的男童骑在大男人头上，有的女童被举在大人胸前。

林强、黄衍明等人已搬三条长凳占据最佳位置。黄怡琴抱着陈红红与陈红霞坐一条长凳。苏爱梅、叶丽珠，蔡管家、叶丽珠、旺婶坐另两条长凳。林强等人在其身后站着，挡着拥挤的人群。听说有女人参加划龙舟，许多双眼寻找女队员，期待着看女人划龙舟是什么样？会翻船吗？

海边停泊着红、黄、青、黑、白、绿六只竞渡的龙舟。龙舟船头雕刻大龙头，须眉齐全，双目炯炯。龙头上披挂彩绸，船两侧彩绘鳞甲。

妙妙丹心跳得厉害。许志平、陈国泰不时地看一眼女队员既兴奋又担心。这些女人没有划过龙舟，万一翻船，不知会出什么事。

竞赛开始，锣鼓喧天，一艘艘龙舟如箭离弦，飞速破浪前进。

女队员白衣、红裤、红绸布将头发束成红花。陈宝珠为舵手。女队员用闽南语唱：“查嫫人，嘿，划龙舟，嘿，不输阵，嘿……”随着妙妙丹雄浑有节奏的鼓点，齐使力。女子队按照许志平、陈国泰的嘱咐不求名次，保证不翻船，堵住非议人的嘴。

岸上观战者的双目更多注视着首次女子划龙舟。有的人等着看女子翻船的窘态；有的人担心女子龙舟翻船。男队们根本不把女队员放在眼里不时地看一下女队员是否翻船。

欣喜的是女队没有翻船，且取得第四名。龙舟靠岸时，陈国泰、许志平悬着的心落下，深深地呼了一口气，紧绷的脸绽放出欣慰的笑容。从此之后的龙舟赛有了女子队。

陈国泰给参赛女队员每人5个大洋，给后备的女队员和帮忙的男子每人2个大洋。

龙舟赛后是“掠鸭”。一些赤足健儿纷纷落水。岸上观众哄堂大笑。陈红霞和陈红红看得笑咯咯。一位好手走过椽子，取得竹笼，游水上岸。观众热烈鼓掌。

划龙舟散了，林强、黄衍明搬着长凳回公司。陈红霞跟在黄怡琴身边，黄怡琴抱着陈红红同苏爱梅、蔡管家、旺婶、叶丽珠等人逛中山街、水仙宫和妈祖宫。观看“宋江阵”、“拍胸舞”、“车鼓弄”、“醒狮起舞”、“大鼓凉伞”和“布袋戏”。

妙妙丹回家洗澡换上生日新装，橙红小方格毛料和尚领上衣，黑呢长裙，脚穿黑皮鞋，她的项上戴着一条金项链，左手腕是碧绿透亮心形翡翠坠的金手链、右手无名指是金戒指，双耳是心形翡翠金耳环。她哼着“宜兰调”的曲，轻快地走向酒店。

南轩酒店。陈国泰摆了六桌宴请龙舟女子队员、教练、后勤人员，陈敬德一家、许志平一家、郑成安、黄衍明、林强、陈国建、满乐思夫妇、狄瑞克夫妇、吉田夫妇及心怡别墅的人。

众人轮番敬妙妙丹酒，祝生日快乐。妙妙丹一杯又一杯来者不拒，酒量令众人惊讶。

陈国泰、陈敬德、蔡管家、叶丽珠、盼婶淡化生日，各一次祝妙妙丹生日快乐外，祝女了划龙舟成功，减少人人人、二太太的失落感。妙妙丹心领神会，闭口不说生日。

黄怡琴、苏爱梅自我安慰，隆重是因为女子划龙舟成功，顺带给妙妙丹过生日。

妙妙丹酒饮至八分量时，大谈仰光大金塔、曼得勒的爱情桥、缅甸男孩必须当和尚等习俗。

当日晚饭后，陈国泰请心怡别墅的人都去看戏。

华灯初上，成群的先生、太太谈笑风生步入中华茶园。茶园门前，一个身着破烂衣装，愁眉苦脸的女人带着着两个年幼的穿着满是补钉衣裤的男孩乞讨。

陈国泰给了二个大洋。女人带着两个男孩不停地磕头：“谢谢！”

妙妙丹哀叹道：“真可怜。那女人怎么能活得下去。”

陈国泰道："为了那两个孩子。"

妙妙丹无法想象这母子如何坚持。

戏院座无虚席。晚上8时，"水仙花"款款走上台来，给观众道了一个万福，清了清嗓子唱起《陈三五娘》。"水仙花"的嗓音婉转甜美，悠扬高亢，有绕梁三日，久久回荡的感觉。那抑扬顿挫的念白字字清晰入耳，高不滑，低不散。台下掌声如雷。

一个肥头大耳、油光满面的胖子坐在最靠近戏台的圆桌旁，悠然自得地跷着二郎腿，嗑着瓜子，不时扰乱高喊"好！好！"

"水仙花"清清楚楚地看到胖子亮亮的脑门，置之不理，接着往下唱。有人劝胖子不要喊叫影响听戏。胖子置若罔闻。

散戏时，胖子跑上台去戏弄"水仙花"。早就憋了一肚子气的陈国泰不顾三位太太的阻拦，冲上前去就是一巴掌。胖子无防跌倒在地。"水仙花"赶紧离开。

胖子身边的五个日本浪人冲向陈国泰。胖子拔出六响小洋枪朝天放了一枪。人们纷乱跑散。五个日籍浪人都拔出携带的六响小洋枪。三名巡警上前制止。胖子等与巡警打起来。更多巡警赶来。

"别惹事。快走！快走！"黄怡琴劝陈国泰。转头对苏爱梅、妙妙丹嚷着："还不拖回家。"

妙妙丹拖着陈国泰的胳膊，苏爱梅推着陈国泰的背离开现场。

第五十四章　思亲

陈国泰托美国朋友购一辆哈雷摩托车，成了鼓浪屿第二个有摩托车的人。经常骑自行车的妙妙丹很快学会骑摩托车。黄怡琴看妙妙丹骑摩托车吓得胆战心惊。苏爱梅不会骑自行车，也不敢学骑摩托车。摩托车成了陈国泰、妙妙丹专用。妙妙丹骑摩托车成为鼓浪屿独特的风景。一些人非议不成体统的“番”性。

1928年7月晚，妙妙丹、陈国泰准备参加日本驻厦领事馆上野上任举办的招待舞会。妙妙丹要骑摩托车带陈国泰。陈国泰笑劝：“会被人笑死。哪有达嗷人让查娒人载。”

妙妙丹不服道：“为什么不能查娒人载达嗷人？”

黄怡琴不满道：“规矩。”

妙妙丹没好气道：“没道理的规矩可以改。”

陈国泰眼见妻妾要争吵起来，不情愿地坐在妙妙丹的身后，双手抱着妙妙丹的腰。急忙说：“走吧，走吧。”

妙妙丹猛一踩油门，摩托车“轰、哺”冲出铁门，朝日本领事馆奔驰而去。

陈国泰说一不二的人竟折服这个番婆。黄怡琴、苏爱梅醋意浓浓地咕噜。

日本驻厦领事馆增建两幢典型的日本式，采用闽南彩陶烧制的花瓶的红砖楼。一座为警察本部，一座为宿舍。日本领事馆门口一些人见妙妙丹载陈国泰不禁怪笑。陈国泰也笑了笑。人们发现传统的陈国泰渐渐地“番”了。

领事馆的舞厅，音乐响起。田原一雄身着花衫衣，笑嘻嘻地走来请妙妙丹跳舞。陈国泰、妙妙丹在一张放着酒和酒杯的小圆桌对坐饮酒。

陈国泰笑呵呵道：“你真不知道理。头一个舞只能和安（丈夫）跳。”

田原一雄讪笑：“那我等下一曲。”

陈国泰搂着妙妙丹舞入舞池。

陈敬德白衫、白裤、白皮鞋，显得儒雅、悠然自得。林爱兰身穿红牡丹白绸缎高领旗袍艳光四射。陈敬德与林爱兰翩翩而舞引得茶座上众多眼球。

吉田太郎目光一直随着妙妙丹婀娜的舞姿移动。他奇怪自己每次见到妙妙丹仍会怦然心动。他没有想到水番婆会嫁给陈国泰为妾，他后悔自己没有尽最大努力追求。

黄种人、白种人杂沓共舞。高大魁梧的欧洲男人和身材苗条矮小的亚洲女人跳舞显得那么不协调。

陈国泰与妙妙丹回到位置上。吉田太郎立即急步走向妙妙丹，对陈国泰请求：“下一曲，我请水番婆跳，可以吗？”

陈国泰没有拒绝。一曲《恋歌》响起，吉田太郎牵着妙妙丹的手双双入舞池。

陈国泰阔步走向林爱兰，牵着林爱兰入舞池。

林爱兰初识陈国泰时，认为陈国泰是一个吃喝嫖赌、不择手段捞钱的商人。随着时间的推移，陈国泰的侠义、朴实、睿智和坚毅深深地吸引了林爱兰。众多的追求者没有陈国泰的这种潜质，责任感强、义气、豪气、阔气。林爱兰知道陈国泰不可能娶自己，仍爱他。陈国泰自娶了“水番婆”，就与她有了距离。她知道他是真的爱上“水番婆”。爱一个人就会怕这个人。

田原一雄见吉田抢先一步请了妙妙丹，只好请了一个着日本装的女子跳舞。

吉田太郎搂着妙妙丹的水蛇腰，瞧着她天真的笑容，心热如火，浑身热血沸腾。

争相邀请妙妙丹的先生一个接一个。喜欢与陈国泰跳舞的太太、小姐们乐不可支。

陈树铭按闽南“六礼”向尼拉的家长提亲、测八字、小定、大定、请期（告诉迎亲日子）、亲迎（婚礼）。

这日傍晚，丰收号大轮船停靠在仰光港。陈敬德一行人入住贸易公司。吉日吉时陈敬德经历缅甸婚礼。

半个月后的一天，红日当空，水仙码头。陈国泰带着媒婆、黄衍明、林强、陈国宁及八位抬着红呢轿的轿夫、吹鼓手等候陈敬德、尼拉一行人。

陈国泰缺乏耐性，不时地望着大海上的船，这儿走走，那儿瞧瞧。其他人在轿子边溜达，聊天。陈国泰不时给每个人敬烟、点烟。

邮轮靠岸。陈敬德身着红衬衣、白西裤、白皮鞋，牵着身着大红绸缎缅甸裙装的尼拉走出舱房。尼拉高高的髻子上插着红玉簪。登盛、尼拉的大弟弟、王南、王安兄弟等送亲者跟着陈敬德、尼拉下船。

尼拉经历闽南婚礼。

当晚，龙头路五龙屿酒店的四周陈家帮的弟兄三步一岗，五步一哨。厦门各报记者抢拍盛况。

酒店大门前，陈树铭夫妇上穿枣红色绸缎对襟绣花衣。下着黑绸缎裤笑容可掬做揖迎接来宾。各国驻厦门领事馆的领事，厦门政界要人、名绅名商、陈家帮的弟兄近六百人参加婚宴。

酒店二层主厅，南音乐队吹吹拉拉，喜乐喧天。陈敬德、尼拉洗热水澡，解去旅途的疲惫，精神焕发。陈敬德着红衬衫、白西裤、白皮鞋，与来宾握手、递烟。尼拉发髻高耸，戴一顶镶有百颗钻石的冠冕，穿着朱红彩绣斜襟绸缎衫，红长裙盖鞋面，露出红红的绣花鞋头。尼拉双耳、颈、双手珠光闪耀，笑容满面行合手礼迎客。

陈国泰、黄衍明、林强忙着引来宾入席。

陈国泰到大门前点燃六十米的长鞭炮。六十桌宴开席，上等席每桌24碟，10大碗。

数日后，陈树铭为陈宝珠在五龙屿酒店办出嫁酒。出嫁酒后的第二日，清晨吉时。登盛带着迎亲花轿到安旺别墅迎亲。吹鼓手起劲高奏。登盛在门外叫门，燃放鞭炮。陈家没有立即开门迎接。迎亲方放过三阵鞭炮之后，陈树铭打开大门，陈国泰鸣炮。缅甸的送亲人员成了迎亲人员入大门，进大厅。登盛向陈宝珠父母敬茶。陈树铭夫妇递上红包。厨娘端出“鸡蛋茶”招待迎亲的队伍。经过傧相们再三催请，新娘陈宝珠随身带上一面制煞的小镜和一个装着象征“连生贵子，百子千孙”的莲子、花生、桂花、石榴、茉莉花等吉祥物的袋，走出厅堂向神明、祖宗神位及双亲行跪拜礼辞行。媒婆牵着陈宝珠上了红呢轿。陈敬伟、陈敬雄随陈宝珠到仰光做小舅子。喜乐喧天一路至和平码头。码头上的人喜乐乐地围观。半小时后，登盛牵着陈宝珠及迎亲人员双数上了开往仰光的邮轮。

半个月后，登盛与陈宝珠的缅甸婚礼比陈国泰与妙妙丹的缅甸婚礼隆重而盛大。

黄怡琴、苏爱梅看不惯妙妙丹吃好、穿好，喜欢打牌、跳舞、喝咖啡、看戏。喜欢买贵的、高档的东西，挥金如土。苏爱梅、妙妙丹看不惯黄怡琴的“小器”，衣裤褪色去染洗，大人的破旧衣裤改给孩子穿，打破碗、杯、汤匙等责怪唠叨。

中秋前，旺婶、蔡管家、叶丽珠陆续回家。黄怡琴不得不操劳。妙妙丹起床迟，不吃稀饭，午餐、晚餐常不回来吃。苏爱梅没有子女，无所谓早吃迟吃。陈国泰、黄怡琴早上习惯吃稀饭，陈红霞上学须吃饭，黄怡琴只能操劳厨房家务，苏爱梅在家吃饭时，会到厨房帮忙。

妙妙丹起床时已近中午，洗漱之后，到厨房煮汤圆。她边吃汤圆边看黄怡琴改裤子，劝道：“我们家又不是穿不起新衣。小孩子也要穿好看。”

黄怡琴看不惯妙妙丹迟睡迟起，让人侍候的做派，没好气地说：“旧衫裤，有的地方破了，有的地方还很好，整件扔了太浪费。阿霞、阿红穿上我改的衫裤，左邻右舍都说好看。”

缝纫机脚踏板随着黄怡琴脚前后翘动，发出轻轻的“吱辘、吱辘”声，缝纫针紧张快捷地“哒哒哒……”上跃下跳，布料随着黄怡琴的手指，快速直线穿过“针线”缝合一起。

苏爱梅看不惯妙妙丹千金小姐娇贵态，冷冷地说：“没管家不知柴米油盐贵。”

妙妙丹不悦道：“没管家也知柴米油盐贵。”

黄怡琴眼盯手中的布教导：“好天要积雨来粮。”

妙妙丹淡淡道：“只要不浪费，为什么不能过好日子。”

苏爱梅教导的口气道：“只勤不俭，无钱无盐。”

“节约不是吃苦，过好日子不是浪费。饭菜煮多了，吃不完、坏了，倒掉这种叫浪费。鱼、肉、燕窝一人一小碗吃到肚子里就不能说是浪费。呢子衣、绸缎衫裤穿着不叫浪费，土布衣裤不穿放在橱柜，被虫咬，扔了叫浪费。”妙妙丹不依不饶，振振有词。

苏爱梅是长女，管弟妹形成了强势的“恰查某”，看不惯就忍不住说。妙妙从小吃好、穿好，玩好、被人呵护、侍候，娇宠形成的霸气。两人你一言我一语地争辩节约与浪费，声音越来越高，语气越来越生硬。

黄怡琴不想过节家里充满不愉快的气氛开腔制止：“别争了。”

妙妙丹气鼓鼓地到厨房去洗碗。苏爱梅气哼哼地打开留声机听歌。

午餐，黄怡琴用芋头、香菜、五花肉煮米粉。陈国泰见妙妙丹皱了皱眉，便叫黄怡琴炒几个蛋、炒一碟花生米。

黄怡琴、苏爱梅实在看不惯，叽叽咕咕。

陈国泰了解黄怡琴在艰苦的村落长大，深深地体会到劳作的艰辛，从小节俭，能省则省，是典型的“逑俭（节约）查某。”他小声地对黄怡琴、苏爱梅说：“她从小吃好，一下子吃不好不习惯，慢慢适应。”

陈国泰哄妙妙丹说：“闽南有一句古话‘食米粉芋，有好头路。’番薯、芋头好食物，八月半这天吃煮熟去皮的芋头，可去疥癞。”

妙妙丹点点头，强迫自己吃一小碗芋头煮米粉。

黄怡琴、苏爱梅忍住醋意，吃着番薯、芋头，心底怨“番婆不做家。”

晚餐，黄怡琴掌勺，苏爱梅和妙妙丹帮厨。焖芋头饭、煮番薯汤、烧荔枝肉、清蒸鲜带鱼、红烧猪蹄、清蒸虾……

全家人吃团圆饭。陈国泰、苏爱梅、妙妙丹谈论着厦门、鼓浪屿近期的新闻、趣事。黄怡琴串门少、常“坐家”，对外界发生的事插不上嘴。

陈国泰、苏爱梅、妙妙丹说说笑笑，频频举杯相敬，不时地敬黄怡琴。黄怡琴每次都礼节性地抿一口。

陈国泰节假日常有应酬，不是出门去，就是邀一帮人回来吃、喝、打牌、聊天，难得关心陈红霞。此时他不时地问陈红霞学校老师、同学的事。陈红霞开心地聊起学校的事。

席毕，黄怡琴、苏爱梅收拾碗筷、擦桌椅。陈红霞到厨房清洗碗筷。妙妙丹怕油、脏乱，选择将椅子归位，扫地，洗水果。

天色渐暗，圆月高悬，静静地俯瞰人间。陈国泰一手顶一张八仙桌，一手拎一张长凳到榕树下，相思树旁。

妙妙丹双手抱一张靠背椅说：“树下蚊子多，虫子多。吃东西不干净。”

陈国泰将桌子搬到远离树草的地方。黄怡琴将蒸熟的番薯和芋头摆到八仙桌上。苏爱梅、陈红霞摆上龙眼、柚子、茶料、月饼、香炉、长香、酒盅、嵌金箔的元宝纸等拜月的物品。

妙妙丹看了陈国泰一眼。陈国泰心神领悟道：“家家户户把蒸熟的番薯、芋头祭拜月神。番薯是金黄色的，芋头是白色的，‘包金包银，鼎中出金。’”

妙妙丹跟着黄怡琴、苏爱梅、陈红霞、陈红红烧香拜月。

妙妙丹问陈国泰：“你怎么不拜？”

陈国泰笑答：“男不拜月，女不拜灶。”

黄怡琴去客厅拿来一个黄澄澄的平和大柚子。陈国泰接过苏爱梅递过水果刀，麻利地划五下，掰开柚皮叫大家吃柚子。

黄怡琴叫陈红霞背有关中秋节的诗词。

陈红霞深情地吟诵：“人有悲欢离合，月有阴晴圆缺，此事古难全，但愿人长久，千里共婵娟。”

陈红霞背诵数首关于中秋节的诗词后，陈国泰鼓励道：“今后要背你自己写的诗词。”

陈红霞笑答：“好。”

陈国泰叫妙妙丹到卧室拿琵琶琴。妙妙丹抱着琵琶琴坐在陈国泰身边的太师椅满面通红，兴奋地自弹自唱：

圆月照得庭院明，秋风舒畅畅。我夫千里回家来，中秋全家共赏月。茶香饼甜乐全家。啊！月娘，夜深赏月相思树，秋蝉热喳喳；

秋风唱得树儿跳，歌舞乐融融。爱我人儿伴身边，今晚夫妻共欢歌。酒香菜甜庆中秋。啊！月娘，美满姻缘伴一生，梦中笑颜开。

欢心歌儿唱不停，银月亮晶晶。今生今世有福享，不辜青春暝日长。写信告知父母亲。啊！父母，女儿好命无人比。

从早上开始，妙妙丹的心底涌动着对仰光亲人的思念之情，一阵阵的热闹掩蔽了思亲情。此时的歌声激起了相思之情，泪水滚滚而下。

陈红红吓得哭了起来。黄怡琴拍哄着陈红红：“免惊，免惊。”

陈国泰上前，笑着用食指刮了一下妙妙丹的尖鼻，轻声安慰道：“过年过节不能哭。”

黄怡琴、苏爱梅心里涌起酸酸的味。她俩理解妙妙丹想家的心情，心理咕嘟“番”性，节日也哭，且在两个小孩面前哭。

妙妙丹见惊了陈红红满心歉意，忙止住哭泣。

陈国泰笑哈哈道：“妙妙，你跳一个缅甸舞。”转头对陈红霞说：“阿霞你跟着学。”

妙妙丹上楼到房间换上艳丽的缅甸装。陈国泰叫陈红霞拿出笛子。陈红霞欢快地跑上楼，到陈国泰的房间将八根长短不一、粗细不同的笛子和一盒笛模拿下楼递给父亲。

陈国泰挑选了一支笛子，边粘笛模边对陈红霞说：“阿娘缅甸舞跳得很好，你好好学，在学校可以表演。”

陈国泰吹着一曲缅甸舞曲。妙妙丹赤足翩翩起舞。陈红霞在身边跟着模仿。

黄怡琴、苏爱梅嘴上没说，心底暗暗赞叹：妙妙丹婀娜的舞姿真是能动男人的春心。

妙妙丹舞毕。早睡早起的黄怡琴抱着陈红红上楼睡觉。陈红霞、苏爱梅跟着黄怡琴上楼。陈国泰关上客厅的门和灯，挽妙妙丹上楼。妙妙丹撒娇说："这么早睡觉，明天去看出日。"

"出日有什么好看的。"陈国泰道。

妙妙丹娇滴滴地说："当然好看了。在仰光，我常看出日、落日。"

"天太凉了。"陈国泰没有闲情看日出笑哈哈道。

陈国泰拗不过妙妙丹的撒娇、坚持，答应陪着看日出。

次日凌晨五点，妙妙丹摇醒身边的陈国泰。两人轻手轻脚地快速洗漱。陈国泰冲一壶上等铁观音茶。两人饮热茶、各吃一块米糕，手挽手向海边走。

清晨，路上静静的。陈国泰在厦门数年，从未曾想过看日出。心想：闲人才会无聊地看什么日出。

陈国泰、妙妙丹在一块礁石偎依坐下。

海滩上陆续来了一些人。风拨弄海水，海水向沙滩涌来荡出韵律，海水冲击礁石奏出欢腾的涛乐。十余只白鹭在沙滩悠闲自在地觅食，沙滩上留下许多白鹭的爪印。

秋天的海风夹着寒意吹得妙妙丹脸上微微刺痒。妙妙丹摸了摸脸，一言不发，睁大眼睛，目不转睛地盯着东边，生怕一眨眼就溜走一丝日出的美丽。东边现出鱼肚白，一条剔透橙红的霞带艳艳地挂在天边。橙红的霞光慢慢地透出一片片黄，海平面上出现了点点火烧云。两三分钟后橘色的云片浮散在水平线上。

太阳慢慢地从海底钻出一点头来，淡淡的红，绯红，半个黄、一个黄，越往上升越亮丽。太阳的脸全都亮出时，闪耀得刺目。日、山、海共为一体，让人心旷神怡。陈国泰第一次完整地看日出，被这迷人的海上日出吸引。他感叹：妙妙丹真懂得享受。

数只水鸟惊飞入风浪的和声里，渐远渐稀。白鹭调侃海浪飞一飞，歇一歇。日头已豪放亮相。

妙妙丹凝视着，不禁想起仰光。想起了小时候与父亲、母亲、哥哥看海上日出、日落、吹海风的情景，不禁潸然泪下。

陈国泰吃惊地搂了搂她。她扑在他的怀中抽泣。陈国泰轻轻地拍着她的背，哄道："不要哭，不要哭。"

陈国泰见别人哭眼眶会潮湿，喉咙会哽咽。他掏出手帕拭去她的泪水道："你呀，真是番。刚才还在笑，现在就哭了。边上的人以为我打你呢。家内家外，有人无人是不一样的。"

妙妙丹渐渐地止住哭泣。

"我会一辈子守护着你。"陈国泰在妙妙丹耳旁轻声说，然后，起身挽妙妙丹往家里走。

刚进家门，妙妙丹就到卫生间呕吐。陈国泰拍着她的背边道："吃风啦！"

叶丽珠忙拿水给妙妙丹漱口。

陈国泰让蔡管家去请鼓浪屿四大名中医黄思藻先生。

黄怡琴埋怨地嘟噜："生目没有看到这么寒的天气，透早（清早）出门看出日。吃风了，受寒了，煮一块茶饼饮了就好了。"

黄医生是南安老乡与陈国泰、郑成安常往来。他认真地问妙妙丹怎么不舒服。妙妙丹答胃不适，想吐。黄医生把了一会儿脉，笑呵呵道："恭喜，恭喜。"

陈国泰哈哈大笑，欢天喜地给黄思藻先生二块大洋送至大门外。他太想有儿子，吩咐蔡管家："好好补补。"

每天，叶丽珠购来樱桃、杨桃、香蕉、甘蔗等新鲜的水果洗净用盐水浸泡后给妙妙丹吃。旺婶购鸡、鱼、鸡蛋、猪肝、猪肚、猪心。炖、卤、红烧变换着烹饪方式让妙妙丹吃得合口。

第五十五章　初为人母

这日傍晚，陈国泰刚进厅就听叶丽珠说鼓浪屿买不到黑莓，他转身出门去厦门买黑莓。

黄怡琴怀孕两个女儿时，陈国泰不在身边，苏爱梅不能怀孕，两人都没能感受到怀孕受宠的关爱，心底荡起阵阵伤感。

陈国泰自驾快艇到厦门。他雇上一辆人力车，跑了一条又一条街，进了一个又一个店，都说黑莓季节过了。陈国泰抱歉地对车夫道："到思明区再买不到，你就送我到轮渡。"

车夫笑道："罕得看到人这样疼嫫（妻）。"

陈国泰幸福地笑道："病仔。"

车夫惋惜道："爱吃黑莓，生查嫫。"

陈国泰反驳："没道理。"

车夫理解地笑了笑，不语。

车夫拉着车跟着陈国泰一个又一个小巷走，在一个又一个水果摊、水果店门口停下。陈国泰走进一家水果店，仅剩五斤黑莓，正被一年轻漂亮女子买下，并付了款。陈国泰恳求女子："让一斤给我好吗？我太太怀孕，思黑莓。"

店老板娘附和道："病仔的人真奇怪，会莫明其妙地突然喜欢吃一些莫名其妙的东西。有一次我看邻居吃红薯稀饭，很想吃。我到处买不到红薯，只好向邻居讨。邻居很理解，给了很多。吃二次就不吃了。"

女子将五斤黑莓全部让给陈国泰。陈国泰再三感谢女子。

陈国泰快速赶回家，一进门，叶丽珠接过黑莓到厨房清洗。旺婶忙着热饭菜给陈国泰吃。黄怡琴心疼地看着陈国泰饿得狼吞虎咽地吃相。叶丽珠端着洗好的黑莓走来。妙妙丹迫不及待地抓了一粒放入口中，招呼众人都来吃。众人不忍吃孕妇的食物纷纷婉拒。陈国泰见妙妙丹有些失落，拿了一粒放入口中，向众人招手道："大家一起吃才会香。"妙妙丹抓了数粒放到陈红霞、陈红红手中。

众人上前各拿了一粒尝。

妙妙丹沉浸在将为人母的喜悦时，仰光的娘家人却在紧张之中。德智、瑞波逃离仰光、船到香港船长按陈永康的吩咐将德智、瑞波从舷梯下到小船。小船到港湾北岸的九龙码头再到广州。

次日，林美珠、登盛、"飞人"化妆登上从仰光到厦门的邮轮。

陈国泰接到陈永康的电报，已在广州等待二日。这日清早，陈国泰接到德智、瑞波，直接到汽车站，乘上至厦门的客车。下午，德智一行与林美珠一行前后脚进心怡别墅。被妊娠反应折磨得萎靡不振的妙妙丹见父母、哥哥等人来了精神好了许多。

德智、瑞波、登盛、陈国泰、林美珠、陈敬德围坐茶几边上。茶几上摆着一碟碟林美珠带来的野生酸角片、"伯牙玖"、"额飔玖"等缅甸的零食。

旺婶端来洗净的红艳艳的"八字"茶具。众人发现急性的陈国泰洗杯、落茶、冲茶时才显出细密，神态悠然自得。屋里飘溢着一股沁人的茶香。陈国泰用壶盖轻轻地刮去浮上来的泡沫，盖好壶盖。

众人品茶，吃缅甸零食，谈缅甸抗英、中国抗日。

陈红霞坐在八仙桌前做作业。陈红红边玩耍边高兴吃着缅甸的零食。

当晚，林美珠走进妙妙丹房间。

妙妙丹说常从噩梦中惊醒。林美珠安慰："别想七想八，自己吓自己。你阿嫂也怀孕了。"

妙妙丹点点头。

"我看阿琴、阿梅懂礼数。对我们尊尊敬敬，热情到位。你要尊重琴姐、梅姐，家和万事兴。”林美珠不放心女儿的娇气，又教导了一番与人相处的道理。

次日，陈树铭特请大厨师到家烧菜，以亲家礼数款待德智、林美珠。瑞波、“飞人”、“三嘭”、陈国泰、妙妙丹一同前往。

半个月后，瑞波、林美珠、登盛、“飞人”先回仰光。树铭太太买了宝珠喜欢吃的咸酸甜、贡糖、花生糖，亲手做了三套小衣裤，鞋、肚兜、帽，请林美珠带上给未出世的外孙。

德智、“三嘭”留在鼓浪屿买地盖别墅，准备移居鼓浪屿。

妙妙丹的肚子越来越大，黄怡琴反复劝妙妙丹剪短发。妙妙丹坚决不剪短发。缅甸人认为“丈夫的威严是手臂，女人的尊严是发髻”。缅甸女子宁肯割去鼻子也不肯剪掉头发的。年轻女子披着长发，一丝一缕、一起一伏很是飘逸。年长女人把头发挽成各式各样的髻上插着艳丽的花朵，精神而美丽。

黄怡琴讲了一堆的月子规矩。

妙妙丹不信。旺婶、叶丽珠、树铭太太、志平太太劝说无效。

1929年7月20日上午，妙妙丹要去看厦门市区马路正式通汽车。黄怡琴极力劝阻：“腹肚那大，去那么多人的地方，给人碰到、挤到很危险。”

“我是大人，不是孩子，我懂得注意。”妙妙丹不以为然拿起包往外走。

黄怡琴无可奈何地向叶丽珠使一个眼神。叶丽珠会意地跟着妙妙丹。

“番婆就是番婆，劝不听。”黄怡琴嘟囔给陈国泰拨电话。陈国泰不在，黄衍明放下电话，叫上身边的阿裕，火急火燎地赶到街心寻找妙妙丹。

中山路、开元路等主要街道人山人海。“大鼓吹”喧天，拍胸舞开道。戏班子的人化艳妆、着戏服、戴面具、边走边吹唱。彩球、彩婆、火鼎公婆、骑驴探亲、车鼓、踩高跷的数百米的队伍浩浩荡荡。

叶丽珠没心思观赏，双眼紧盯着妙妙丹，身子紧紧地为妙妙丹挡驾，不时地提醒妙妙丹小心，不时对周围的人大声地嚷嚷：“照顾、照顾、让一让、多谢。”

有人不满地咕嘟：“腹肚这大，还凑热闹。”

黄衍明、阿裕浑身汗淋淋焦急地在人群中寻找妙妙丹、叶丽珠的身影。黄衍明发现并很快挤到妙妙丹面前。妙妙丹问黄衍明怎么来了？黄衍明说了黄怡琴的担心。妙妙丹顾不得多言，继续乐呵呵地看踩街。黄衍明在妙妙丹前拨开人群开道，阿裕在妙妙丹身后挡着人流。叶丽珠小心翼翼地跟在妙妙丹身边。

妙妙丹笑滋滋地边走边入神地看。突然一个踉跄。叶丽珠、黄衍明眼明手快地扶住妙妙丹。妙妙丹腹肚轻触到别人，惊了一跳。叶丽珠、黄衍明紧张地问这问那。妙妙丹笑道：“没事，没事。”

妙妙丹平静了一会儿继续走，继续看。走了百余米，感到腹部开始疼痛。

叶丽珠顿时惊慌地扶着妙妙丹。黄衍明、阿裕紧张、焦急地对人群大声喊：“帮帮忙，让一让。”众人见状，挤让出一条道。人群有人帮忙叫人力车。三四辆人力车飞跑过来。

叶丽珠、黄衍明、阿裕小心地扶着妙妙丹上人力车。两辆人力车奔向轮渡。人力车停在轮渡码头。黄衍明先跳到汽艇。叶丽珠、阿裕、黄衍明小心地、吃力地将妙妙丹牵、扶上汽艇。汽艇快速到鼓浪屿。阿裕跨上岸，招呼人力车。他们小心翼翼地扶托妙妙丹上岸，扶上人力车。妙妙丹痛得眉眼鼻口纠成一团。人力车直奔救世医院。

救世医院只有一座两层楼砖，濒水而立，海水高潮时三面临水。

妙妙丹被扶进二层的产房。

黄怡琴接到黄衍明从医院拨来的电话，快速包上妙妙丹的衣物、孩子的衣物。苏爱梅拿着脸盆、开水瓶。两人赶往救世医院。

产房内，妙妙丹疼痛的汗水和泪水布满额头和面颊。她不时地哭叫：“很痛啊，腰很酸啊……”

黄怡琴边埋怨边揉妙妙丹肚子，苏爱梅帮着擦汗，叶丽珠帮着搓腰。

医生、护士进进出出准备接生。

陈国泰接到黄怡琴的电话十万火急地赶来。德智、“三嘭”随后赶到。黄衍明讲述事情的经过。陈国泰、德智心照不宣地对视一眼。

黄怡琴、苏爱梅、叶丽珠走出产房。众人的心随妙妙丹的阵阵哭叫而阵阵紧张、恐惧，默默地念诵“保佑平安”。

随着一声哭啼，产房外的人悬着的心放下。一名美国中年女医生报母女平安。

黄怡琴见德智注意到陈国泰失望的表情，轻触陈国泰。陈国泰忙递烟给德智、黄衍明、阿裕并为他们点烟。德智理解女婿渴望儿子的心情，吸了一口烟，微笑道：“平安就好。”

妙妙丹生女儿，黄怡琴、苏爱梅内心窃喜。她俩不想番婆头胎就生男孩，更得宠。

三朝之日，黄怡琴将孝敬“床母”的香饭、豆腐、面条、红虾、烧肉置于妙妙丹床边的椅子上，轻声祈求照护婴儿之神保佑孩子平安成长。

心怡别墅的人对德智奉茶、让座、毕恭毕敬。德智深感自己给心怡别墅的人带来众多不便，自己也不自在。妙妙丹产后，德智坚持要搬出心怡别墅。陈国泰、陈敬德同时想到南安客栈不仅安全，而且在心怡别墅与安旺别墅中间，来往方便。

陈国泰、德智、“三嘭”站在一幢五层的红砖楼前。高高的门头悬挂“南安客栈”横匾，红漆板上烫金的隶书健壮富贵。门墙横挂着一个黑木板，写着代售船票，南洋各港的船期、港名和船名。掌柜是一位精明的中年男子。他笑容可掬迎上前对陈国泰道：“三个房间都整理好了。”

掌柜引路，走到过道。天井四周是三人并行宽的走廊。客房的门都向走廊开。上楼的木梯细长的葫芦栏杆、扁圆的扶手。

掌柜微笑道：“二楼、三楼、四楼、五楼各有三间十平方的房间，其他都是统铺。每层有公共卫生间、公共洗澡间。顶层有阳台，可晒东西。”

三人走进三层楼的一个单间。德智见一张大床、一个衣橱、一个梳妆台、一张写字桌、二张靠背椅，卫生间、洗澡间，虽不富丽堂皇，但整洁、方便。他微笑地对陈国泰说：“可以。”

陈国泰放下行李，带德智、黄衍明、“三嘭”到顶层。顶层晒着客栈的被套，客户的衣物等。他们不时踏到松动的砖块，发出翘动的响声。陈国泰笑说：“顶楼的一些砖块是故意松动的，人一走，发出翘动的响声。入夜若有小偷攀上来，在一楼值班的人听得清楚。四周种着密密的仙人刺防贼攀越。客栈从未发生过盗贼。”

“三嘭”赞：“聪明。”

陈国泰对德智、“三嘭”道：“客栈的人都是我和阿德精选陈姓南安人，拳头硬、忠厚、靠谱。”

炎炎夏日，妙妙丹的房间紧闭窗户，房门除有人进出外皆关紧。妙妙丹不能扇扇子，不可出房，躺在床上闷热难受。她坚持不扎头巾，时常开窗通风。她坚持不让询问探望者的属相，她不信戴孝者与肖虎之人不能探望。

“信则有，不信则无。”陈国泰对黄怡琴劝道。

每日三餐四次点心。妙妙丹每吃一口都热得大汗淋淋，干毛巾擦了七八条，条条都拧得出汗水。长发粘粘、潮潮的。每次吃完，她温开水擦身，换上一套干的睡装。妙妙丹无法忍受只能温开水擦身，不能洗头、不能洗澡的月子生活。

陈国泰笑着对叶丽珠、旺婶说：“你们辛苦一些，用姜或桂圆壳煮开水让她洗。”

妙妙丹不顾黄怡琴反对，坚持要吃鸡爪、鸡翅、鸡内脏。

陈国泰劝不悦的黄怡琴：“人是不同。我们的习俗对‘番婆’可能不适合。‘番婆’的体质吃了可能没问题。”

妙妙丹坐月子照样吃水果、蔬菜、鱼；菜也不用红糖炒，仍用盐炒。

黄怡琴时常咕嘟：唉，番婆就是番，讲不通。

叶丽珠陪床照顾妙妙丹月子。陈国泰在黄怡琴、苏爱梅房里轮流过夜。他如从前一样讲趣闻、笑话给她们听。黄怡琴、苏爱梅又感受到陈国泰的爱抚，两人心情愉悦，每天都进月房看妙妙丹，抱一抱新生儿，希望妙妙丹多生孩子多坐月子。

妙妙丹在诸多禁忌约束之下不能外出，不能打牌，生活单调，度日如年。这日上午，台风前的阴凉天气。妙妙丹奶饱女儿，哄女儿入睡。然后迅速换上外装，湛蓝色麻长裤，白绸缎长袖衣，梳妆一番，戴上白贝雷帽，穿上绣花鞋，偷偷溜出别墅，直接轮渡乘船到厦门。每每遇到熟人都问满月了？听说未满月，熟人都诧异地不知说什么好，心底笑道："番啊！坐月子竟然敢跑出来。"

叶丽珠端着酒蛋上楼不见妙妙丹，找遍楼上楼下，前庭后院不见妙妙丹踪影，慌忙告诉黄怡琴。

"难道她出门去？"黄怡琴惊疑。

黄怡琴拨电话给陈国泰，生气地说："番婆真是'番'得无边。坐月子也敢跑出去玩。不知痛快三十天，痛苦三十年。若是得了'月内风'，贻害终生。"

陈国泰对坐月子的禁忌半信半疑，为了妙妙丹的身体宁信有其事。雇一辆人力车到思明路、开元路、中山路大街小巷的名牌店、高级茶馆、咖啡店寻找妙妙丹。

妙妙丹逛了中山街、大同街，走进"同英布店"。店里的伙计热情向妙妙丹这位熟悉的大顾主介绍各种新进的布。"巴迪克"的印尼花裙新布料吸引着妙妙丹。她这匹布色看看、那匹布纹瞧瞧，想着做什么样式。

陈国泰让人力车夫在大同路口同英布店前停下。他走到店门口就见店内一位伙计满面笑容热情地向妙妙丹介绍布料。

陈国泰走近妙妙丹身边时，店伙子已剪了五块不同花色的"巴迪克"的印尼花裙布、一块米色绸布。

陈国泰问伙计多少钱？付了款，连哄带拉将妙妙丹带回家。

妙妙丹一进门就扬着手中的布说："琴姐、梅姐、丽珠、旺婶过来一人选一块。这是新布，'巴迪克'的印尼花裙布。"

黄怡琴把责怪的话咽回。妙妙丹将米色绸布递给蔡管家。大家高兴地议论着做什么款式。

旺婶煮了红糖水姜看着妙妙丹喝下。

满月日将近，妙妙丹与陈国泰商议女儿的满月酒。陈国泰浅笑道：“生查嫫请酒被人骂。等你生达啵仔时，我们再大请。”

妙妙丹愤愤不平道：“查嫫孩也是孩，为什么不能请酒？有什么好骂的。”

陈国泰笑道：“请人喝满月酒，人敢空空手来吗？”

黄怡琴不想陈国泰为难，建议：“在家办两桌，不放请柬。没有请柬就不必随礼。”

妙妙丹满月前一日，德智来到心怡别墅告诉妙妙丹接到仰光电报：陈宝珠生了一个七斤的儿子。德智拿出同一块玉石的六块鸽血红玉的挂件，指着挂件对妙妙丹说：“仰光太远了，我们不可能每次都寄礼物给每个孩子。这是我们家族的信物。你看透雕图案，面上看似叶如花，仔细看是二字‘善缘’。男孩、女孩都有信物，信物不可变卖。以后子孙多了，按样雕刻，代代相传。”

妙妙丹接过挂件，关切问：“你最近吃得很少，是不是哪里不适。”

德智微笑道：“可能是太累了，忙过这阵就好了。”

妙妙丹忧虑地看着父亲说：“叫黄医生看看。”

“暂时不用。”德智只是感觉困乏，没有不舒服。

满月日，妙妙丹身着对襟白上衣，下着小碎花长裙，像一只被禁锢的金丝鸟被放飞，浑身舒爽。胖白了的脸笑容可掬，双乳更丰满。叶丽珠抱着一身新装的女婴。陈树铭夫妇、陈敬德、尼拉、黄衍明，许志平夫妇、许丽丽、郑成安及在月子送红包或礼物的亲友来赴满月席。众人围看、逗笑满月儿。

三桌酒席让妙妙丹开心，让心怡别墅喜庆。

第五十六章　无解之谜

德智的精神状态一天不如一天。陈国泰、陈敬德忙碌筹备中山路的善缘玉店。众人希望善缘玉店的开业能冲喜，使德智状态好起来。

善缘玉店隆重开业，生意红火。德智的精神状况并没有好起来。陈国泰请来厦门四大名中医、数位名西医、十余位民间土医生采用中西医结合、祖传秘方、偏方都没有效果。

雪上加霜的事紧随而至。仰光地震和海啸的消息使德智焦虑、悲伤，牵挂缅甸的亲友，病情越加严重。

安旺别墅。陈树铭、陈敬德不时安慰抹泪的树铭太太和尼拉。

心怡别墅。众人不时宽慰焦虑无语的德智、哭泣的妙妙丹。

厦门归国华侨、厦门政府、社会各界成立援缅救灾会。厦门南普陀举行为缅甸祈福。

南安客栈。德智、“三嘭”正在整理行李。陈国泰、陈敬德在一旁极力劝阻：“你回去会有危险。身体又不好，路上吃不消的。”

“我在这里吃不下，睡不安，心急如焚。”德智执意要随送救灾物资船回仰光。

仰光港。乔装后的德智、陈国泰、陈敬德陆续上岸。缅甸救灾会负责人雇佣码头工人将大米、衣物等分装上十余辆“恰卡力”平板车拉到缅甸救灾总会。

瑞波激动地握着德智的双手。分别数月，德智、瑞波兴奋、亲切溢满双眼。瑞波感动地对陈国泰、陈敬德说：感谢厦门人对缅甸的支援。

瑞波看着德智忧心道："你瘦了，脸色也不好。"

德智微笑道："可能是乘救灾船比较艰苦，吃不好、睡不好，累的。"

瑞波悲叙地震的惊心动魄。

一路上，德智、陈敬德、陈国泰看到人们打桩、砌墙、铺瓦、清理瓦砾残木等，自救恢复家园。

柚木别墅完好无损。印度保安满面笑容地开门迎入德智、陈国泰、陈敬德。芹姨喜笑颜开地到厨房煮面线蛋。

德智迫不及待地询问家人情况。林美珠告之公婆等所有家人都安然无恙。德智从陈宝珠手中抱过未见过面的孙子亲了亲。陈敬德抱外甥亲了亲。陈国泰用食指轻轻地点点婴儿的小鸟鸟，羡慕地说："多个零件就是不一样。"

德智、林美珠会心地笑了笑。

晚饭后，德智、林美珠、陈国泰、陈敬德拎着铁观音茶、贡糖等厦门特产去看望德智的父母。

次日，陈国泰、陈敬德在柚木别墅前施粥、面饼、衣物、草药。登盛继续到寺庙、学校去施粮、施衣、施药给无家可归的人。

每晚，都有陈国泰、陈敬德不认识的一些人来柚木别墅。德智、瑞波领着来人到二楼。

数日后，缅甸政府下令抓捕德智、瑞波。

林美珠、登盛、拎着行李，陈宝珠抱着儿子乘至厦门的邮轮引开缅甸亲英探子。陈敬德、陈国泰、德智、瑞波、"飞人"、"三嘭"随援救船返回厦门。

登盛、陈宝珠住安旺别墅。林美珠、德智、瑞波、"飞人"、"三嘭"住心怡别墅。

每当陈国泰、德智看中一幢房或一块地，要交易时就有人抢先一步购买。陈国泰、陈敬德暗中调查是什么人在作怪。调查结果都是巧合。

这日上午，陈敬德急匆匆到厦门缅甸贸易行。他告诉陈国泰一个准确无误的消息：一位美国华侨在鼓浪屿建成一幢别墅，装修好，因故不想回厦门，想卖别墅。35万银元。

陈国泰、陈敬德立即与德智、林美珠、瑞波、“飞人”、“三嘭”赶到美国华侨别墅。前庭后院种了榕树、芒果树、石榴树、相思树，刺桐花等。别墅共三层。看院人领着走上六级台阶到第一层，地板铺南洋六叶花砖。二、三层房间的地板都是老杉木，漆了本色的清油，舒适。楼梯、走廊、柱子、门是红木。三层楼顶护栏都是墨绿色的烧瓷瓶。可纵观鼓浪屿全景。海风习习、蓝天、碧海。一行人都满意，当即付定金，签协议。

陈国泰、陈敬德、登盛看家具、买家具，请人做卫生。吉日吉时乔迁。德智燃20米长的鞭炮，新灶烹佳肴。亲朋三桌酒席，庆乔迁，低调冲喜。

新居优美的环境并没有使德智精神好转。德智食欲越来越差，睡眠越来越浅，且常出现心悸，浑身疲倦。

陈国泰请闽南四大名中医会诊，断不出病因。吃中药没有好转。德智住进救世医院。院长是位年近四旬、帅气的美国人。他医术精湛，经验丰富，也检查、诊疗不出德智患什么病。院长耐心、细致地用英语询问德智近三个月的饮食、睡眠、不适的感觉。

从医三十余年的院长第一次接触到如此奇怪的病情。病情像黑夜的幽灵在他的脑子钻去窜来。解不开病因无法对症下药。

陈国泰请来厦门所有名医为德智会诊都无法确诊病情。中药、西药、打针、打点滴都不见好转。

陈国泰高价请遍厦门名厨到别墅烹饪各种特色佳肴，德智都食之无味。德智食量日日减，身体日渐消瘦。林美珠、登盛、妙妙丹忧心如焚，到南普陀烧香求佛。陈国泰如热锅底的蚂蚁，早出晚归找巫婆、江糊郎中寻求一根救命草。

陈国泰、陈敬德分别请南安客栈的掌柜、伙计吃饭、饮茶、聊天，未发现南安客栈的人及其家属有异常情况。证实客栈的掌柜、伙计是忠诚、可靠的。

这日晚，林美珠、登盛、瑞波、“飞人”、“三嘭”围坐在刚出院的德智身边。院长认为出院在家会比在医院好。每日早、晚救世医院的院长都会到别墅察看德智病情。

陈国泰、林美珠商议后决定让旺婶到德智的别墅买菜，煮菜。

数日后的一个凌晨，林美珠牵着德智的手，问要不要饮水。德智没有回答。林美珠打开床头灯，见德智面露痛苦状。“飞人”呼唤医生。在德智隔壁间值班的救世医院的医生、护士飞奔进行抢救。一个小时后德智的心脏停止跳动。

瑞波主持丧事。陈国泰、陈敬德到光彩街定购“四甲”楠棺木。黄衍明到天一大厦发电报到仰光报丧，并把下葬时间和地点一并告知。

登盛为德智洗浴。“灵床”停放于屋子中央前廊处。

林美珠、登盛、妙妙丹、尼拉披麻戴孝在灵床边哭泣。黄怡琴、苏爱梅在一旁抹泪、安慰。

当日，林美珠、登盛到南普陀斋僧，此为“去世斋”。

瑞波、登盛确定好第三天下葬。陈敬德立即安排僧侣来做法事。同时，陈国泰联系、定好墓穴、墓碑。登盛挖坑，用茶包和槟榔供奉土地神。

三日后出殡。僧侣抵达后不久，四位抬棺者把棺材抬到僧侣面前，僧侣超度死者。然后，敲锣、鸣枪、放鞭炮。登盛双手紧抱遗像。十六壮汉抬灵柩。灵柩之后是丧眷、送葬宾友戚属。缅甸华侨家属、南安乡亲、生意伙伴等百余人送葬。黄怡琴、树铭太太一左一右搀扶悲伤的林美珠。苏爱梅、叶丽珠一左一右搀扶悲泣的妙妙丹。陈国泰披戴女婿孝服。陈宝珠披戴媳妇孝服。陈敬德、黄衍明、林强等忙前忙后。

道路两旁围观者人山人海。一些记者紧跟送葬队拍照。陈家帮弟兄维持次序。

新闻界深挖德智的死因，报纸连篇累牍报道。一时间德智死亡之谜搞得厦门满城风雨。

缅甸富人死亡后七日之内每日施斋。林美珠、登盛在别墅前每日施斋饭菜一千余份，碗糕二千多个。满七日早上，林美珠、登盛带着“三嘭”、“飞人”把“头七”斋饭送到南普陀。

德智的头七过后，林美珠为德智引魂。陈宝珠、登盛、“三嘭”、“飞人”一起回仰光。

第五十七章　风波骤起

陈国泰带着伤心欲绝的妙妙丹到新加坡、马来西亚、吕宋、槟榔屿、日本等地散心，直到冬至前回来厦门。

妙妙丹买了各国的小礼品送给心怡别墅的每个人和平日有往来的亲朋好友。

黄怡琴兴奋地告诉陈国泰：“在南京举办的第一届全国国术考试，闽南咏春拳荣获第一名。陈嘉庚先生邀请舅舅等咏春拳师去新加坡、马来西亚表演。”

“咏春拳是该露一手了。”陈国泰笑着说。

冬至的清早，旺婶将热气腾腾的汤圆端到饭桌上。黄怡琴先盛一钵，配上一打红色筷子，鸡公碗、汤匙，祭祖。祭毕，全家人围坐在一起吃汤圆。

晚餐时，心怡别墅餐厅摆了三桌。每桌三大碗汤圆，白色是原味，点红的是咸味，肉馅；全红的是白糖花生芝麻馅。

众人喜欢喝黄怡琴酿的糯米酒。旺婶温了三壶，每桌中间放一壶。

陈红霞、陈红红在厨房的备菜桌与旺婶、蔡管家、叶丽珠同食。叶丽珠抱着陈秀英喂食。旺婶、蔡管家乘炒菜、端菜的空隙吃一点。

黄怡琴尽女主人之礼敬一次酒便不再饮。她担心客人醉了，吐得家里脏臭，糟蹋她精心酿的酒。席宴菜过半，黄怡琴便离席到沙发上泡茶。

苏爱梅敬酒饮了数杯，见黄怡琴离席，跟随离席。坐在黄怡琴身边饮茶。

妙妙丹猜拳打通关，喝得满脸酒红。陈国泰内心不喜欢妙妙丹猜拳，又不愿意扫兴。

妙妙丹喊着带有缅甸腔的闽南拳，带着她的番味神情，公主般的气势与吉田太郎、田原一雄、满乐思、狄瑞克猜拳。妙妙丹眼尖脑灵、口快，赢多输少。吉田太郎、田原一雄、满乐思、狄瑞克喝得醉醺醺。

黄怡琴、苏爱梅看不惯女人猜拳，黄怡琴将妙妙丹拉到一旁恳求："阿霞明日还要上学，不要搞太迟。"

妙妙丹理解地点点头，停止猜拳微笑说："大家早一点休息吧。"

众人纷纷起身告辞。

妙妙丹时常到美国领事馆与林爱兰、欧阳莲凤、张丽娜、邹莹莹、陈雪萍玩，并已成为牌友、逛街友、戏友。领事、工作人员喜欢妙妙丹大方、开朗。妙妙丹成了美国领事馆的不拿薪水的"编外人员"，往来自如。这日下午，妙妙丹带着陈秀英去看焕然一新的美国领事馆。美国领事馆在原址上重新翻建成两层美式圆柱红砖楼房。楼下办公、楼上供领事馆人员居住。三面围以花圃庭院，面朝鹭江，占地六千三百平方米，晨昏可听潮。

妙妙丹消遣近二个时辰，牵着陈秀英走出美国领事馆，与苏爱梅不期而遇。

苏爱梅边走边考虑着要不要告诉"水番婆"林爱兰的生日夜。刚才，苏爱梅听田原一雄太太说这件事后一直气呼呼的。苏爱梅对陈国泰拈花惹草不敢怒，不敢言，告诉大太太不起作用，大太太只会忍气吞声。只有妙妙丹的"番"脾气才敢怒敢言。

妙妙丹见苏爱梅欲言又止问："你有什么话直说。"

苏爱梅犹豫一会儿将林爱兰生日之夜的事一五一十地告诉妙妙丹。

妙妙丹的脸色顿时变了，一言不发牵着陈秀英回家。

晚饭时，妙妙丹一言不语，闷头吃饭。除了苏爱梅心知肚明外，其他人都惊疑地看着妙妙丹。陈国泰抬眼看黄怡琴，黄怡琴摇摇头，一脸茫然。陈国泰转眼看苏爱梅，苏爱梅眼神躲闪，低头吃饭。陈国泰想一定是苏爱梅又惹了“水番婆”。

饭后，妙妙丹头也不回，气哼哼地到自己的卧室。陈国泰紧跟在妙妙丹的身后进房间追问情形。这一问妙妙丹哭出声来。

陈国泰见妙妙丹哭，慌神地问：“阿梅又惹你啦？”

“是你惹我。”妙妙丹哭说。

“我？”陈国泰丈二和尚摸不着头脑，回忆今日的所言所为，想不出哪儿伤了她。

妙妙丹哭骂：“装傻。”

陈国泰满脸茫然道：“你不说，我怎么会知道呢？”

妙妙丹哭泣地断断续续道：“当初你怎么向我保证的，怎么向我父母保证的？”

陈国泰掏出手帕替她擦泪水，笑哄：“我对你不好吗？”

“那你为什么跟林爱兰不清不楚的。”

陈国泰哈哈大笑说：“林爱兰是朋友。憨查嫫。做生意嘛，朋友多，消息多。她消息多、消息灵。以前是跟她有睡过，自娶了你，我就再也没有与她睡过。我与那些查嫫人吃喝玩而已。我怕你生气，不敢说。下次和女人在一起一定告诉你。”

妙妙丹在气头上听不出开玩笑，怒目而视道：“你搞查嫫跟我讲，你当我是什么人。”

陈国泰笑说：“说得这么难听。”

妙妙丹高声道：“难看都不怕，还怕难听。”

陈国泰与妙妙丹一个声音高过另一个声间，吵了起来。

楼下的黄怡琴、苏爱梅静静地听着楼上的吵闹声窃喜。她俩佩服妙妙丹的“番”性，敢反抗。她俩从不敢与陈国泰争吵，不敢发怒。

陈国泰见妙妙丹真的很生气，很伤心，过去搂妙妙丹。妙妙丹用力甩开，用力过猛，自己摔倒了。陈国泰忙上前扶，妙妙丹哭着挣脱，往楼下冲，直冲出门外。

黄怡琴叫陈国泰快点追。陈国泰本想追，被黄怡琴一叫，反而停住脚。他从未求过女人。

妙妙丹边哭边跑，直跑到鸡母山的相思树林停下。她想起陈敬德讲的相思树坚贞、圣洁的爱情故事。想到陈国泰与林爱兰的事情满腹委屈地流泪。她伤心地找一块石头坐下，靠一棵相思树旁，闭着涨痛的双眼等陈国泰追来了。等了十余分钟，不见陈国泰追来的影子，不禁伤心地哭起来。难怪人说女人生了孩子就不可爱了。现实生活的爱情是那么的实际。她哭得眼红红、肿肿，哪儿都不敢去。

一阵风刮来，她慌了。天，灰暗下来，大雨将至，此处没有地方避雨。她起身向山下跑。天空乌云密布，狂风大作，树摇草荡。不时有树枝和山石从山上滑落。她眯着酸痛的眼，扶着树，惶恐地往山下跑。

狂风肆无忌惮地刮，传来尖锐的呼啸。树枝疯舞，传来“哗哗”呐喊，厚重的铁门发出“吱嘎”的嘶叫响动。黄怡琴的心怦怦慌跳。她了解陈国泰大男子主义的面子不会主动去追妙妙丹。她催促陈国泰道：“她那么要强、娇贵的人你没有去找，她不会回来的。”

苏爱梅明白黄怡琴的意思，跑到柜子拿出二把伞，塞给陈国泰，并推出厅门。

陈国泰心理急着想去追妙妙丹，面上装着无所谓。此时顺着二位太太推来的台阶下，急匆匆地出门。恶劣天气人力车都难找。他快步边寻找妙妙丹边等人力车。走了二三条街巷才雇到一辆人力车。人力车夫拉着陈国泰大街小巷寻找，未发现妙妙丹踪影。

风雨如发怒的刀子张牙舞爪地横扫。树随疯狂摇荡，大雨倾盆而下。他惊慌了，每一次台风都死伤多人。

人力车夫在一处屋檐下停下，气喘吁吁对陈国泰道：“没办法拉了。”

陈国泰下了车，付了车费。

黄怡琴拨电话到安旺别墅。树铭太太说妙妙没有来，并追问什么事，黄怡琴掩饰说没事。

树铭夫妇把妙妙丹当作自己的女儿疼爱。树铭太太从黄怡琴急忙忙的话音中感觉不妙，不放心，拨电话到心怡别墅问黄怡琴出什么事？黄怡琴简明扼要告之。树铭太太望着屋外的狂风暴雨忧心忡忡：这强台风暴雨，万一滚下一个石头，拔起一棵大树砸到她怎么办？

陈国泰浑身湿淋淋地独自进门，脚下的客厅地板一滩水。众人见陈国泰铁青的脸都害怕不吭声。陈国泰出门后，苏爱梅害怕妙妙丹出歹事不停地祈求“妙妙平安回来”。此时，苏爱梅吓得脸发白。

黄怡琴跑上楼拿衣服。蔡管家拿一条干毛巾递上。陈国泰去换衣裤。

陈国泰换了一身干衣裤，满面忧虑地走进厅，看见苏爱梅，担忧化成怒气，怒目圆瞪骂：“破嘴婆。”他狠狠地扇了苏爱梅两巴掌。

苏爱梅一个踉跄。

黄怡琴上前一把扶住苏爱梅，责怪陈国泰：“你这是做什么？”

蔡管家拦着陈国泰。

陈国泰吼道：“好好的一个家一定要搞得吵吵闹闹。”

黄怡琴推着苏爱梅上楼。

晚餐，旺婶将饭菜端到苏爱梅房间。苏爱梅伤心地抹泪。这是陈国泰为了妙妙丹第一次打她。

旺婶安慰一番后教导：“番婆的番性子你也知道。你呀！”

黄怡琴默不作声与两个女儿吃。叶丽珠喂陈秀英吃饭。陈国泰闷闷不乐地吃饭。蔡管家边吃饭边安慰陈国泰说：“妙妙那么精灵，肯定找地方避了。”

晚餐后，风渐缓，雨渐小。陈国泰的人、陈敬德的人、郑成安的人、许志平的人分片寻找。午夜时，寻找的人陆续回到心怡别墅。陈国泰劝众人回家睡觉，明日再找。陈国泰不听劝，坚持趴在电话机边上打盹。黄怡琴、苏爱梅迷迷糊糊，醒一阵、睡一阵至天亮。

台风狂袭的厦门岛满目疮痍。树木尽毁，拔起、刮倒的树横七竖八躺了一路，堤决路毁、通讯中断。太古趸船被刮至陆上，小船沉没两千艘；不计其数的民房毁坏。厦门城东、北、南城门楼倒塌，近千人丧生。在港的大小船破碎一空，破毁舢板900艘，驳船200只，海水暴涨，淹倒民房甚多，三四人合围粗壮的大树连根拔起。从前埔到曾厝垵有尸体50余具。

一个又一个台风灾害的消息让心怡别墅的人如同热锅上的蚂蚁。尼拉与陈敬德在鸡母山下的海边的礁石边看见一只龙船花图案的珠珠拖鞋。尼拉一怔，那是妙妙丹的拖鞋。珠珠拖鞋厂只串了二双龙船花图案的珠珠拖鞋，尼拉和妙妙丹一人一双。不祥之感袭上心头。尼拉和陈敬德惊慌地来到心怡别墅。黄怡琴、苏爱梅认出拖鞋。黄怡琴懊悔自己的小心眼，看到丈夫和水番婆吵架没有劝解还窃喜，让妙妙丹离家，下落不明。

苏爱梅能拨的电话都拨了，电话不通的人家，她都上门了。只要妙妙丹玩的人都找了。苏爱梅的脚疼痛，脚板发烫，正在凉脚板，搓踝骨。她悔恨自己小心眼，恐惧妙妙丹会出意外。

夜深了，陈国泰走进心怡别墅，直接上楼进自己的房间躺下。苏爱悔怯怯地跟在黄怡琴身后走进陈国泰的房间。黄怡琴关切地问要吃什么或喝什么。陈国泰沮丧答不要。黄怡琴摸了摸陈国泰通红的脸对身后的苏爱梅："发烧了。"

苏爱梅跑下楼，到厨房端了一盆冷水，拿了两条毛巾，为陈国泰擦脸和手，心底后悔不已。她没有想到妙妙丹这般烈性。如果妙妙丹有三长两短怎么办？越想越害怕，越想越后悔。

每日早、晚，苏爱梅烧香拜求观音保佑妙妙丹平安。心怡别墅沉闷得让不谙事理的陈红红、陈秀英都不敢吵闹。陈红霞都在自己的房间里看书、做作业。

陈国泰发烧一直没有退。一直没有妙妙丹的消息，心怡别墅的人食无味，眠不安。随着时间的推移，心怡别墅的人越来越诚惶诚恐，心急如焚。黄怡琴觉得不能再死要面子活受累。一个星期后。黄怡琴同意黄衍明等人张贴寻找妙妙丹的寻人启事。一时间鼓浪屿、厦门哗传妙妙丹失踪、陈国泰的绯闻。

数日后的一个傍晚，蔡管家见一位头发斑白，穿着对襟白粗布短袖衫的中年男子在铁门前张望院内，走上前问。男子自称姓张，说是救了一个漂亮的女人。这女人脚崴了不能走，不肯说是哪里的。看到寻人启事和照片才知是这家的人。

蔡管家忙打开大门喜迎张阿伯进庭院。众人听后满脸笑容。苏爱梅欢天喜地奔上楼，冲进陈国泰的卧室，气喘吁吁地告诉陈国泰：“妙妙被一位阿伯救了。阿伯就在楼下。”

陈国泰精神一振，顾不了换上衣服、刮胡子，奔下楼问明张阿伯情况。

黄怡琴沏茶、请坐。苏爱梅陪陈国泰换衣服、洗漱。

蔡管家跑到路口叫两辆人力车。张阿伯坐前一辆带路。陈国泰、黄衍明坐后一辆紧随。

人力车在坑坑洼洼的砂石路奔跑着，没有节奏地颠簸。张阿伯叫停车。陈国泰、黄衍明跟着下车，吩咐两辆人力车在此等候。

内澳厝的巷子交错，板材房、石房、泥瓦房无序地挤着。陈国泰、黄衍明紧随张阿伯身后左弯右绕着横七竖八的民居间，走进一套旧石板房。无漆的杉木门，屋内不够明亮。边上是并排的一大一小的房间。陈国泰奔进小房间。小房间靠在床上的正是妙妙丹。一个双层双漆斑驳开门衣柜，一张陈旧桌子。妙妙丹惊喜交集。

黄衍明在屋外笑着与妙妙丹点头。他环视一眼，厨房兼饭厅简陋，灶台的砖角已磨掉、一张桌八仙桌面不见漆影，桌脚红漆斑驳，一个旧脸盆木架，一个依稀看得见的点点、块块的旧红漆矮柜。张阿伯热情地请坐。张婶端着茶盘茶具要去泡茶，黄衍明抓住茶壶：“不用客气，我们马上就走。”

黄衍明捂住茶壶与张阿伯、张婶围坐在八仙桌，听张阿伯讲如何救妙妙丹。

“那日下午，我砍柴，见天气不对，背柴禾回家。听到有一个查嫫大声喊‘帮帮我’。我扔下柴火，跑过去，见一位太太艰难地挪着脚。她跑下山时踩到碎石，滚下山，脚崴了。我扶着她刚离开，一棵大树倒下砸在她原先的位子。还好早一步，要不就完了。”张阿伯没有一丝邀功，只有庆喜救人一命的欢乐。

黄衍明探问：“这房住几个人？”

张阿伯笑道：“我两个老的。三个达嘜仔，一个去马来亚、一个去菲律宾、一个去缅甸。很多年回来一趟。”

黄衍明知道两个老人独自生活多有不便：“我头家是重情义的人，你们若有事尽管到家里来说，我们一定帮你们。”

房屋内，陈国泰向妙妙丹解释。妙妙丹知道陈国泰的解释就是道歉，他不肯放下面子直白的道歉。妙妙丹明白给了台阶就要下的道理。

陈国泰背起妙妙丹走出屋。黄衍明紧随。张阿伯、张婶直送到大路口。

陈国泰将妙妙丹扶上人力车。陈国泰一手握着张婶、另一手握着张阿伯真诚地邀请：“过数日，我来请你们到家里来坐坐。”

张阿伯、张婶同声道：“不用客气。”

妙妙丹感激地笑道：“要。一定要答谢你们的救命之恩。”

两辆人力车向心怡别墅飞奔。

沉闷了数日的心怡别墅热闹起来。在陈国泰、黄衍明出门接妙妙丹时，旺婶就到菜场采购，烧了一桌丰盛的佳肴。晚餐充满了欢乐。黄怡琴、苏爱梅见陈国泰哄着妙妙丹仍涌起丝丝醋意，但在心底告诫自己：万不可惹番婆。量大福大，欢乐、平安、健康最重要。

过了二日下午，陈国泰、黄衍明到内澳厝请张阿伯夫妇到家中做客。张阿伯夫妇盛情难却。同时理解陈国泰那份有恩必谢的心情。

黄怡琴、苏爱梅真诚地感激老夫妇救妙妙丹，不时地招呼老夫妇吃喝。若张阿伯迟一步救走妙妙丹，妙妙丹或死或伤，苏爱梅永远都抹不去悔恨，黄怡琴也挥不去内疚。她们知道陈国泰将永远没有十足的快乐，心怡别墅将一直有阴影。

韭菜盒、五香肉卷、海蛎煎、红烧猪蹄、燕窝莲子花生汤……一碗一碟都符合张阿伯夫妇的口味。张阿伯夫妇吃得舒畅。

饭后，饮茶、聊天。晚上九时，张阿伯夫妇坚持要回家。黄怡琴拿出准备好的燕窝、海参、苏爱梅拿出原本买给父母的布料，妙妙丹出100个大洋送给老夫妇。张阿伯夫妇推辞不掉，难为情地收下。

陈国泰对张阿伯夫妇道：“子孙不在身边，你们若遇到要帮助时，尽管来找我们。”

陈国泰、黄衍明送张阿伯夫妇回到家中。

第五十八章　积德

数日后的一个晚上，陈国泰与黄怡琴商量送一套房子给张阿伯夫妇。

“送房子？”黄怡琴知道陈国泰阔手，还是吃惊。

陈国泰微笑道：“命能用钱计算吗？”

黄怡琴知道陈国泰是尊重自己，如果不同意，他依然会办。陈国泰不还张阿伯夫妇救番婆命的恩情，他的内心就会一直有一个恩情债压着。

妙妙丹自被张阿伯救了一命，一直在想着如何答谢，此时插嘴：“把我父母的别墅给他们吧。”

陈国泰、妙妙丹到张阿伯家说明赠送别墅报答救命之恩。张阿伯夫妇吃惊、坚决拒收别墅，真诚地表示救人是积德之事。

陈国泰见张阿伯夫妇态度坚决，笑道：“那退一步吧。你们搬过去暂时住一段时间，我叫人把你们的旧房翻新一下。”

张阿伯觉得房屋太旧，翻修一下可行，又可填补陈国泰报恩的心情。

陈国泰办事雷厉风行。数日后，叫人帮张阿伯夫妇搬到妙妙丹父母的别墅。同时着手高价买下张阿伯旧房周围的旧房。许志平的建筑工人将房子全部拆除，加班加点建设。陈国泰不是翻修房屋而是重新盖一座五间张红砖厝。在大房内设一间卫生间，在下厅的天井边建一个厕所。

一年后，张阿伯夫妇在一阵鞭炮声中搬进新建的红砖厝。陈国泰购置全新家具。张阿伯点燃灶火。旺婶协助张婶烧十余道美味佳肴，寓示锅灶餐餐有美食。

陈国泰、妙妙丹、许志平、陈敬德等人参加乔迁庆宴。

陈国泰、妙妙丹加入许志平“男女平等”志愿者支持团。陈国泰、陈敬德等名商招收女工。同英布店东主捐赠数架织布机给妇女学院，教女人织布。妙妙丹教女工绣花，黄怡琴教女工缝纫。一些被虐待的女佣辞职，去招工。

每日，妙妙丹、许丽丽忙着为独立的妇女找工作、找店面、找摊位。没有关注家中的人和事。这日上午，妙妙丹见叶丽珠愁眉苦脸，关切地询问。叶丽珠说收到家里来信，大伯子的儿子病重，找了许多医生没看好。

“怎么不早说呢。”妙妙丹责怪，转身跑上楼，到卧室拿了十块银元，跑下楼给叶丽珠：“快点回家，带侄儿来厦门看病。”

“谢谢。”叶丽珠转身收拾一个简单的包袱，冲出门。

次日上午，叶丽珠、丽珠大伯子、大妯娌挎着行囊。丽珠大伯子抱着六岁的儿子愁容满面走进心怡别墅。叶丽珠介绍大伯子、大妯娌。叶丽珠丈夫姓吴。众人笑着招呼吴大哥、吴大嫂。陈国泰见孩子状态不好，抱过软绵绵的孩子就跑。叶丽珠、吴大哥、吴大嫂、妙妙丹跟着陈国泰跑。陈国泰奔进救世医院，直入院长室。院长顾不得寒暄，察看、询问孩子的病情。吴大哥、吴大嫂哽咽地叙述发病过程。院长听诊了一会儿，摇了摇头：“太迟了。”

吴大嫂失声痛哭。妙妙丹不停地安慰着。

“去找‘先生妈’。”陈国泰抱过孩子飞快地跑。

妙妙丹、叶丽珠、吴大哥、吴大嫂吃力地跟在陈国泰身后跑。

每日清晨，“先生妈”诊所的门未开就排起了长队，看病的人络绎不绝。陈国泰边挤开人群边喊：“对不起，让一让，救救这孩子。”

陈国泰声如急雷，人群见状迅速让道。陈国泰直冲到"先生妈"面前。"先生妈"立即起身，仔细察看陈国泰怀抱中孩子的眼、唇、舌等，即刻实施"放筋"。

妙妙丹、叶丽珠、吴大哥、吴大嫂喘着气，擦着汗水连声对排队的人致谢。排队的人都说："应该的，应该的，救命要紧。"

时间一分钟一分钟地过去了。诊所空气越来越沉闷、紧张。众人神情凝重，紧张地盯着，默默地祈祷。吴大嫂惊喜喊道："孩子的手指开始动。"

众人的眼里都放出希望之光。众人见"先生妈"松了一口气，凝峻冰霜的脸有了笑意。孩子睁开双眼，众人大喜。吴大嫂叫着儿子"水牛"。

吴大哥抱起孩子与吴大嫂双双跪下千恩万谢。"先生妈"扶起吴大哥、吴大嫂走向药架，熟练在贴满图像记号的药瓶上，找出五六瓶药，将药片倒入不同颜色的小纸药袋，吩咐吃药的时间药量。"每三日来复查一下。"

叶丽珠要带吴大哥、吴大嫂找住宿。妙妙丹说："住到家里。煮些东西给孩子吃也更方便。不为自己想，也为孩子想。"

叶丽珠、吴大哥不想再给陈家人添麻烦，再三推辞。

陈国泰有些不耐烦对叶丽珠说："自己人客气什么。叫你带阿哥、阿嫂去住就去住。你们又不是有钱人，能省则省。我也是苦过来的人。"

鼓浪屿到处传颂"先生妈"救活男孩的神奇事。"工部局"为"先生妈"授匾"起死回生"。

黄怡琴吩咐蔡管家每日买适合"水牛"的食物，旺婶单独烧煮。吴大哥、吴大嫂隔三岔五带儿子到"先生妈"诊所复诊。"水牛"的脸色渐红，渐活泼，与陈红红、陈秀英一起在庭院玩耍。一个月后，"水牛"康复回家。临行前，黄怡琴拿了海参、人参、燕窝，苏爱梅拿了一些布料，妙妙丹拿了十个大洋送给吴大哥、吴大嫂。吴大哥、吴大嫂感激涕零，不知该如何报答救子之恩。

数日后的晚上，思明戏院电影散场，走出三五成群身着华丽的有钱人。他们感叹蝴蝶的美貌。这是中国第一部有声故事片《歌女红牡丹》在厦门的第一场。看戏的人多是有钱、有势、有时间的人。陈国泰、黄怡琴、苏爱梅、妙妙丹走出电影院。苏爱梅赞道：“胡蝶真正水，皮肤光滑白润。”

妙妙丹笑驳道：“电影里，你能看到她光滑白润？”

苏爱梅不爽道：“她那对深深的酒窝多么甜，迷死人了。”

陈国泰随口道：“各人有各人的水。番婆若去演戏不输她。”

妙妙丹得意扬扬。

陈国泰见黄怡琴、苏爱梅面色醋意浓浓，意识到自己伤了她俩。他不肯直白道歉笑说：“请你们三个水查嫫吃点心。”

黄怡琴掩饰不满淡淡说：“我不饿。”

苏爱梅不悦道：“我也不饿。”

妙妙丹知道两位太太生气，一声不吭。一时间气氛僵闷。

黄怡琴不想陈国泰不乐，缓和气氛说：“我舅已经回来了。‘闽南国术团’到新加坡、马来亚表演一年，非常轰动。陈嘉庚先生会见10位咏春拳师，一起合影留念。还写两副对联赠国术团。很多华侨要求他们留下，有几个永春白鹤拳师留在马来亚开设咏春拳馆。我舅放不下永春、厦门的拳馆。”

陈国泰喜欢黄怡琴的聪明贤惠。气氛缓和许多。四人一路聊咏春拳。陈国泰进家后，直上楼，换上“甘姆艳”白衬衣，往外走。

黄怡琴疑问：“你要出门？”

陈国泰道：“有事要办。”

妙妙丹看着陈国泰不解地问：“那你不会直接去，还回来。”

陈国泰开玩笑说：“怕你们这三个水查嫫被人拐走，送你们回家。”

第五十九章　遭遇绑架

次日上午，妙妙丹醒来，身边的枕头整洁。她起床，穿着睡衣，双手十指边梳理长长的卷发边轻手轻脚走向陈国泰的房间。她轻轻地推开门，见床上枕头、被子整齐，蚊帐没有放下。她猜想陈国泰可能在大太太或二太太的屋里过夜。她回到自己的屋里，坐在床边，伸了伸四肢、腰，懒洋洋地拉开窗帘。阳光射到床上。她换上外衣，梳好髻子，趿着龙船花图的珠珠拖鞋下楼。

客厅里，黄怡琴疑问："他还在睡？"

妙妙丹淡淡道："他没在我这里。"

黄怡琴看了一眼苏爱梅。苏爱梅连忙说："也没在我这里。"

妙妙丹惊道："我去他房间看了，枕头、被子整整齐齐。"

此时三位太太才发现陈国泰昨晚没回来。陈国泰有个好习惯，如果不回家都会事先告知。临时不能回家也会挂电话说一声。自己来不及告知家人，也会吩咐别人转告家里。

黄怡琴心慌跑到电话机边拨电话到公司。黄衍明接的电话。"一个早上都没看到姐夫。"黄衍明听出堂姐慌惶的声音，连忙安慰。

黄衍明镇定怡然的声音缓解了一丝黄怡琴的慌惶，但还是不放心地拨电话。陈敬德、许志平、郑成安、林爱兰都说昨晚到此时没见到陈国泰。

妙妙丹拨电话到各个领事馆，都说没有看见陈国泰。直至午餐后一个小时，仍没有陈国泰的音讯。妙妙丹开始紧张，火急火燎地出门找熟人打听陈国泰的消息。她急步到万国俱乐部，没见陈国泰的身影，也没有打听到消息。她满头大汗赶到海员俱乐部，又气喘吁吁地到番仔球埔、茶馆，都没有陈国泰的身影和消息。

天黑了，心怡别墅的人焦虑地等待妙妙丹带着陈国泰回来。众人惶恐不安地看着妙妙丹独自垂头丧气地拖着脚进厅，重重地坐在沙发上哭泣。

陈红霞害怕地看着黄怡琴。

黄怡琴牵起陈红霞的手拍了拍，安慰："阿爸没歹事，免惊。"

蔡管家安慰众人："泰哥拳头功夫厉害，没歹事。"

苏爱梅六神无主地看着黄怡琴问："要不要报案。"

"不能报案。"妙妙丹擦了擦泪，大声制止。

黄怡琴反问："不报案怎么办？"

"对。这事越少人知道越好。"蔡管家说以讹传讹会严重影响生意，搞不好会破产的道理。

黄怡琴、苏爱梅等人佩服地看了一眼妙妙丹，毕竟出生于名商之家，有生意头脑。

当晚八时，陈敬德、郑成安、许志平、黄衍明、林强等十余人围坐在茶几边。黄怡琴详尽告知情况。

郑成安从容不迫道："我想不是陈国平做的。二十多年过去了，陈国平的仇恨也没有当年深、大。陈国泰不是从前的陈国泰，陈国泰的势力大大超过陈国平。陈国平是聪明人，早就不再寻仇。"

众人知道：不是陈元宝。去年冬，陈国辉部一天半时间攻占福山腰。陈元宝被毙。

"阿泰的块头，拳头，一二个人是没办法伤他的。可能有是突发情况，他没法联系我们。"许志平神色自若安慰道众人，心底在想：是谁能动得了陈国泰呢？是'十二哥''二十八星宿''聚义堂'的日本浪人，还是生意场上的竞争对手？是路见不平拔刀相助的怨主，还是为女人争风吃醋？

郑成安担心地说："那一定是人多，拳头很厉害的人。这样的话

就是有准备的。”

陈敬德心理急慌，假装镇静劝道：“不要急。我叫弟兄们去打听。”

众人在忐忑不安中度过一夜。

陈敬德吩咐陈家帮的人秘密查找陈国泰的下落。陈树铭亲自约见厦门、鼓浪屿的大大小小的帮派头家，全都说不敢绑架陈国泰，也未听说哪个帮派有绑架或杀人。每个帮会都有一个严密的组织，有什么事都能很快知道。若有人丢了一只表，找到他们也能在一个小时之内物归原主。

陈树铭找闽南王陈国辉的手下人打听回复：近期无绑架人。再说许多人都知道陈国泰是头家的同乡，不会去动陈国泰的。

绑架不是图财就是复仇。陈国泰好打不平，得罪人多。陈家帮的事，码头上的事，生意上的事树敌太多。陈国泰的“臭腥神”引得许多女人围着转，女人的情敌、丈夫的嫉恨。要理出嫌疑人很难。

眼看又一个上午过了，仍没有接到绑匪的勒索电话和信件。难道不是绑架？心怡别墅的人更加恐惧。此时，心怡别墅的人更希望是绑票。绑匪无非就是要钱，报复。而若不是绑票，那么陈国泰有可能已经遇害。

“我去公安局找局长。”妙妙丹不顾众人反对拎起包就走。

黄怡琴告诫：“你别乱来！”

妙妙丹未回头答：“知道了。”

“番性若起，没办法。”苏爱梅不满道。

妙妙丹直奔轮渡，乘上小汽船。她一上岸就挥手招人力车，飞奔公安大楼。两个门警还没反应，她已进了大院。她不顾门警阻止，直奔局长室，敲了一下门，进入。

坐在办公桌前的陈局长见妙妙丹进来起身笑问：“难得大驾光临。”

陈局长是陈国泰、陈敬德的朋友。

妙妙丹站着喘息未定地说：“泰哥失踪了。”

陈局长知道妙妙丹开玩笑骗人不露痕迹，细察妙妙丹脸色苍白、憔悴、疲惫神情断定不是开玩笑，惊诧地说：“坐下详细说。”

陈局长走到沙发请妙妙丹入座。自己也坐下，沏茶，倒茶。

妙妙丹坐下，一口气详叙陈国泰失联三天以来的事。

陈局长详细地询问陈国泰离家前的情况，未发现有价值的线索。

妙妙丹口渴，一口饮下，烫得食管烧烧的。

陈局长首次看见这位高贵、无忧无虑的美人这样乞求的眼神，怜悯之情油然而生，宽慰：“放心吧。我马上派人去找。”

陈敬德走进局长室。陈局长倒一杯茶放在陈敬德面前。三人边饮茶边分析：陈国泰的拳脚功夫不是一般人能够对付的。陈国泰失联不是偶发事件，必然是精心策划。

“这个案很难找出头绪。是绑架勒索还是报复都有可能。”陈局长知道陈家帮与“十二哥”、“聚义堂”、“二十八星宿”有深仇大恨。陈国泰是陈家帮的老三，少不了带人械斗，造成对方人员伤残死亡。陈国泰好路见不平，拔刀相助与不少人结怨。陈国泰说话有时不察言观色，做事不顾别人感受。做生意竞争强势得罪人。陈国泰满身的“臭腥神”招蜂引蝶。一些女人围着他转，喝酒、跳舞、饮茶、听他“讲天抓皇帝”，嘻嘻哈哈，女人的丈夫、情人产生嫉恨。

陈敬德、妙妙丹一离开，陈局长就叫来两名最得力的警探，部署四处暗访。

每天，陈敬德、许志平、陈树铭、暗里查找。

吉田太郎、田原一雄、福岛一郎等人来电话找陈国泰，众人都说不在家。封锁陈国泰失联的消息。

陈国泰如人间蒸发，无声无息，无影无踪。心怡别墅没有八音盒的乐曲，没有留声机的歌，没有了欢声笑语，沉静得让人胸闷，窒息般难受。客厅挂钟的“嘀，嗒”声如锥尖刺入每人的心，寝食难安，如坐针毡。

一个星期没有绑匪的电话或信件。众人担心陈国泰遇害。一日三餐香喷喷的饭菜热了凉，凉了热。陈红红、陈秀英感受到心怡别墅凄静，变得乖静。陈国泰的五位堂兄弟轮流留宿，以便应急。

早餐桌上，一钵稀粥，一碟香喷喷的肉松、一碟黄澄澄的豆腐干、一小碗豆豉、一碟腌萝卜炒蛋。

陈敬德走进客厅正听蔡管家催吃饭。

黄怡琴哽咽地对陈国安、陈国民："你们先吃。"转头对陈红霞说："带小妹吃饭。"

旺婶为陈红霞、陈红红盛好稀粥。陈红霞边吃边照顾陈红红吃饭。

郑成安对黄怡琴、苏爱梅、妙妙丹道："你们不吃，若病了不是生事给人做，添乱嘛。"

黄怡琴到餐桌喝一碗饭汤。苏爱梅、妙妙丹含泪吃半碗白稀饭。

院子里，叶丽珠跟在陈秀英的身后边追边喂。

数日后的一个早晨，一个头戴草帽压低帽舌、看不清五官的人，在大门口探头探脑。印度保安上前盘问。来者说找黄怡琴。

蔡管家在客厅门前见印度保安与一位打扮异样者搭话，快步上前。

印度保安道："他要见大太太。"

蔡管家看不清来者的脸。见周围无任何其他人，猜测与陈国泰失联有关，忙领来者到厅门口。

黄怡琴听见蔡管家急呼，立即出厅。

来者见黄怡琴出来轻声地说："你一人跟我到边上说。"

黄怡琴看不清来人的脸，从声音上断出是一个小伙子。

来者小声道："'路狗'叫我来的。"

黄怡琴一愣一喜。那是从前陈国泰教她的暗语。有急事叫陌生人来联系时，避免被骗，会让来人说："路狗"叫我来的。知道陈国泰小名叫"路狗"的人极少。

黄怡琴跟来者到楼边。来者说陈国泰的下落，并告知线路。

黄怡琴转身跑上楼，冲进自己的卧室，打开红樟木箱，拿一百大洋放入一个小钱袋，顾不上锁，急跑下楼，出厅将小钱袋递给来者。

来者微笑地接过钱袋，低头快步离去。压低的草帽舌遮住来者的脸，仍看不见来者的脸。

郑成安、陈敬德等人从黄怡琴的神情猜测来者是密报陈国泰的有关信息。果然，黄怡琴一走进厅就兴奋地说陈国泰被关在云顶山。

郑成安疑问："消息可靠吗？"

黄怡琴十分肯定地笑说："少年家（小伙子）说的是真的。"

陈敬德怀疑："肯定？"

黄怡琴激动得有些喘道："肯定。赶紧拨电话给公安局陈局长。"

陈敬德立刻拨电话到公安局找陈局长。陈局长不在。陈敬德又拨电话到陈局长家里，其管家说不知局长去哪里。

时间紧，陈敬德开了自家的汽艇、黄衍明开着陈国泰的汽艇。两艘汽艇带着许志平等人到厦门欣荣贸易公司陈树铭的办公室。

陈敬德简述戴草帽小伙带来陈国泰消息的过程。

陈树铭疑问："是不是叶定国绑的人？会不会是陷阱？"

陈敬德肯定地说："泰嫂十分肯定说不会被骗。我猜泰哥一定是用了暗语。"

陈树铭点头："阿泰很聪明，有可能他们夫妻有暗语。"

陈敬德、郑成安、黄衍明决定立即到云顶山察看土匪窝。云顶山位于同安、南安、安溪三县交界处。三人背着藤篓装扮成采药人，从南安上山。夜幕降下，三人速上云顶山顶。借着初十六的月光察看土匪窝的四周。

次日中午，三人回到鼓浪屿安旺别墅。郑成安向陈树铭介绍："古堡边上有一条小溪，巨石遍地。四周的墙都是用巨大的溪卵石垒砌，最高处有十多米，宽有五六米。一天到晚都有岗哨。石拱门不高却很厚。有一座三层的溪卵石垒砌底层、上面是三合土土楼，另有一座青石厝。"

陈树铭建议："到云顶山分三个地方走，不会引起注意。衍明和阿德带十个人从同安汀溪镇的荇后村上云顶山。为避免被发现等日落时再上山，速度要快，还要注意分散隐蔽。我和林强带十人从安溪酒运村走。老郑带十人从南安走。云顶山树高林密、杂草丛生，路很难走，很容易迷路，不要点火照明，大家手上绑个白布条，免得走失。"

众人议了一会儿行走的安全隐蔽方法。

陈树铭继续说："阿德的人在青石厝前躲藏；老郑的人在青石厝后躲藏。等三队人都到了，听我的枪声再行动。阿德的人只顾闯入厝

内救出阿泰。老郑的人和我的人保护阿德救人。”

三队人分三个方向出发。

日落时，在汀溪镇的陈敬德的人分散，陆续上山。山路崎岖，有的被杂草树林掩没。峡谷、溯溪穿林而上，大大小小的岩石凹凹凸凸。不能点火照明，要快速、人人要防毒蛇、野猪、虎。时不时一个踉跄。一条蛇、一只小动物窜过众人惊出一阵冷汗。隆冬季节，人人满头大汗。进入荇后村。他们隐隐约约看见单独的一栋房子。陈敬德想那定是青石厝。队员各自选了隐蔽处躲藏。

云顶山的大部分土匪的家在云顶山，并不是专业土匪，以种地为生，有机会做一把，或者一人振臂一呼，大家一拥而上。

云顶山怪石密林，云雾缭绕，容易迷路，易守难攻。领头吴文华与众匪饮茶、饮酒、剥花生、拿咸萝卜干吃，谈天说地、高枕无忧。

午夜时，陈树铭用封喉针毙了石墙头上的两名巡逻。石拱门前门两名土匪正巧看到两名巡逻倒下，开枪报警。

吴文华听到枪声，带领手下占据有利地势开枪抵抗。

陈树铭、郑成安、陈敬德的三队人从三个方向靠近墙头。刹那间，山上枪声大作，流弹横飞。

陈局长接到妙妙丹的电话，带上五响手枪，十余名便服警察，乘上中巴飞速驶向同安。此时，陈局长听见枪声，带十余警察冲向山顶，一齐开火。枪声更加激烈。陈局长打倒冲在前面的2名土匪。陈敬德趁此机，带手下边射击边贴靠围墙。黄衍明在火力掩护下冲向朱红色的大门，两个铜门钹的凶恶虎头怒视他。他抓住虎口铜门环，翻进大门内。门后的两边墙里分别被砌入两个粗壮的倒“U”铁环。与门宽等长的厚重方木的门闩上面有六个铁插捎，每一个都用一把巨大的铁索扣着。此时，陈国安、陈国民翻进来，与黄衍明合力卸下又粗又大的门闩。陈敬德带人冲进大门。陈树铭、郑成安的人掩护陈敬德的人寻找陈国泰。

吴文华从枪声判明包围者情况，边还击边撤退。

陈国泰听见枪声，明白有人来解救自己了。他忍痛站起来，一瘸一瘸地挪到门边，忍着胸口的剧痛高叫：“在这里，在这里。”

陈敬德、林强等边射击边奔向叫喊声音。

林强用枪砸开门锁。陈敬德、林强、陈局长认不出蓬头垢面腮边胡须长乱、面容消瘦、颧骨突显的陈国泰。林强背起陈国泰，陈敬德扶着陈国泰，在数位警察射击掩护下撤出青石厝。解救人员边阻击边撤。

一个土匪10岁的女孩睡着在一堆木头上。陈敬德叫醒女孩，让她回家。

当晚，公安局陈局长拎着一个精致的木盒走进客厅。黄怡琴客气一下，收下交给蔡管家，带陈局长上楼。

陈国泰躺好一个舒服的姿势。陈局长此时开口说："能叙述被绑经过吗？"

陈国泰回忆道："那天夜深了，路上没有行人。我快到轮渡码头时，突然冒出六人，手里都拿着棍子和刀子扑向我。你们知道我有超强记忆，只要见过一面就能记住对方的面相与姓名。这些人全是陌生面孔。我前挡后抵，左攻右守。数个回合后，我知道这些人都是咏春拳的高手，是有备而来。六人紧紧逼围。我的手背上挨了一刀，腰又重重地挨了两棒。我瞅准一根袭来的棍子，纵跃抢到棍的顶端，重重一脚踹中对方……"陈国泰"哎哟"地叫了一下。

"身上有伤，不要比手划脚那么用力大声说话。"郑成安提醒道。

陈国泰深深地舒缓了一口气，继续说："我重重一脚踹中对方，对方'哎哟'一声弯下腰，松开了手。我的背上又重重地挨一刀。我横击棍子，磕飞对方的刀，重重一棍敲在对方的下巴，对方倒下。我抢过刀，快速转身，一刀插到举棍前来的一人的大腿上。"

陈国泰又"哎哟"地叫了一下。众人相视一笑。

陈国泰笑说："看到我如此悍勇，剩余五人聚拢成一个小圈子，一边招架我的棍子，一边把我打倒在地。倒地前，我的棍子敲飞其中一人的牙齿。对方大怒，刀子对准我猛砍。其中一人喊，别打了，要活的。绑匪七手八脚把我绑了。双眼蒙黑布，嘴塞布，拖上黄包车。他们若没有刀休想抓到我。黄包车走了数分钟停下。我被拖下黄包

车，推上汽艇，拖进舱内。汽艇‘突突’地船驶出一段后，浪大颠簸，汽艇掉头，速度慢了下来。过了一会儿，我的蒙眼布有一束亮光，知道有水警例行检查，暗喜。不想水警用手电筒照了照。熄了手电，懒洋洋说：‘走吧！’汽艇加速离去。我心理大骂水警混饭吃。汽艇驶近岸边。绑匪将我拉下船。拖着走过乱石，在个一间房里，住了大约二三天。我听看守者相互交谈，得知海上巡查很严，因此要躲避数天。风头过去又坐车到同安拖走到云顶山。”

郑成安为陈国泰抹着药膏问：“你觉是什么人做的？”

陈国泰忍着痛说：“我一直在想，就是想不出。”

郑成安仍抹着药膏说：“你得罪过同安人？”

陈国泰痛得皱了一下眉答：“应该没有。”

郑成安边抹药边问：“他们常打你？”

陈国泰怒道：“每日都有人进来打。我想这样打下去会被打死的。自已死了，三个太太、三四个查嫫孩怎么办？我还没有达啵仔，不能到了我断了香火。我向看守小土匪打探，探不出有价值的消息。我讲趣事、讲缅甸玉石场的死亡之路，讲各国的风俗人情给看守听，拉近与他们的情感距离。介绍自己从小艰苦的经历，暗示小土匪能心生怜悯。一个小土匪悄悄对我说他的大哥在附近镇上开一爿小店。我暗喜，对他说：‘如果你能通过你大哥帮我转出消息，就算我不能得救，你的兄弟也能得到重谢。’”

陈国泰详尽被绑经过。众人分析来，分析去，分析不出绑架者。

郑成安叹道：“你啊，树敌太多了。”

陈国泰听出郑成安话里的用心。陈国泰无数次下决心改掉爱管闲事的性格。但是路见不平时，他又会冲掉他的决心，拔刀相助。

陈国泰不喜欢独自在房间里静养，每日都要让人扶下楼到客厅，躺在藤摇椅上，有时睡一会儿，有时与众人聊天。

数日后的一个上午，公安局陈局长拎着龙眼走进厅。妙妙丹起身让座。陈局长将龙眼放在茶几上，对陈国泰说：“这次真的伤筋动骨、大伤元气了。”

陈局长朝奉茶的叶丽珠点头谢意，转头对陈国泰说：“前几日，蹲守在同安云顶山脚下的警察抓到一个云顶山的土匪。我亲自审讯。那个土匪徒交代人，不是他们绑你。他们是受人之托关押你的，5000大洋。”

众人分析不出什么人绑架须托同安土匪看押。

每日，黄怡琴熬大骨头、小母鸡汤，一勺勺地喂陈国泰服田七粉。苏爱梅把草药捣烂涂在陈国泰的伤口。妙妙丹陪在陈国泰身边聊天。陈国泰面容渐渐红润，饱满、光亮。

第六十章　烽火真情

1932年夏，鼠疫横行厦门，死1000余人。正如《鼠死行》：“人见死鼠如见虎；鼠死不几日，人死如圻堵。”厦门停课、停工、停业。数日来，陈国泰待在家中。陈秀英在一旁玩。陈红霞、陈红红做作业。

苏爱梅愤愤不平道：“日本领事馆召开防疫会议，在17天内组织20多名医生，在厦门、鼓浪屿、禾山15个场所对日本人及日籍台民8000人打针，根本不管其他人。”

陈国泰漠然地说：“当然是先顾自己人了。”

众人以为陈国泰会发一顿牢骚，没想这么理所当然。苏爱梅仍不甘心地说：“那年日本地震，我们是那么地帮助他们。”

“不能强求别人‘滴水之恩永泉相报’。”陈国泰说罢，转头对陈红霞道：“好好读书，以后发明防鼠疫、治鼠疫的针药。”

陈红霞笑着点点头。

陈国泰轻轻抚摸妙妙丹隆起的肚皮，充满期待地说："一定是达啵仔了。"

妙妙丹缺憾地说："许多人算过了，是查嫫。"

一心想要儿子的陈国泰不甘心："请一个中医来摸脉。"

黄怡琴淡淡说："看都看得出是查嫫。"

陈国泰顿时不语。妙妙丹无语。

半个月后，妙妙丹生了一个女儿。她是多么希望能生一个儿子满足陈国泰的愿望。

陈国泰心底凉凉的。他是多么期望有一个儿子能传宗接代，香火不断，继承庞大的家业。

此时的苏爱梅想如果这个女孩是自己生的就好了。多年来，中医、西医、中西医同时进行，吃药、调理都没能怀孕。

黄怡琴无所谓妙妙丹生儿还是育女。妙妙丹生个儿子，陈国泰高兴，陈红霞、陈红红有个弟弟做后盾，不会被夫家人欺负。生个女儿也好，妙妙丹不会更加得宠。

数月后，天花、霍乱消除。左邻右舍、亲朋好友开始串门。这日下午，心怡别墅前庭，妙妙丹双眼蒙着红绸布，弯着腰，蹬拖鞋，双手前后左右摸索。陈红红、陈秀英和邻居的孩子们围着妙妙丹，一会儿跳前笑着，一会蹦后喊着；时而拍妙妙丹的肩、背；时而扯妙妙丹的衣角一下，欢快地喊："我在这。"迅速闪开。三只缅甸猫在一旁跟着跑来跑去。

叶丽珠边浇灌庭院花草，边笑眯眯地看着妙妙丹与孩子们玩瞎子抓猫猫。

许志平进来，叶丽珠欲招呼。许志平摆了摆手，走向楼房。

沙发上，黄怡琴、陈国泰并坐看书、看报。黄怡琴见许志平进来，微笑点头起身让座，走到另一张沙发继续看书。

坐在留声机边听南音《共君结托》的苏爱梅关掉留声机，微笑起身打招呼。

陈国泰放下手中的报纸，打开烟罐。许志平坐下，从茶几上抽出一支雪茄烟下，拿起茶几上的打火机点烟。

旺婶奉茶。

许志平吐出一口烟说，厦大的先生和学生成立了“抗日救国会”，致电国民政府，要求在“危亡之祸迫在眉睫”之时，“早日消弭内争，一致御侮，宁为玉碎，毋为瓦全”。用中、英、法、德四国文字发表《厦门大学教职工全体为日本侵占满洲敬告各友邦人士书》。厦大四百余人组成义勇军和救护队，举行宣誓典礼，开展军事训练，准备奔赴前线抗日。厦门抗日救国会联同闽南各地组成闽南二十二县抗日团体联合会。抵制日货的游行每晚都举行……

陈国泰数次伸颈，张口欲辩解。

许志平了解陈国泰一下子放不下吉田太郎、田原一雄的友情。吉田太郎、田原一雄与陈国泰是过命之交。许志平愤怒说：“数位工友拆卸义和街房屋时，林双对不让拆卸，欧打工友。武警上前说明奉命执行公务。林双对指挥浪人围殴警察，夺警察佩戴的短枪。下午3时，日本领事馆领事到市公安局找陈局长，极力为林双对的暴行辩护，向陈局长提出还枪和赔偿医药费的要求。现在的市政不如前市政当局态度的强硬。”

田原一雄、福岛次郎一前 后走进来。黄怡琴、苏爱梅点头招呼，起身让位，坐到楼梯口边的两张木椅上。

许志平面无表情。

田原一雄和福岛次郎尴尬地笑了笑，分别坐在黄怡琴、苏爱梅腾出来的位置上。旺婶礼节性地将二杯茶放在田原一雄、福岛次郎面前。

田原一雄对陈国泰微笑：“到公司数次都找不到你。今天是特意到厝内谈合作茶场的事。”

“那你俩还得再跑一趟。我们马上要去码头送人。”妙妙丹说完，起身上楼换装。

许志平不想陈国泰再与日商做生意说：“最近英美将五十支听装‘五花’牌烟由每箱六百五十元减至四百五十元，零售价由每听七角降至五角；南洋公司同价的五十听装“白金龙”烟不得降价。英美烟草公司推出‘领馆’牌卷烟，品质与‘白金龙’不相上下，而价格降至每听只售四角。‘白金龙’销量一落千丈。近期做烟的生意比较好。”

“商人就是赚钱。近期有资金还是做香烟比较好。你们也应该投资香烟。”陈国泰不想再与日商做生意，聊起香烟的生意。

“茶场合作是长期的生意。”田原一雄、福岛次郎谈着茶场合作双赢的大道理。

“做茶叶生意的人太多了，我不想做。”陈国泰心知肚明：田原一雄、福岛次郎合作茶场获得制茶秘方的目的没有达到不会罢手。

妙妙丹梳妆打扮一番，下楼对陈国泰说：“走呀。你不是要送陈先生吗？”

陈国泰看一眼墙上的挂钟，起身。

田原一雄、福岛次郎想是机灵鬼妙妙丹赶客的托辞。两人与陈国泰等人告别，走出别墅不远又折回，尾随陈国泰、妙妙丹、许志平到水仙码头。两人在不远处观望，见陈永康身着白色黑格衬衫，白皮鞋，身边站着穿小碎花连衣裙的两个女儿。

田原一雄、福岛次郎悻悻离去。

陈永康托陈国泰照顾不愿意回仰光，留在集中读中学的陈刺桐。

与陈永康父女挥手告别后，陈国泰、许志平去处理“十二哥”头家欧打工友之事。妙妙丹带着陈刺桐到心怡别墅二层的一间客房放下行李。俩人手牵手到龙头路“芦竹仔脚”讲古场。小贩们挑着小吃、点心沿场叫卖。讲古场已有不少位子坐了人。妙妙丹在前排侧边的一张小茶桌坐下，叫一壶茶水、一碟瓜子、一碟咸酸甜。一会儿，小茶桌坐满人。木板架起的长凳上也坐满了人。中年讲古艺人端坐椅上，边上一张小茶桌放着茶具，泡壶茶。一手执折扇，一手执一卷书，目光向听众一扫，顿时，场内肃静无哗，静候开讲。

讲古人接着上午场说：“郑成功的战舰装备虽不如荷军，但水兵们英勇顽强，击沉敌主力舰一艘，炸毁甲板船一艘。在陆上，荷兰舰长贝德尔率领240名士兵向郑军反击。郑成功的虎将陈泽率4000人，以大部兵力正面迎击，以七八百人迂回到敌军侧后，前后夹击。结果，贝德尔毙命，荷军被歼180多人……”讲古人妙语连珠，抑扬顿挫、肢体语言形象，动作生动。听众如亲见郑成功收复台湾，群情激奋，掌声雷动。

天色渐晚，陈国泰在“芦竹仔脚”讲古场找到妙妙丹、陈刺桐，带她俩在龙头街摊转一圈，找一张空桌坐下。陈国泰点了煎金瓜米粿、五香豆干、薄饼、大肠灌米血和熟的章鱼、小蟹、花生汤。

陈国泰边吃喝边绘声绘色地讲泉州蔡六舍的笑话故事。

陈刺桐、妙妙丹笑得前俯后仰。陈刺桐真诚赞道：“你讲得比讲古仙更精彩。你开个讲古场，肯定人气旺。”

陈国泰见陈刺桐、妙妙丹吃饱了，付了款，三人起身沿着海滩走回去。清新的海风迎面吹拂，海浪倾耳欢奏。无边无际的天空明星灿烂。黑茫茫的大海上摇曳着小船的灯光。三人沉醉在如仙的海境中。

一阵女声呼救声划破海夜。陈国泰转身向喊声飞奔而去。

妙妙丹、陈刺桐紧跟在陈国泰身后奔跑，心怦怦直跳。她俩担心陈国泰天不怕、地不怕、好打抱不平引火烧身。

“放开她。”陈国泰惊雷般的怒喝声令在场的人都愣住。

英国水兵愣了瞬间，见只有一人，便围上前打陈国泰。陈国泰怒目横眉，以一抵六。听见呼救的居民拿起扁担、木棒，把六个水兵包围起来。

对不法的外国人在岛上耀武扬威，憋着气的居民怒火难忍，有的扔果皮，有的掷砂石，有的怒骂。陆续来的四十多位英国水兵与打抱不平的当地居民打成一团。居民受伤者甚多。

十余名警察赶来制止。英国水兵大摇大摆地走了。

四个躲藏的女生围向受伤女生。

陈国泰背起扭伤脚踝的女生。妙妙丹、陈刺桐带着受伤的居民前往救世医院。医生为女生、居民伤者包扎。

陈国泰为女生和居民付药费后，有事先走。

一位女生取药走过。妙妙丹觉得眼熟，拿过来一看，“日日消”与“日日好”字体颜色相似，商标乍看一样，包装也如出一辙。妙妙丹看了看厂址，对陈刺桐说：“‘日日消’与‘日日好’太像了。”

妙妙丹、陈刺桐与伤者告别后，急匆匆回家。一进门，妙妙丹就对黄怡琴说了在医院见到的事。黄怡琴拨电话告诉郑成安。

第二天下午，郑成安到救世医院药房看药品。果然“日日消”与“日日好”包装十分像，不细比看不出差别。他看药色、闻味也无差别。

陈国泰、郑成安调查证实日本人对陈国泰治伤的药渣研究，由真和药行生产“日日消”。他俩明白要与那些不法的日本人打官司难胜，取证难，且耗时长。

陈国泰拿了些零钱给流浪儿，叫他们散布“日日消”偷取“日日好”消息，并说“日日消”少了一味关键药，药效起反作用。流浪儿平日得到陈国泰的关照，十分卖力地宣扬。厦门许多家报纸纷纷刊载“日日消”偷取“日日好”的消息。消息很快扩散到整个厦门。厦门人不再光顾。一个季度后，真和药行关闭。

9月4日上午，厦禾路305号的《华侨日报》编辑部，大家像往常一样各自忙碌，没有人注意到门外的异常。一个年轻日本浪人突然扔进一枚炸弹。编辑部内一声巨响，浓烟，破碎声、惊叫、惨叫惊骇路人。路人自发冲入编辑部，抬着、背着、扶着数名浑身是血的伤员迅速送往医院。

不一会儿，警察赶到，封锁现场。现场一名被炸死的血肉糊糊的职员尸体躺在一片狼藉的破碎的桌椅、玻璃碎中。没有留下能够证明是日籍浪人干的证据。《华侨日报》遭此厄运，厦门人心知肚明日本浪人报复《华侨日报》揭露他们在厦门的恶行。

厦门人愤怒了！厦门各帮派打砸日商的公司、商店、烟馆并表明身份表示对不法日本浪人的抗击。

这日夜里，陈国泰、陈敬德各持一把白朗宁手枪带着陈国泰的五个堂兄弟及二十位陈家帮的兄弟冲向福星旅社。

陈国泰吼：“打。”陈敬德一扬手。

黄衍明持小提机关枪，林强持美式机关枪，其他人手持棍、棒、长刀、匕首冲入福星旅社一阵猛打狂砸。“十二哥”的弟兄与陈家帮兄弟厮杀。

陈国泰见打得差不多，示意林强撤。林强口哨一吹，陈家帮的兄弟一个接一个吹哨，撤离。福星旅社玻璃碎、破桌面、断椅脚满地，斑斑血迹。

日籍浪人与厦门各帮派再一次掀起械斗的浪潮。

1935年夏，陈国泰一家人正在准备吃午饭，陈刺桐与陈敬伟进来。

妙妙丹笑问："吃饭了吗？"

"就是赶来吃饭的。"陈刺桐将手包放在沙发上，笑着对众人说。

叶丽珠搬二张方凳。陈敬伟、陈刺桐坐下。旺婶盛来二碗干饭。叶丽珠递上汤匙和筷子。

妙妙丹微笑问陈刺桐对厦门大学的感觉。

陈刺桐兴奋道："依山傍海，树、花、草很水，造型各式的土洋结合的大楼掩映在红花绿树中，雅静，是读书的好地方。"

陈国泰嬉笑："也是谈情说爱的好地方。"

陈刺桐羞红了脸。

陈敬伟笑了笑对妙妙丹说："过几日，我父母要去要去仰光提亲，你有没有事？"

妙妙丹兴奋道："我跟你们一起去。"

陈国泰为难："最近，我很忙。等过一段时间，我陪你去。"

"我想家。我跟他们去，跟他们回。你不必陪。"妙妙丹哽咽说着，眼泪流了出来。

"我陪你去。我本打算过一段时间去仰光，先处理厦门的事。厦门的事就叫衍明处理。"陈国泰知道妙妙丹想做的事就要做，他不放心妙妙丹一个人回去。

黄怡琴、苏爱梅心底的醋意浓浓，同时想到闽南人说的那句话：安（夫）疼小姨（妾）。

二十天后的一个晴朗的下午，陈永康着短袖衫，长裤，林美珠着短袖旗袍，其他人都着缅甸服装翘首以待。

妙妙丹边跑边呼："妈……哥……"

陈刺桐小跑奔向母亲和姐姐。

妙妙丹泪水夺眶而出，哭出声来。陈刺桐受影响，也哭了起来。

永康太太、林美珠争相请陈树铭夫妇到家中住。

陈树铭对陈永康着说："还是住美珠家。一是我们来提亲住你家不合适，二是我们想多与女儿、外孙在一起。"

众人在码头道别。数辆人力车分两路，一路奔永康家，一路奔美珠家。

妙妙丹兴奋地看着那熟悉又似陌生的柚木别墅，庭院里的花草树木。

"妙妙。"早就等候在院里的芹姨迎上前，疼爱地摸着妙妙丹的脸，喜泪夺眶而出。

妙妙丹、芹姨都擦着喜泪久久对望。

秀丽笑盈盈地上前。妙妙丹拉起秀丽的手，两人对笑无语。

陈宝珠见到父母和弟弟高兴地对手中周岁半的儿子说："叫外公、外婆、阿舅。"

孩子怯生生地将头埋在陈宝珠怀中。

树铭太太抱过初次见面的外孙连亲三下。

陈宝珠、登盛带着树铭夫妇进客房，安顿好，又带陈敬伟进隔壁的客房。

妙妙丹牵着陈国泰快步上楼，奔向自己的房间。妙妙丹推开房门，见房间摆设依旧。她跑进房间，兴奋地摸摸桌、椅，开心地躺倒在床，舒服地张开双臂。

陈国泰在雕花的黄花梨木椅坐下。

晚宴，以缅菜为主，少量的闽南菜。登盛举杯敬陈树铭夫妇和陈敬伟、陈国泰等人酒。

妙妙丹笑呵呵地说："去年9月1日，厦门岛内开通了两路公交车。1路由鹭江道开出，最后返回鹭江道、2路由鹭江道至南普陀。"

众人谈论厦门建设新貌。

陈国泰愤愤道："2月5日，日本海军第三舰队中将司令白武源吉及少将下村正座率9艘军舰到厦门。”

林美珠激动地告诉众人：“缅甸华侨抵制日货总会派人到各地大小商店，将所存日货登记造册，限期售完，保证不再进销日货。凡是违约再进的日货，一律没收运到仰光福建观音亭，一礼拜焚烧一次，威震缅甸城乡。没有人敢进日货。华侨都不卖米、布、药给日本人。”

秀丽上菜、收盘时，从不插嘴，礼貌而规矩。

陈树铭夫妇、陈敬伟知道缅甸人习惯吃饭不说话，不觉得奇怪。

树铭太太趁谈话暂停之际将话引向提亲备礼之事。众人按闽南礼数商议明日购买提亲、定亲礼物的品种、数量。

第二天清早，陈树铭夫妇、陈宝珠、陈敬伟、林美珠、陈国泰、妙妙丹、登盛按照分工到早市购买猪腿、鸡蛋、面线料等礼品。

吃过早饭，林美珠陪陈树铭夫妇、陈敬伟担着、提着聘礼到陈永康家提亲。

永康夫妇满面笑容热情请坐、沏茶。寒暄、饮茶了一会儿，林美珠替树铭夫妇说话：“仰光与厦门往返一次要一个余月，再跑一次办定婚。费时、费神。”

永康夫妇通情达理，同意陈树铭提议简单化、不拘繁俗礼节，提亲、定婚、出嫁一次性办。

永康太太、陈刺桐、陈水仙在厨房忙碌午宴，午宴以闽南菜为主、缅甸菜为辅。你一言我一语地谈论厦门、缅甸的抗日、抵制日货的喜闻乐见。陈水仙的丈夫是一位斯文的缅甸人。中等个，方脸、浓眉、圆圆的黑白分明的大眼睛，黑密的二八分头。他能说许多闽南话，不时地聊一二句。

陈国泰陪着妙妙丹遛街。街上随处可见张贴的“节食救国”、“踊跃捐款”、“抵制日货”、“输财卫国”、“视国犹家”等中、英、缅三种文字的标语。一个清瘦、面黄的中年男子双脚严重变形，双手代脚倒立在地上匍匐前行，颈上挂着一个褪色的蓝布袋。蓝布袋上用中缅文写红字“为抗日出力”。陈国泰感动地拿出一个光洋放入残足人的蓝布袋。妙妙丹跟着从手袋里拿了一个光洋放入蓝布袋。

残足人感激地说："谢谢你们。"

陈国泰微笑道："我们也是中国人，应该的，本分的。"

残足人仰头对围观的人群说："如果你们身上有中国人的血，请为抗日捐款、捐物。如果你们的身体健康，就回国抗日。"

陈国泰、妙妙丹来到华人街华人俱乐部。救国总会的工作人员忙着接收、清点捐来的物资和款项。陈国泰掏尽身上的钱，投入捐款箱，跟着一些青年归类堆放棉被、棉衣、棉裤、布类、药品等。陈国泰曾在码头扛包，堆放箱、袋，快速、稳固、整齐。

堆完捐物，陈国泰正准备饮茶，见残足人倒立爬进来。陈国泰快步上前一把将他抱起，轻放在椅子上。

救国总会的人感动地对残足人说："你又来啦。"

登盛弯下身，取下残足人颈上的布袋交给收款人。收款人倒出半袋的零钱。

有人为残足人洗手。有人递茶水、糕点给残足人。

在场的人都感动地望着残足人。陈国泰将蓝布钱袋挂到残足人的脖颈上。残足人请陈国泰将自己抱下椅子。

陈国泰将残足人抱到院外，敬佩地望着残足人倒立，用双手慢慢地走去。

数日后的上午，陈国泰、妙妙丹走进好头路旅栈。一位中年男子热情迎领至楼上的一间大房间。大房间里已坐陈刺桐、八个年轻人。陈国泰一眼便认出，并准确地指着说："同安人陈六玉、安溪人陈延平、永春人李岱俊、南安县人王顺前、周瑞涛。"

周瑞涛佩服地说："这么多年未见，你还能记得我。记忆真好。"

陈国泰笑哈哈自夸："我的记忆非常强。只要见过面，说过名字，我就不会忘记此人。"

陈国泰指着一位小伙子、两位女子说："这三位，我肯定没有见过面。"

小伙子微笑道："我是惠安的。姓林名金枝。"

陈国泰对小伙子笑了笑，转头看着两位女子疑问："你们两个查嫫人也回去抗日？”

“是。”两位女子异口同声。

陈刺桐指着运动头的女子说：“李玉梅，会开车。”

另一位扎辫子的女子自我介绍：“我叫吴丽。我会双枪。”

陈国泰惊奇地笑道：“人在番邦都变番了。打仗是达啵人的事。”

陈刺桐反驳：“花木兰、樊梨花、穆桂英都是查嫫人。”

妙妙丹对李玉梅、吴丽说：“你们教我开车、打枪好吗？”

李玉梅、吴丽同声答：“可以。”

陈国泰笑道：“那还像我的太太吗？”

众人批评陈国泰轻视女人。男人能做的事，女人都能做。妙妙丹插嘴：“女人能做的事，男人做得到吗？”

陈国泰大笑说：“笑话。”

妙妙丹笑哈哈说：“女人肚子能装一个人，甚至几个人，男人做不到。”

众人开怀大笑。

第六十一章　首战告捷

田原一雄和端庄的妻子，九岁的漂亮女儿、六岁的可爱儿子住在装修考究、设备齐全的观港别墅。多年来一直有资金源源不断汇入田原一雄的账户上，平均月余额达10万美元。人们误认为是他的三井洋行在赚钱。其实，二十年代末，田原一雄从缅甸回日本不久就接受了收集厦门情报的任务，后来他的妻儿来到厦门。没有人会想到这一家

人都是特工，配合得天衣无缝。

田原太太看上去与别的太太一样，打牌、摸麻将、逛街购物、看电影、听戏、跳舞、喝茶、品咖啡、聊天。她从中得到情报。她的包里有一个双筒望远镜和一架德国康泰克照相机，关键时拿出来望一望，照一照。认识她的人知道她喜欢旅行和摄影，以为她在看风景，拍风景，不知她在监视港内的舰队和军事设施。

田原女儿田原幸子通过与有背景的同学交往，到同学家里玩，做作业一心三用，偷听大人聊天，窥视同学家中往来客人。每日将在学校、同学家见到的、听到的，一五一十地讲给父母听。

田原太太将田原俊杰打扮得天真、可爱。有目的地带他沿海边散步。俊杰经常被邀请上各国的各种船。他冲着舰艇上的人员天真地笑的同时，暗中却会默默记住父亲教他观察并且记住所有不寻常的东西。舰艇上的大人会乐意回答“聪明的小家伙”提出的任何关于舰艇的问题。他们不会想到这些问题都是这位聪明的小家伙的父亲教他问的。田原太太常带俊杰到一些重要人物的家中去玩。俊杰根据事前交代的有目的地“误入”主人的书房、卧室，寻找目标，记下重要的信息。没有人在意六岁男孩子的好奇心、探索心和调皮。俊杰回家后就会向父母汇报看到的、听到的信息。这些信息被秘密送至吉田太郎的分析组，结合中国、其他国家和世界时势，分析出有价值的情报传回日本。

这日下午，田原太太、苏爱梅、吉田太太、妙妙丹一起搓麻将。田原俊杰与陈红红、陈秀英、陈秀萍玩耍。一会儿上楼，一会下楼，一会儿到庭院。面朝厅门的妙妙丹排列好牌，看着蹲在门边逗玩缅甸猫的孩子们。她看到田原俊杰在三只猫脖上的花环寻找着什么，可爱的、天真的双眼透出儿童完全不同的老练神情。妙妙丹心理一惊，莫名地起了疑虑。她边出牌，边听俊杰的行踪动静，用眼角余光偷窥俊杰的“调皮”。此后无论在谁家搓麻将，只要有俊杰在场，妙妙丹都会注意俊杰的“调皮”。妙妙丹经过十余次的观察确定俊杰的“调皮”不简单，她给厦门警备司令部外事组挂匿名电话。

外事组接电话的小伙子大吃一惊，放下电话立即报告组长。组长当即报告司令。厦门警备司令部外事组成立一个“侦察田原案专门小组”，对田原一雄一家人进行隐蔽的严密监视。外事组另派便衣监视两个孩子。

厦门警备司令部外事组办公室。外事组七八位侦查人员你一言我一语分析、猜测匿名电话是妙妙丹挂的。妙妙丹常出入各国领事馆，教领事馆的工作人员讲闽南话、缅语。她与吉田太太、田原太太等名绅、名商、名流、官爷及其太太、小姐往来密切。“外事组”组长林建伟决定结识妙妙丹，争取她成为侦查案件的线人。

这日上午，妙妙丹挂了许多个电话都没有约到玩伴，抱着一只咖啡色的缅甸猫在龙头街独自闲逛。

在厦门待久的日本浪人、流氓知道妙妙丹是“陈大胡”的三姨太，轻易不敢动她。迎面走来一位新来厦门不久的年轻日本浪人嬉笑道：“你的猫很漂亮。”

妙妙丹瞟扫一眼，继续走。

日本浪人跟着走，嬉皮笑脸道：“生气了。你很漂亮。”

妙妙丹转身瞪眼警告：“再跟着试试看。”

“生气也很美。”日本浪人动手想摸妙妙丹的脸。

妙妙丹右手一巴掌打过去，骂道：“不知死。”

正想结识妙妙丹的林建伟远远地看着这一幕，冲向妙妙丹。日本浪人抓住妙妙丹的手。妙妙丹松开抱猫的手。猫叫唤着摔到地上。当日本浪人一拳砸向妙妙丹时，说时迟，那时快，林建伟箭步上前，一把抓住日本浪人的拳腕，同时一拳击中日本浪人的胸脯。日本浪人一个踉跄，见势不妙逃走。

妙妙丹打量眼前头戴“荷兰帽”，身着白色“夏威夷”平角反领短袖衬衫、白长裤、白皮鞋的年轻人真诚地说：“谢谢！”

林建伟心想真是天赐良机，邀请道：“免客气。可以一起喝一杯咖啡吗？”

“为什么请我喝咖啡？”

林建伟微笑地：“你，高贵、优雅。”

妙妙丹笑道："你帮我，我请你。"

林建伟想：果然番婆大方，这么爽快地答应。多数女人是不敢单独与陌生男人在一起的。他笑着说："达嗷人让查娭人出钱请吃喝没面子。"

"那好吧。"妙妙丹爽快地随林建伟走。

林建伟选择喝咖啡而不是喝茶的主要原因是咖啡馆人少，茶馆人多眼杂。

走进"喜乐咖啡屋"，一阵阵飘着咖啡醉人的浓香飘荡着悠扬的爵士音乐。咖啡桌上、吧台上花花草草零星地点缀着，充满优雅、清闲的氛围令人舒畅、放松。咖啡屋里已有两位洋太太、两位洋小姐，两位西装革履的先生。服务生热情招呼。组长找了最里面最角落的座位。妙妙丹是这里的常客，服务员问妙妙丹是否按老样子送。林建伟答："按她的习惯点吧。"

妙妙丹怪怪地笑："只要一碟'鬼番报'米糕。"

林建伟先夸妙妙丹漂亮聪慧，再简明扼要地讲了对田原一家人的怀疑。他恳切地说："我知道，你常与田原太太打牌，看戏、遛街。请你帮忙注意一下田原一家。"

妙妙丹抿一口咖啡问："为什么找我？"

林建伟招呼妙妙丹吃"鬼番报"米糕，说："你与田原一家有往来。"

妙妙丹用叉子叉了一块"鬼番报"米糕，细嚼慢咽地享用。

林建伟抿一口咖啡道："如果你有消息，就到这张桌子塞一张纸条，我会按条纸的约定赴约。"

"这样吧，我如果有消息，就在我的三只猫脖上套上花环。你就在上午九点半到喜乐咖啡屋来。"妙妙丹想了一会儿说。

林建伟开心地与妙妙丹边饮边聊。

妙妙丹与英国领事满乐思的太太、美国领事狄瑞克的太太、荷兰领事的太太打了一天的麻将至晚上10点结束。妙妙丹请三位麻友到"喜乐咖啡屋"喝咖啡。

妙妙丹找了最里面最角落的一张桌，四人坐下来品咖啡、吃"鬼番报”米糕、“麻糍”。面对门的妙妙丹见田原一雄走进来。

田原一雄没有看见妙妙丹，在距离妙妙丹左边两张桌子的位子，背对妙妙丹坐下。

一位男服务生走向田原一雄，询问了一声点品，转身离去。

一会儿，一个中年男子走进来，在田原一雄的对面坐下，朝田原一雄点头微笑，两人没有交谈。一会儿，男服务生送来一杯咖啡，田原一雄悠然自得地品尝。另一位男服务生很快送一杯咖啡到中年男子面前。中年男子独自品咖啡。两人无语地喝咖啡。

妙妙丹低头抿咖啡时，眼角窥视田原一雄，瞥见桌下田原一雄与中年男子脚对脚相互换穿鞋子。一会儿田原一雄先走了。过了一会儿，中年男子不声不响地走了。妙妙丹注意到了两人的皮鞋一模一样。

当晚，妙妙丹摘了茉莉花、黄菊花、粉红芙蓉花、柳枝扎成花环，套挂在三只缅甸猫的项上。妙妙丹叮嘱丽珠：“别掉花了。”

叶丽珠不觉得异样，点头应答。妙妙丹心血来潮时、兴奋时常让叶丽珠用花草编个花环套在猫的身上。

林建伟坚持每日晨跑经过心怡别墅，每每失望而去。这日早晨，林建伟终于看到三只猫脖上的花环。九点半钟，他准时地走进“欢喜咖啡屋”。站在门边扫视一遍，见妙妙丹独自饮着咖啡、吃着糕点。他装着巧遇的样子打了招呼，点一杯咖啡和一碟贡糖，走向妙妙丹，坐在她的对面。

妙妙丹将昨日看到的怪现象告诉林建伟。

外事组当日派人监视“喜乐咖啡屋”。他们发现隔一段时间，田原一雄太太也到“喜乐咖啡屋”。田原太太的白贝雷帽会与一位太太或小姐的白贝雷帽挂在一起。先来的先走，后来的后走。先走的会拿走另一个人的白贝雷帽。

1936年8月23日傍晚6点多钟，厦门的大街小巷人多声杂。喜乐咖啡屋最里面角落座着的一位外事组斯文的年轻人边呡咖啡边窥视门口进入的人。半个小时过去了，一位中年男子进来在柜台点一杯咖啡，然后坐在田原一雄对面。中年男子边饮咖啡边不动声色地与田原一雄在桌下完成脚与脚换鞋，然后若无其事地起身向门外走去。咖啡屋外一名外事组壮实男子紧随走出门的中年男子身后。

一会儿，一位外事组高个子青年远远跟走出咖啡屋的田原一雄。迎面的二个侦查人员一个追一个跑，行人误为抓贼。田原一雄躲闪不及被猛撞，重重摔倒在地。一个侦查人员脱下田原一雄的皮鞋。预伏的三名侦查员一拥而上，“扶”起田原一雄，不由分说就送往“医院”。

同样的“碰撞事故”，中年男子被“贼”撞倒，被“好心路人”送往“医院”。

外事组办公室。外事组人员分解两双皮鞋。从中年男子的皮鞋底撬出胶卷。在田原一雄的鞋底的夹层中撬出日本特务机关给田原一雄的指示信：画出厦门海岸村庄图、并拍照。

警备司令部逮捕田原一雄一家。

数日里吉田太郎没有见到田原一雄及其家人断定出事了。日本领事馆领事到警备司令部、厦门市政府要人。厦门市政府被迫将田原一雄全家交给驻厦门日本领事馆。田原一雄带着太太、儿子、女儿回到日本。

1936年12月底，一艘日本至厦门的邮轮在碧波荡漾的台湾海峡航行。落日的余晖在天际消逝。陈国泰看了看身边坐着一个文质彬彬、愁肠百结读书人模样的青年人，主动自我介绍。年轻人打量一会儿陈国泰自我介绍：“张国强”。

一路颠簸，张国强的心海一直在波澜起伏。他愁眉苦脸问陈国泰：“厦门哪有便宜的旅社？”

陈国泰看了看张国强的穿着不贫穷，笑道：“厦门的客栈业有一个明显的特点，就是以地域区分，各县的归侨、侨眷所开设的客栈均以接待同籍侨胞为主，甚至细分到以接待同乡、同村或同族、同宗、同姓为主。”

张国强忧忧道：“我是南安人。”

陈国泰浅笑道：“我是南安九都的。南安客栈简陋，但清洁、安全，价格低廉，招待极为周到，带旅客到商店购物、代办车船票、托运行李等。

没有现钱可以暂时不结算。”

下了船，陈国泰带张国强到鼓浪屿的南安客栈。

掌柜见陈国泰带人来，热情迎接。

陈国泰递上一支烟给掌柜，娴熟地扣一下打火机为掌柜点烟，说：“找一间好的。”

掌柜点头，引陈国泰、张国强至单人间。张国强对客栈的环境和房间简单、明亮、洁净满意。

小伙计端两杯铁观音茶，走进房间，放在桌上笑道：“如果有需要，请吩咐。”

小伙计退出后，张国强终于一吐胸中块垒说：“日军疯了。他们备战很急，日常的一切设施都军事化起来。”

陈国泰疾言厉色道：“日本的驱逐舰经常在厦门与汕头之间耀武扬威。日本第五水雷舰队司令、第三舰队司令、第五驱逐舰队司令等重要军事长官先后抵达厦门，窥探防务。”

“亡国奴是做不得的！只有战斗才能制止日本的侵略！……”张国强愤慨一番。

陈国泰钦佩眼前这位“位卑未敢忘忧国”的读书人，拿出身上仅有的两个大洋，悄悄地塞进张国强脱挂在椅子靠背上的西装衣兜，告辞。

近些日子，妙妙丹常跟着陈刺桐、陈敬伟等厦大师生走上街头演讲、发传单、宣传抗日救亡运动，教唱《义勇军进行曲》《大刀进行曲》等歌曲，表演《放下你的鞭子》等抗日救亡话剧。

今日上午，妙妙丹起早。早饭后，穿着朴素衣裤急匆匆赶到中山公园。陈刺桐脍炙人口的诗《查嫫，走出来了！》说服许多厦门妇女走出家门加入抗战救国的行列。中山公园陆续到了许多各界妇女、小姐、太太。

一位三十余岁、中等个子，齐耳短发，圆脸大眼的妇人吹哨整队。陈刺桐对妙妙丹说：“吹哨子的人是妇女慰问团团长。”

女人们迅速排列好队伍，浩浩荡荡地前往郊外157师驻地。行走到

半路，忽然乌云浓聚，电闪雷鸣。顷刻间，雨“噼里啪啦”打在妇女们的脸上、身上。妙妙丹、陈刺桐等许多妇人未带伞，双脚毫不迟疑地踏过、蹚过污泥浊水的路。沿途围观的群众越来越多，不时响起掌声和欢呼声。

妇女慰问团到军营。一会儿，雨中立着一支整齐的军列。157师师长黄涛的身后跟着一群撑着雨伞的勤务兵。黄涛叫勤务兵把伞拿开，大小校官纷纷撤了雨具。

慰问团女团长因感冒，声音有点沙哑，但坚定有力，激昂飞扬致慰问词：“157师官兵弟兄们，正当日本帝国主义在华北、晋北、上海加紧进攻时，我们的厦门也面临着危难。你们辗转跋涉来到厦门，披坚执锐，以保我疆土无虞，民心为之振奋！我们对前方战士表示敬意。我们对保卫厦门的将士表示敬意……”

慰问团女团长沙哑的感冒声激励着官兵们。官兵们身子冷战战，心内燃起保家卫国的烈焰。

1937年8月25日，日本第三舰队司令长谷川和日本外相联合发表声明，宣布封锁上海至汕头一带海面，两艘日舰停泊厦门港外。

8月27日，粤军157师471旅941团奉命由石码乘车连夜赶到集美，渡海奔赴鹭岛，并立即派市区巡查队除奸，逮捕、枪毙一批不法日籍浪人和汉奸。喧嚣一时的日本《全闽新日报》被勒令停刊。与日军关系不错的厦门港海军被整饬。

40多名不法日籍浪人成立“邦人义勇团”。清秀，没有几根胡须的姓名叫陈大胡的中年男子向“柯阔嘴”报告：“157师师长黄涛是个留德军人，深谙炮战理论和实践。他一面组织训练壮丁，一面抓紧加固防御工事……”

“砰”门突然被推开。望风者冲入，恐慌地大喊：“快跑。”

陈大胡机警地跳出窗。157师的人冲入，柯阔嘴等二十余人被抓，随后被枪毙。“邦人义勇团”的残余成为厦门的隐患。

日本海军宣布对中国海岸实行封锁。一夜之间，厦门港外麇集着十多艘飘扬着日本旗的军舰。

黄涛命部队的一部分夜间悄悄转移到集美，白昼再声势浩大从嵩屿渡海回厦门，明来暗往多次。日军探子向日本舰队长官报告中国军队浩浩荡荡。

1937年9月3日凌晨4时许，天刚破晓，日本南支舰队“扶桑”、“羽风”、“若竹”三艘驱逐舰组成联合小舰队，在13架飞机掩护下，突然以最大速度驶到大担山灯塔前，二担海域，列成阵势，猛然发起攻击。转眼间，白石、胡里山炮台、厦门大学和曾厝垵机场湮没在隆隆炮火的硝烟中。13架日机分四排扫射、投弹轰炸海军厦门要港司令部、中山公园西路。别墅、祖厝、洋楼被炸得破砖碎瓦一片。

严阵以待的胡里山炮台、白石、屿仔尾的官兵开炮，颗颗重达200公斤的克虏伯炮弹像脱了弦的利箭击向日舰。各炮台连续向日舰群炮击。青屿鱼雷站发射鱼雷攻击，日舰首尾难顾。三发炮弹，两中“若竹”驱逐舰的腰部，“若竹”号舰遭到毁灭性重创，浓烟滚滚。

厦门打击侵略者首战告捷，处处充满欢喜。叶丽珠、旺婶到菜场采买。各摊点都排着长队，人们谈笑喜报战况。

心怡别墅餐厅灯火通明。晚餐开了两桌。陈国泰的五位堂兄弟、林强、黄衍明等来家中庆贺首战告捷。

陈国泰为陈红霞、陈红红各倒一杯糯米酒。

黄怡琴阻挡道：“孩子怎么能饮酒。”

陈国泰笑说：“就饮一杯，庆祝，庆祝。”

陈国泰立身举杯开怀大笑道：“为中国军人干杯。”

“为中国军人干杯。”大家起身笑逐颜开，齐声庆贺，饮尽杯中酒。

黄衍明见黄怡琴一饮而尽，鼓掌道：“阿姐，今天也一口气喝一杯了。”

一杯酒下肚，黄怡琴心热脸烫，笑眯眯道：“欢喜。”

妙妙丹酒量好，一人一杯敬过本桌的人，又到另一桌一人一杯敬。众人知道妙妙丹的酒量，不客气，一饮而尽。

酒席上的人传看陈红霞与同学们的毕业留言簿。有楷书“提起我们的勇气，把日军赶出去”、隶书的“学为国用”，草书的“弃笔从戎”……

酒席进行一半时，个个满面通红。

“大人小孩都要庆祝。”陈国泰不顾黄怡琴劝阻，乐哈哈起身走向隔壁桌，用叶丽珠的筷子蘸了酒滴到叶丽珠怀中陈秀芬的口中，又蘸酒杯滴入陈秀芳的口里。

不知是米酒的甜，还是兴奋成分，陈秀芬、陈秀芳沾了酒就笑。天真无邪、天使般的笑容逗得全部人都笑开了。

陈国泰更乐了，拿着汤匙一点儿一点儿往陈秀芬、陈秀芳的小口中喂酒。陈秀芬、陈秀芳笑得更可爱，众人见状笑得更欢。

黄怡琴笑了笑，抢下陈国泰的汤匙，“那两个是婴仔。”

叶丽珠抱着秀芬，旺婶抱着秀芳离桌而去。

黄衍明、林强、陈国泰及五位堂兄弟划拳。划拳的人高声地叫拳，握着红红的拳，弹出红红的指、甩出红红的掌。赢者乐乐地欢叫：“喝酒，喝酒。”输者豪爽地喜道：“喝就喝。”一饮而尽。

从前不喜欢划拳的黄怡琴、苏爱梅满面笑滋滋欣赏着充满血性、傲骨铮铮的男子汉拼酒量、比酒胆，展拳技。划拳驱散了家中笼罩的阴霾，疏通了胸口紧紧的气淤。

陈秀芬、陈秀芳笑了一会儿，满面通红。突然又哭起来，众人惊讶。陈秀芬、陈秀芳哭声停止，哇哇大吐。

黄怡琴怪陈国泰：“都是你呀。一定是酒醉。”

“大人没醉，婴仔醉。”陈国泰心疼地笑说。

黄怡琴抱过秀芬、苏爱梅抱过秀芳。叶丽珠、旺婶清理呕吐物。

黄怡琴、苏爱梅喂秀芬、秀芳糖水。

宴毕，众人结伴前往晋江阿婆的别墅看戏。晋江阿婆请福庆成戏班到自家戏台演《郑成功》，庆首战告捷。

9月19日中秋节。人们仍沉浸在胜利的喜悦之中吃月饼、芋头米粉、柚子、听南音、看歌仔戏。

欢庆的喜悦很短暂。1937年10月26日日军占领金门。唇亡齿寒，厦门人惊慌失措。

晚饭后，旺婶看着秀萍、秀芬，叶丽珠抱着秀芳。陈红红、陈秀英在做作业。陈国泰、蔡管家边饮茶、吸烟边分析形势的发展。许多人家搬迁至香港。一些商家关门，不做生意。

陈国泰看着黄怡琴说："阿琴，你带着阿红回金淘娘家还是九都，你定。"转头对苏爱梅说："阿梅，你和妙妙带阿英、阿萍、阿芬、阿芳去九都。阿伯、阿叔的子孙住着，他们会对你们好的。我盖洋楼给他们住……"

"我不去。"陈国泰话音未落，妙妙丹就拒绝。

陈国泰微笑地哄："我会让你们带足够的钱，够用几年的钱。厝前厝后已经种了龙眼树、荔枝树、那佛（番石榴）树。欢喜呢，就种谷、麦、番薯、竽。厝前厝后种一些葱、蒜、青菜，砍一些柴。若不爱自己种，向村里人买，到镇、县城买。"

"有钱也用不上。"妙妙丹想起小时候到外公、外婆家。除了山就是田。到县城要走数个小时。没有电灯、一到晚上黑黝黝，静悄悄。村里三五人要么在某人的厝石埕，围在一起泡茶、吸烟，张家长李家短，要么早早上床睡觉。没有地方吃点心，更没有咖啡馆、舞厅、街道、戏院、电影院可娱乐。不要说住一年就是一个月她都受不了。

"我也不想去。"苏爱梅看着陈国泰的脸色，怯怯地说。她去过乡下，她也不习惯那种艰苦的生活。

黄怡琴未置可否。她寻思：若妙妙丹、苏爱梅到九都生活，陈国泰舍不得年轻、漂亮、风情的妙妙丹，一定是常住九都。

陈国泰把蔡管家、叶丽珠、旺婶叫到跟前，说："我给你们一笔钱，你们可以吃用几年。过几年日本矮子滚了，你们再来。"

"我不想离开这里。"蔡管家明确表示。十余年前，蔡管家在一次被多人追打中险些送命。陈国泰见多人打一人心感不平，冲入人群，打散那群人，叫了人力车送蔡管家到医院抢救。医生说再迟数分钟就完了。陈国泰受了轻伤。蔡管家与陈国泰就成了生死之交。陈国泰自立门户后，蔡管家一直跟着。陈国泰建了别墅后，他成了管家。他习惯成自然，爱上这一家人，爱上每日开门、关门，前后院走走看看，爱上了鼓浪屿的一切。

叶丽珠没有吭声。她习惯了在心怡别墅的生活，可是又怕日本鬼的子弹。

旺婶喜欢鼓浪屿，喜欢心怡别墅的生活。安溪的家人催了许多次，现在时局动荡，不能死在外头，做半路鬼。数日后的一个早晨，旺婶泪流满面地与这一家子告别。

第六十二章　惨绝人寰

1937年立秋刚过，缅甸仰光好头路旅栈二楼。缅甸的救灾总会、文救会、励学社、南安公会、温陵会馆、安溪会馆和惠安会馆等闽南华侨组织、帮会的头人召开紧急会议，商讨运输仰光米、药品、被褥、衣服等抗日物资回国。成立“中印缅抵制日货委员会”组织劝告队调查、登记商店的日货，迫使日货退出市场。

陈永康看了看众人，首先表态：“好头路旅栈是华侨的临时吃、住地不能卖。船队要运送抗日物资只能留下。我的其余的公司和工厂全部变卖，卖的钱全部捐出。”

林美珠跟着表态：“仰光闹区的玉店是我安（丈夫）家族的店，我只能留下，其它处所有的店面全部拍卖，拍卖所得全部捐出。”

南安公会、温陵会馆、安溪会馆、惠安会馆、三山会馆等头人也纷纷说会员们商定了变卖会馆，捐助抗日。

陈永康笑道：“‘锄奸团’五人都是从各个国术团体精挑细选出来，身强力壮，很有战斗力。除奸行动很有成效。那些经常出入日本领事馆的汉奸、顽固销售日货的奸商，轻则涂上乌油示众，重则被‘割耳朵’。

震动缅甸城乡，奸人闻风色变。”

众人振奋。

陈永康强调：“我们大家也要注意保护自己。汉奸、奸商、特务会不甘心，狗急就会跳墙的。”

会议至深夜。

天下着蒙蒙细雨，街上行人稀少，仰光市一片寂静。陈永康坚持送林美珠至柚木别墅前。印度保安开了门。陈永康放心地转身快步朝家走去。印度保安锁好红漆大铁门，回屋睡觉。

林美珠轻轻地推门。靠在沙发打盹的芹姨听见林美珠轻轻的脚步声，起身要去热甜汤。林美珠说不饿。芹姨打着呵欠回房睡觉。

林美珠洗漱后，轻手轻脚地上楼。她每日充满激情忙于抗日宣传、捐款捐物、抵制日货等，回到家就浑身酸疼如散了架，非常困，进卧室倒头就睡。

登盛忙着抗英事务、家族生意，累得疲力尽，此时睡得正香。陈宝珠身怀九甲，又要照顾两个儿子学习，管教女儿，每到夜晚也是酣睡。

此时，一个黑影在柚木别墅的后侧晃过，消失在寂静的夜中。

黑黝黝的夜幕里，柚木别墅里的人，庭院的相思树、花草仍在梦乡之中。两个戴面具的人敏捷翻墙而入，悄悄地推开芹姨的房间，准确地一刀刺向芹姨心脏。芹姨来不及叫喊和反抗结束了生命。

两个戴面具的人轻手轻脚地上二楼。

林美珠迷迷糊糊感觉有轻微的声响，竖耳细听，却见两个黑影。她惊叫一声：“谁？”

戴面具的人冲上前。林美珠极力反抗，连挨数刀。

登盛听见母亲的喊声，拉开灯，冲向母亲的房间。林美珠已躺在血泊中。登盛与戴面具的人搏打。

陈宝珠无力帮助丈夫，边喊叫，边跑向儿女的房间。八岁的儿子、六岁的儿子、四岁的女儿已听见响声，揉着惺忪的睡眼起身。

数个回合，登盛知道遇上了高手，对妻儿大喊：“快跑！”

陈宝珠歇斯底里地叫儿女们：“快跑！”并死死地抱着一个戴面

具的人。

三个儿女惊慌地往楼下跑。

戴面具的人对陈宝珠连砍数刀。陈宝珠腹肚一阵疼痛，一声婴啼声划破静夜。

印度保安听见叫喊，拿起床头的枪，冲出门，奔向别墅，跑上二楼。向戴面具的人开枪。

枪声惊醒“三嘭”、“飞人”。“三嘭”腹泻一天浑身乏力，“飞人”感冒吃药迷迷糊糊。两人冲入别墅内，反应迟钝、力道不足，无法重击两个戴面具人。

两个戴面具的人对印度保安同时射击。印度保安毙命。登盛赤手空拳与两个戴面具的持刀人相搏。室内腾空术躲避不了长砍刀，身负致命伤渐渐倒下。两个戴面具的人翻墙而出。

枪声惊醒邻居、惊动仰光的“印度皇家警察”。邻居、警察纷纷奔向柚木别墅。

厦门、鼓浪屿到处弥漫火药味。心怡别墅空气沉闷。黄怡琴不知所措，愁眉紧锁地看着十一岁的红红、八岁秀英在做作业。妙妙丹陪着五岁的陈秀萍与二岁的陈秀芬、周岁半的陈秀芳在铺着草席的地板上玩着布娃娃、玩具鼓。苏爱梅在看报上的抗日战况。

陈国泰给公司雇员足够的遣散费，让他们各自找安全的地方生活，公司仅剩下数位家在厦门又无处投奔的职员。陈国泰的五位堂兄弟陆续道别回故乡。公司的业务基本停止。陈国泰在家的时间多了。他与蔡管家饮茶、吸烟。陈国泰想挤一丝笑容，却挤不出来，烟一支接一支地抽着，客厅弥漫的烟味浓得令人难受。他知道自己一紧张，所有的人会更恐慌。他装着无所畏惧的样子，安慰所有人：“时局虽然紧张，但鼓浪屿是安全的，日军不敢进入鼓浪屿。你们不要离开鼓浪屿，待在鼓浪屿就没问题。”

大门外响起邮递员的自行车铃声，叫“妙妙丹缅甸来信”。

妙妙丹从邮递员手中接过信。信封邮戳边红字是母亲的笔迹：“抵制日货，坚持到底！打击侵略，誓雪国耻！”妙妙丹兴奋地、急迫地撕开封口，双目速速扫过一字字、一行行熟悉的、漂亮的行书字迹。

众人看着妙妙丹。习惯了与妙妙丹分享信中的消息。

妙妙丹打破沉闷的气氛说：“日本入侵中国的消息传到缅甸，华侨无比愤慨。华侨投入抗日救亡运动。相思南音班上街演出，宣传抗日。缅甸华侨开展声势浩大的抵制日货运动。日货在缅甸基本断绝。我母、哥哥、许多华侨都拍卖财产、捐款、购买抗战物资……”

妙妙丹看着母亲在信尾写道：“因恐船路来往不能正常。亦恐战事千变万化。抗日之事忙，恐日后书信不能如愿。女儿自己多保重。”

这时，陈敬德神情惊慌地进来，拉着陈国泰到客厅外。客厅里的人都紧张地盯着他俩。

陈敬德递给陈国泰一份加急电报。电报是陈永康拍给陈敬德的。“出大事，请与陈国泰一同速来。”

陈国泰大惊失色。因为拍电报的人不是林美珠、登盛，也不是陈宝珠，而是陈永康。宝珠生孩子死了？如果是陈宝珠出事，不必叫陈国泰同来。林美珠、登盛同时出事？

两人在一旁耳语后，陈敬德匆匆离去。陈国泰走进客厅，对众人说：“我与阿德有急事，此时就去南洋。”

黄怡琴、苏爱梅没有吱声。妙妙丹疑惑地看着陈国泰轻声地问：“出了什么事？”

“回来再说。”陈国泰跟着黄怡琴跑上楼。黄怡琴很快整理好陈国泰的衣装和用品。一会儿，陈国泰拎着皮箱跑下楼。

众人忐忑不安地望着陈国泰急匆匆离去的背影。

一定是塌天陷地的事。陈国泰、陈敬德是经风雨见世面，历经打打杀杀出来的人。能有什么事能让两个硬汉神情紧张，如此失态？

陈国泰与陈敬德赶到水仙码头。没有去仰光的船，只有一个小时后去香港的船。两人只得从香港转到仰光。两人忐忑不安地猜测各式各样的“出大事”。因为拍电报的人是陈永康。陈永康是从死神手中逃生的人，是经过惊涛骇浪、险滩暗礁的人。这种人的眼中“出大事”

那真是天大的事了。什么大事？

半个月的时间里，“出大事”三字如烈火煎烤着陈敬德、陈国泰。两人寝食不安，恨不能长翅飞到仰光。

陈国泰、陈敬德一下船就坐上人力车直奔唐人街救灾总会，迫切想知道出什么塌天的大事。

陈永康沏茶、倒茶，然后从抽屉拿出《仰光日报》。

陈国泰一把抢过，陈敬德紧挨着看。《仰光日报》头版头条“缅甸最大玉商别墅惨案”刺入两人的眼球。两人惊惧的眼珠都要滚出眼眶。这两位见过多少血腥场面的硬汉首次见到如此惨不忍睹的照片。两个幼小的孩子躺在血泊中，陈宝珠身边连着脐带的血糊糊的男婴。

陈永康悲愤道：“应该是打斗中孩子出生了。警察到时，孩子已死。八岁的儿子不见踪影。”

陈国泰、陈敬德失声痛哭，异口同声：“凶手呢？”

在场的其他人跟着掉泪。他们没想到这两个厦门叱咤风云、铮铮铁骨，走过死亡之路的硬汉会当众哭泣。

陈永康擦了擦眼泪说：“警察正在调查。”

陈敬德突然想起，问道：“杜秀丽呢？”

陈永康呼出一口堵在胸口的气：“杜秀丽孩子生病，在出事前一个月就回家了。警察核实了。”

陈国泰问眨了眨潮湿的眼问：“‘飞人’‘三嘭’呢？”

陈永康饮一口茶说：“那天晚上‘飞人’感冒吃了药，睡得昏沉沉，‘三嘭’腹泻一天，浑身无力，睡得很沉。枪声响了，两人才惊醒。”

陈国泰与陈敬德的第六感官同时感到太巧了。

陈永康哽咽道：“天热，没办法等你们来遗体告别。葬礼很隆重……”

陈敬德、陈国泰来到柚木别墅前。熟悉的镂空大红门被贴了封条，封去了往日生机勃勃的气派。往日风光的别墅此时一片凄静。榕树、相思树等树、花、草都一片默哀之中。两人触目惊心，默默地抹去涌出的泪水。

德智的哥哥、弟弟、姐姐、妹妹等家人到思源客栈看望陈国泰、

陈敬德。陈国泰、陈敬德见他们人人愁面白肿，眼皮青肿。半个多月的时间没能抹去他们的悲伤痕迹。德智姐姐、妹妹未言先泣啼。德智的哥哥悲伤道："父母都八十多岁了。我们都瞒着他俩，说是陈宝珠回鼓浪屿生孩子，登盛、林美珠带着三个孩子也去了厦门。父母信以为真。过一段再骗他们说在鼓浪屿定居。能骗多久骗多久。"

"大侄子有消息吗？"陈敬德迫不及待地想知道。

"警察也在找，所有认得孩子的人都帮着找就是没有消息。"德智的哥哥悲叙找孙侄儿的情况。

数日后，陈国泰、陈敬德签字同意德智的兄弟接管善缘玉店，并拒受德智兄弟的钱款。德智兄弟将钱款一部分捐给华侨总会支持抗日，一部分捐给缅甸抗英组织。

陈国泰、陈敬德深知战争是无情的。谁也不知下一刻钟会发生什么事。他俩中止缅甸的生意。陈敬德将缅甸的办公兼住宿楼变卖，陈国泰将南安客栈变卖，两人将变卖款项捐给缅甸华侨抗日总会。

仰光中国码头。德智的哥哥、姐姐、弟弟、妹妹再三拜托陈国泰、陈敬德照顾好妙妙丹、尼拉。陈永康拜托陈国泰、陈敬德照顾好陈刺桐。陈国泰、陈敬德再三保证一定好好保护妙妙丹、尼拉、陈刺桐。

仰光至厦门三千海厘的海涛没有减少陈国泰、陈敬德一毫的痛苦、悲伤，也没有激起他俩聪明脑子想出一招能较委婉地向家人诉说仰光灭门惨案的妙计。

出了厦门港。陈国泰、陈敬德默默地对视，都害怕回家。陈国泰提议到"苞记五香店"吃午饭。

午饭后，陈敬德走进陈树铭的办公室，将行李放在茶几边。陈敬德哽咽地告诉父亲仰光惨案。

陈树铭惊愕，泪如雨下。他知道仰光出事了，没能想到是灭门惨祸。宝珠、登盛、林美珠、外孙、外孙女的身影塞满他的脑海。

陈敬德从箱子拿出带回的报纸给父亲。

陈树铭不停地抹着模糊了双眼的泪水，边看边骂。

陈树铭父子俩努力装出的笑容掩饰不了悲伤。一走进客厅，树铭太太惶恐地问陈敬德："出了什么事？"

陈树铭装轻松道："暂时保密，等吃饱饭后半个小时再告诉你们，免得坏了口味。"

晚餐，陈树铭、陈敬德极力忍住悲痛、机械般地咽着饭菜。树铭太太、尼拉、厨娘、管家、陈宝兰、陈敬伟、陈刺桐、陈敬雄疑虑重重地吃饭菜。陈树铭、陈敬德没有告诉家人去缅甸，尼拉、陈刺桐没有显得惊慌。

饭后，大家坐在沙发上，害怕地等待听消息。

陈敬德扶住母亲。陈树铭、陈敬德对视无语，相互递烟、点烟、闷头吸烟。陈树铭意在让树铭太太、尼拉等人蓄积承受力。尼拉紧张地为家公、家婆、丈夫倒茶。

陈敬伟、陈敬雄、陈宝兰紧张地看着父亲和大哥，管家、厨娘大气不敢喘，空气紧张得令人窒息。

陈树铭呼出一口浓长的烟，哽咽地讲述仰光惨案。陈宝兰拿起报纸看了一下，号啕大哭。陈敬伟、陈刺桐、陈敬雄、管家传阅报纸。个个忍不住痛苦。

管家哭泣说："全家被杀了。"

树铭太太昏过去，陈树铭抱住太太掐人中，厨娘端来温开水喂水。

尼拉傻了一会儿，号啕大哭。保安、花匠、轿夫听见哭声冲入客厅，闻言，泪流满面，不相信这事是真的。

黄怡琴靠在客厅的沙发上看书，见陈国泰愁眉紧锁，迈着沉重的步伐走进来，知道问题严重。她忧愁地起身接过皮箱。黄怡琴、叶丽珠、旺婶、蔡管家猜到遇到大歹事没有处理好。众人迫不及待地、无声地看着陈国泰一口接一口抽烟。

陈国泰环视了一下问："妙妙呢？"

黄怡琴小心道："不在家。"

陈国泰让叶丽珠带孩子们到院前玩。旺婶、叶丽珠带着孩子们出厅。陈国泰眨眼中的泪，哽咽地说出仰光灭门惨案。

黄怡琴泪流满面问："是谁，这么狠。"

蔡管家边听边抹泪。蔡管家红着眼眶出厅哽咽地告诉旺婶、叶丽珠。

叶丽珠道："哇苦啊！"

众人不能想象妙妙丹听到娘家噩耗后会是怎么个状态。商量不出好办法能减少妙妙丹痛苦的。

傍晚，苏爱梅走进客厅，见陈国泰坐在沙发上神情凝重，其他人的脸色都很难。她猜测陈国泰此去南洋大事不妙。她看了看黄怡琴。

黄怡琴拿起茶几上的《仰光日报》递给苏爱梅。

苏爱梅惊愕地连声说："怎么会这样？"

黄怡琴心一疼，鼻一酸，泪一涌，抽泣道："泰哥叫我告诉番婆，我不忍心说。说出来不知这个公主会什么样？"

苏爱梅哭泣道："没有人能接受这样的事。"

面向门的蔡管家突然道："妙妙回来了。"

陈国泰无可奈何道："见机行事。先别让她知道。"

黄怡琴将报纸藏入沙发边的柜子。众人挤出笑容。

妙妙丹见陈国泰回来，高兴地问："什么时候回来的？"

陈国泰强笑道："才到。"

妙妙丹笑问："事情处理好啦？"

陈国泰敷衍道："好了。"

妙妙丹笑道："我说嘛。没有什么事能难住泰哥的，没必要担心。"

众人一直苦笑无语。

晚餐气氛沉闷。陈国泰一反常态，没有绘声绘色讲述旅途见闻，炫耀处理事务的本事。

妙妙丹起疑，看黄怡琴面部严肃，再看苏爱梅泪目躲闪，断定苏爱梅犯了错被训斥。同时疑惑：蔡管家、叶丽珠、旺婶的神情为什么阴沉沉？她想等晚上私下问陈国泰。

饭后，陈国泰坐在沙发上一言未发。妙妙丹坐在陈国泰身旁。叶丽珠抱秀芳，旺婶抱着秀芬，红霞引领着红红、秀英、秀萍到院前玩。黄怡琴端一碗温开水，放在茶几上，说话绕来绕去。妙妙丹疑虑地看着黄怡琴与陈国泰不时对视，眼神传递着某种语言。苏爱梅默默无语

地看看陈国泰，然后看看黄怡琴。

黄怡琴实在不忍心将闻所未闻的惨案告诉妙妙丹。

陈国泰自知说话太直，不能婉转表述，怕妙妙丹承受不住，他示意黄怡琴说。

黄怡琴在陈国泰鼓励的目光下，终于再次鼓起勇气说："有一件事想告诉你。"她身子往妙妙丹身边挪了些，鼻子一酸，眼眶一热，却说不出来。

妙妙丹聪慧，敏感，不祥之感袭上心头，恐慌地问："什么事？"

苏爱梅看了看陈国泰、黄怡琴，颤颤地说："你娘家出了一点歹事。"

陈国泰拉过妙妙丹的手拍了拍。

黄怡琴咬了咬牙，说："有人闯入厝内……"

妙妙丹想到娘家进了强盗，紧张地问："人没歹事？"

黄怡琴灵机一动道："还在抢救。"

苏爱梅附和："应该能救活。"

陈国泰搂着妙妙丹，苦笑地说："没要紧，没要紧。"

妙妙丹担心母亲、兄嫂的安危，彻夜未眠。

心怡别墅的人脑海里时时再现林美珠、登盛、陈宝珠、芹姨的音容笑貌，忧愁明日妙妙丹知道真相的场景，一夜无眠。

第二天早上，陈国泰、黄怡琴、苏爱梅在院子里走了一圈又一圈。他们都无法面对妙妙丹。

妙妙丹无精打采地下楼洗漱。叶丽珠、蔡管家、旺婶尽量找家务做，让妙妙丹感觉他们很忙碌，没空闲说话。缄默沉静熬到午饭后半个小时。

长沙发上妙妙丹坐中间，陈国泰、黄怡琴坐两边。苏爱梅坐在短沙发。陈国泰认为妙妙丹有了一个夜晚加大半个白天的缓冲时间，积了一点抗悲能力，他告诉妙妙丹全家遇害的真相。

悲哀瞬间抓走了妙妙丹的魂魄，全身成了轻飘的空壳，失去知觉。

黄怡琴忙掐人中，苏爱梅灌温开水。妙妙丹醒一阵、昏一阵。心怡别墅只有不谙人事的秀芬、秀芳、秀萍如往常一样玩耍，其他人都沉痛无语。陈国泰昼夜守护着妙妙丹。黄怡琴、苏爱梅两人轮流照顾、安慰番婆。每日三餐，陈国泰抱着妙妙丹，黄怡琴或苏爱梅喂妙妙丹一些饭汤。

妙妙丹躺在床上头抽疼，没有梳理的头发卷得一球一球。陈国泰不时心疼地用手为她捋梳头发。妙妙丹一语不发，神情恍惚。一坐就是一二个小时，一躺就是流泪半天。

许志平、郑成安、黄衍明、林强等人不时看望妙妙丹、陈树铭家人。

陈国泰向妙妙丹了解其娘家里的一些事。妙妙丹一脸茫然，一问三不知。妙妙丹深深后悔自己吃喝玩乐，从未关心娘家的事，对家内、族内的事一无所知。

黄怡琴、苏爱梅常讲些家乡的趣事、童年无知的笑话为妙妙丹解悲愤。陈国泰想方设法让妙妙丹宽心。

又过了一个月。这日，黄怡琴、苏爱梅一唱一和，说双珠凤戏班演的《陈三五娘》在新加坡演出时，场场满座。陈国泰见妙妙丹不语，没有拒绝，示意黄怡琴。黄怡琴下楼叫蔡管家去买戏票。

思明戏院矗立在雍菜河中岸，是一座门庭六层的大厦。

上午九时，高甲戏《陈三五娘》开演。陈国泰一手牵着妙妙丹的手，不时地轻轻地抚摸着。戏长达十个小时。午餐休场半个小时，先生、太太及小姐们在戏院边的小吃摊吃午餐。三十余家摊位的小吃风格各异。陈国泰挽着妙妙丹走了一摊又一摊，妙妙丹都没有食欲。在戏院边上妙妙丹吃了一碗稀粥。陈国泰写一张条纸：“叫旺婶煮一碗燕窝莲子汤让叶丽珠送到戏院”，他叫来一名报童，给了一块钱，吩咐条纸送到家中。

叶丽珠按照吩咐送点心到戏院二楼第一排中位。陈国泰到走廊吸烟。叶丽珠坐下来看戏。十余分钟后，妙妙丹吃完点心，叶丽珠收了碗匙，才离开。

傍晚，戏散。陈国泰、妙妙丹乘快艇回到鼓浪屿。两人到龙头路吃晚餐。晚餐后，陈国泰带妙妙丹到鼓浪屿有名的黑猫跳舞场。

妙妙丹熟悉这里的一切。一座两层楼砖房。两根方门柱，双开红铁门内高大的棕榈树、榕树、相思树。花岗岩浮雕的半弧型组成的三

角形的门楣。她常与光顾这里的远洋轮船长和海员们跳舞、饮茶，听他们讲各国的妙闻趣事。

舞女们看见陈国泰身边跟着妙妙丹，知趣地远远地唤：“泰哥。”

妙妙丹能从她们的声音里听出亲热的甜味。舞女们喜欢与陈国泰共舞。此时，陈国泰从白西装裤兜拿出三十张舞票递给美丽苗条的张彩花。

“谢谢泰哥、太太。”边上的舞女们笑眯眯道谢。舞女每跳一次舞，客人给一张舞票。陈国泰若带来女伴，也会给舞女们每人一张舞票。

妙妙丹微笑道：“免客气。”

舞池周围是茶座。啤酒、咖啡和其他饮料、小点任客人品偿。陈国泰、妙妙丹走到一张茶桌坐下。一位清秀的服务生微笑地来到茶桌前。妙妙丹要了两杯咖啡。

舞池欢快的舞步，舞曲冲淡了妙妙丹悲伤。陈国泰、妙妙丹品了一杯咖啡后，开始跳舞。

唇齿相依的金门沦陷后，日军以金门为据点，不断派飞机、军舰轰炸和炮击厦门。日甚一日，人心惶惶。10月30日清晨，厦门港外一夜之间麇集三十多艘日本军舰。

厦门港停泊着挂着日本旗、英国旗、美国旗的军舰。

沙发边留声机上唱片快速旋转。唱针划出的曲不能消除紧张的气氛。晚饭后，黄怡琴、苏爱梅、妙妙丹并坐在长沙发上紧张地、心疼地看着她们共同深爱的丈夫。

陈国泰一支烟接着一支烟不停地抽着。客厅弥漫着浓浓的香烟味。日本海军军舰70余艘，官兵2.8万人，8月1日至5日厦门施行攻守大演习。厦门的名商、名绅纷纷变卖财产，全家搬迁。厦门电话公司将器材全部拆了，号召职工每人随身携带器材，各自躲避，公司发给每个职工大洋10元及胜利后优先录用证明。

陈国泰嘴上没说，心理也是这么想。他对黄怡琴说：“阿琴，你携阿霞、阿红回金淘。”转头对苏爱梅、妙妙丹说：“阿梅、妙妙，你们携阿英、阿萍、阿芬、阿芳去九都。”

“我不去。”妙妙丹拒绝。想到十六岁那年与父母、哥哥去外公、外婆家。到处黑灯瞎火，没有街道、坑坑洼洼的路上到处是屎、粪，还有恶心的厕所，想到这些就害怕。住了十余天如漫长的十年，住十天都受不了，何况要住数月或数年，怎么能住得下去。

“我也不去。”苏爱梅去过农村。她也不习惯那种生活。

黄怡琴勉强答应。

“都去收拾好要带的衫裤、钱和值钱的东西。还有小孩穿的、用的。准备好就走。”陈国泰吐了一口烟，将燃尽的烟头用力地在烟灰缸上旋转掐灭，不容商量的生硬地说完话，穿上呢大衣、戴上礼帽。

黄怡琴轻声地问：“这么迟还要出去？”

陈国泰“嗯”了一声，往外走。黄怡琴、苏爱梅、妙妙丹没有问。陈国泰若想让她们知道就会说去哪里，和哪些人在一起，做什么事。他不说，妻妾们不问。

黄怡琴、苏爱梅、妙妙丹担忧地望着心爱人的背影消失在夜幕中，心理祈祷他平安归来。

自陈国泰被绑架后，陈国泰每次出门，她们都如惊弓之鸟，非常害怕失去他。没有他，她们不知将如何生存？

第六十三章　失联

陈国泰不想妻妾担惊受怕，没有说要到吉田太郎的别墅结清所有应收应付款。

吉田太郎门卫认识陈国泰，陈国泰直接走进客厅。客厅无人。

陈国泰好奇地看一眼茶几上的地图，是厦门地图。陈国泰懂得一点日文。地图上标着箭号，写着日期，“1938年5月1日厦门”、“D部队”、“第五舰队31艘舰艇”、“加贺号”、“苍龙号”、“2艘航母”……陈国泰第六感官一惊：侵占厦门作战计划。他拿起茶几上的地图、文字说明，从头到尾细看一遍后，按原样放妥，转身走出客厅。

吉田太郎的门卫见陈国泰匆匆离开，思疑地走进客厅。

陈国泰雇一辆人力车直奔厦门大学。他要告诉陈敬伟或陈刺桐D作战计划。他不能断定这对年轻的小夫妻是不是共产党，但他知道他们跟共产党有联系。

吉田太郎从厕所出来，门卫问及陈国泰进厅来之事。吉田太郎心一惊，刚才突然腹痛奔向厕所腹泻，来不及收起茶几上正在看的D作战计划。

吉田一郎看一眼茶几上的D作战计划。从极细微的不同觉察出被动过了。陈国泰是一位过目不忘者。陈国泰急着离开，一定是看过D作战计划。吉田太郎立即拿起电话组织人员全城捉拿陈国泰。

陈敬伟、陈刺桐都不在宿舍。陈国泰想到警察局找局长，传递D作战计划。此时夜深，人力车少。陈国泰心急火燎急步奔向警察局，没有注意到有六人正悄悄地夹击自己。

陈国泰感觉到不对劲时，六人冲上前围击陈国泰。刹那间陈国泰闪过一拳，如钢的拳擦得他的俊脸隐隐作痛。陈国泰想此人居然有如此功力！边挥拳踢脚边吼道：“我是‘胡须陈’，免不知死！”

那六人没有吭声挥拳踢脚围击陈国泰。

陈国泰使出可以开碑裂石的玄阳掌法，顿时六人都惊呼起来，刚猛无匹的拳风四溢，以一抵六人影在昏暗灯光下腾跳闪跃，拳来脚往，生死相搏！

六人吃一惊，看着陈国泰欲疯欲狂的样子不禁有些害怕起来，心理暗道：苦也，“陈大胡”果然厉害。六人振作合力，陈国泰终于寡不敌众，被绑了双手，堵了大嘴。

日本领事馆闭馆。吉田太郎没有回日本。他辞掉领事工作，留在厦门经商。他的二楼有数间卧室。他的主卧室大衣橱底板的榫头拆开，再掀起木地板可跳入一楼的杂物间，推开垫的木箱后的杂物，掀开地板就是可直通海边的暗道。暗道口有一艘快航艇。涨潮时快艇可直接进出，便于走私、潜逃。洗澡间、卫生间也有暗口通入此暗道。

陈国泰被关入吉田太郎的私密会客室。私密会客室隔音效果极强。沙发上对坐着陈国泰、吉田太郎。

吉田太郎满脸堆笑用闽南话叫："泰哥。"

"不要叫得这么亲，我是中国人，你是日本人。"陈国泰满面怒容道。

吉田太郎徐徐放下手，掩饰不悦假笑说："你救过我，我也救过你，我俩是生死之交。"

陈国泰"呵呵"怒笑，从鼻腔时哼道："生死之交是这样的？"

吉田太郎干咳两声："中国有一句古话'滴水之恩当涌泉相报'。"

陈国泰愤愤道："你也知道'滴水之恩当涌泉相报'？日本地震时，中国人那么帮你们。现在，你们在中国无法无天，恩将仇报。"

吉田太郎知道威胁不能收降陈国泰强忍着怒气，平静地回忆往事。

这时门被推开。陈国泰瞟见一女子欲进屋，又闪退，关上门。那女子一晃的身影和面部模糊的轮廓使陈国泰觉得熟悉。陈国泰认定那女子是认识自己，见了自己闪退。陈国泰在脑子迅速搜寻。秀丽？对，是秀丽。妙妙丹家的女佣。他的心一惊：难道她不是缅甸人，是日本人？刹那时，陈国泰明白了秀丽是德智之死、仰光灭门惨案的元凶。

秀丽的闪现让吉田太郎一惊。他盯着陈国泰的面部表情，他知道陈国泰有超常人的记忆。此时他见陈国泰疑惑的目光变得明澈，知道陈国泰已猜出晃过的女子的身份。女子正是妙妙丹家的女佣秀丽。她不是缅甸人而是日本人，代号"缅甸猫"。秀丽的父母在缅甸仰光开一间花店。秀丽从小在缅甸生活。日本间谍机关物色长期生活在东南亚的日本人。秀丽与数位千筛万选地被挑出来的日本少女被送往满洲一个秘密的日本间谍基地进行极其严格训练。从联络、监听、跟踪、反跟踪、射击、游泳、性技巧到喝酒、东南亚方言、英语、烧菜、煮饭、做糕点、种花、养猫狗、护理病人等方面的训练合格后，又回到原来居住的缅甸、马来亚、菲律宾等国家从事收集情报的工作，潜伏在重要人物身边。

吉田太郎近日方知秀丽是日本人，是日本在缅甸的最重要的间谍。他不能让陈国泰带出这个秘密。他要保护“缅甸猫”。日本攻取缅甸不可少的情报人员。他一边思索如何处理陈国泰，一边独自滔滔不绝，若无其事，动情地叙述两人的友情。他不愿意亲手杀陈国泰，这样手上就有血腥、死亡。只要是别人杀的，他就能心安理得。

陈国泰根本没有听吉田太郎假假地叙说往年之情，他满脑子想着如何逃脱。

一早，黄怡琴紧张。昨晚，蔡管家在客厅的沙发打盹等门，陈国泰一夜未归。黄怡琴拨了所有能想到的电话，均无消息。

十分钟后，郑成安、许志平、陈敬德前后脚赶到心怡别墅。众人分析绑架者最大的可能是吉田太郎。陈敬德还有一个分析原因没有说出口：吉田太郎对妙妙丹没有死心。众人商量决定后，郑成安、许志平、陈敬德陪妙妙丹到吉田太郎的别墅。

吉田太郎的别墅静静的。吉田太太已随日侨撤回日本。吉田太郎别墅只有两个佣人。一个日侨老头看门、整理院子、管理花花草草，另一个中年日本妇女买菜、煮饭、洗衣、整理别墅内的家务。

郑成安、许志平、陈敬德、妙妙丹不顾看门老头阻拦，直入客厅。沙发上只吉田太郎一人正在看报。他见妙妙丹一行人双眼掠过瞬息不易觉察的吃惊，微笑地起身让座、泡茶。

郑成安、许志平、陈敬德、妙妙丹没有坐。

妙妙丹不悦地逼问：“泰哥呢？”

吉田太郎知道眼前数位不好惹，镇定自若地看着众人，不紧不慢地说：“我怎么可能抓泰哥呢？泰哥又隐身了？”

陈敬德冷冷地说：“你别说泰哥不在你这儿。”

“你们随便找。”吉田太郎冷笑地说。

许志平、郑成安、陈敬德、妙妙丹找遍楼上楼下的每一间都没有发现陈国泰的影子。此时的陈国泰被关在二楼的暗室里，超强的隔音听不见外面妙妙丹等人的呼叫声。

妙妙丹坐在沙发上，跷起二郎腿道："我在这儿等。"

陈敬德劝妙妙丹一起走。妙妙丹指着吉田太郎对陈敬德等人说："晚上，我没有回家就是他把我害了。"

"喵喵（妙妙），你也太厉害了吧。"吉田太郎暧昧地笑着说。

许志平、郑成安、陈敬德劝妙妙丹一起回。妙妙丹此时感到留在吉田太郎这里不妥愤愤离开。

陈敬德乘快艇到厦门公安局请局长帮助查找。

陈国泰的亲朋好友在恐慌中查找陈国泰踪影，等待陈国泰的消息。时间捱过二个月，进入1938年。

1月中旬的一个下午，电话铃打破了沉静的安旺别墅。坐在电话机边的沙发上看小说的陈宝兰拿起电话。话筒里传来陈国泰的声音问："阿德在吗？"

陈宝兰惊喜道："他不在。你在哪里？"

电话里传来陈国泰急促的声音："我出大歹事了。你和你家里人去找你哥、许志平叫他们带钱，越多越好。你选二身你哥的衫裤，带来太古码头找我。小心别让人跟踪。"

陈宝兰想问出了什么事，陈国泰已挂掉电话。

陈宝兰对紧张的树铭太太说："泰哥出事了。叫我们分别去找大哥和许志平到太古码头，带上足够的钱给他。带二身大哥的衫裤。"

树铭太太、陈宝兰兴奋、紧张地选了陈敬德的两件新短内裤、两件外衣、两件外裤，搜罗家中所有的现金500大洋，塞入小皮箱。

陈宝兰拎着小皮箱跑到轮渡过到厦门。一上岸就跑。跑跑走走、走走跑跑地到中山路欣荣贸易公司。她跑上二楼陈敬德的办公室。

陈敬德正在说电话，见陈宝兰手拎皮箱，慌张地走来，对电话里说："另时再说。"放下电话。

"泰、哥、来、电话。"陈宝兰喘着紧张的气说陈国泰求救一事。

陈敬德从保险柜拿出一包中国银行钞票装入陈宝兰的皮箱。与陈宝兰一起心急如焚赶到太古码头。远远见数位男子在寻找什么。猜测是找陈国泰。陈敬德说："这里已有人盯住了。看样子泰哥还没有被抓。"

太古码头是最先进的码头。有一座引桥和两艘钢质趸船。近二千米的驳岸可靠泊三千吨级的轮船。一座无梁的、立面呈两段式二层楼仓库。

数位男子盯着陈敬德、陈宝珠看。这些人有的戴礼帽、穿长袍，下穿布鞋；有的穿西装、打领带，穿皮鞋或布鞋。

陈敬德、陈宝兰找遍码头未见陈国泰的身影。陈敬德询问码头工人。码头工人说整个下午都没有客轮。

陈宝兰前脚走，树铭太太后脚就出门急步奔向许志平家。她发现许宅周围有两个东张西望的人。她远远地看了一会儿，思索了一分钟，还是走进许宅。

许太太见树铭太太来感到意外而高兴，让座，拿着茶壶要泡茶。

树铭太太走得快，又惊慌，上气不接下气地说："不要客气。我是有急事来找老许。"

许太太紧张地说："他不在。出什么事？"

"'胡须陈'出大歹事，以后慢慢讲。老许若回来，叫他带钱到太古码头。注意别让人跟踪了。"树铭太太说完转身急匆匆地走。

许太太惊惧地看着树铭太太离去。她慌忙拨电话到建筑公司找许志平告知树铭太太来家里的事。

许志平赶到太古码头。远远见陈敬德兄妹、数位探子在码头上走来走去，显然在寻找、等待陈国泰。许志平与陈敬德商量：让陈宝兰去找黄衍明、林强等人到大街小巷找。晚上九时后到心怡别墅会聚。

傍晚，许志平走进厅，许太太急忙迎上前，紧张地询问陈国泰之事。

陈宝兰心急火燎地赶往心怡别墅。远远见心怡别墅四周都是探子，心稳了些，证明泰哥还没有被抓到。

黄怡琴、苏爱梅、妙妙丹紧张得无食欲，草草地吃了一碗稀粥，坐在沙发上抹泪。树铭太太、许太太都来电话询问陈国泰消息。她们知道陈国泰逃出来了，在太古码头，不知想去哪个国家？她们见陈宝兰进来的神色不对，起身惊骇地看着陈宝兰。

黄怡琴泪水涌出，害怕得颤抖问："怎么样？"

陈宝兰喘着气说："等到现在也不见影。码头有数个探子。看样子，他们还没有抓到泰哥。"

妙妙丹不安地说："泰哥一定是被追杀才不敢回家，跑到太古码头离开厦门？"

苏爱梅在一旁抹泪道："多找一些人帮助找。"

陈宝兰喘着气说："许叔说叫黄衍明、林强带一些人去找。我哥已派人去找。泰哥不会有事的，放心吧。"

蔡管家安慰："泰哥怕过谁？什么血腥风暴没见过？"

晚饭后，许太太、许丽丽、郑成安、黄衍明等人陆续来到心怡别墅。大家商讨、分工。分别组织建筑工会、陈家帮、郑氏咏春拳馆的人分头寻找陈国泰。

"十二哥"、"聚义堂"、"二十八宿"老、中、青日本浪人也在找陈国泰。这一夜厦门、鼓浪屿到处是找陈国泰的人，直到天亮也没有找到陈国泰的影子。

翌日，《闽新日报》等报纸刊登陈国泰杀死抗日人士报道，并配有一幅陈国泰十二寸照片。一时间，许多不明真相报纸声讨陈国泰汉奸。照片被杀的抗日人士模糊不清，无法辨认。

了解陈国泰的人坚信陈国泰不会杀抗日人士，但不了解的人占多数。他们痛恨汉奸。在心怡别墅的围墙、铁栏栅外贴满了打倒汉奸陈国泰的标语。向心怡别墅扔石子、果皮、烂菜。

陈敬德、许志平等人知道：一定是吉田太郎想借助民众的力量追杀陈国泰。

吉田太郎与福岛次郎各拎着一袋礼物，大摇大摆地走向心怡别墅。黄怡琴等人心惊：这不是雪上加霜。果然心怡别墅边上的人群更加愤然，骂声更猛，扔得更多。痛骂："狗汉奸。"

蔡管家将吉田太郎与福岛次郎挡在大门外。

吉田太郎着急地说："我找他有急事。"

黄怡琴走上前，瞪着吉田太郎，咬牙道：“他不在家。”

吉田太郎、福岛次郎放下礼物，转身快步离去。

妙妙丹奋力将礼物扔向吉田太郎、福岛次郎，怒目圆睁地骂道：“假死假活。”

苏爱梅咒道：“去被人打头门枪。”

黄衍明、林强轮流住在心怡别墅等待陈国泰的消息，安慰心怡别墅的人，驱赶攻击、围观的人。

陈红红、陈秀英不敢出门上课。叶丽珠也不再送陈秀萍到幼儿园。

陈红霞刚考进厦门大学汉语学。厦门大学很少人知道她是陈国泰的女儿，住在学校，避免遭遇袭击。

陈红霞坚信父亲是被陷害，她每天到大街小巷寻找父亲。

第六十四章　沦陷

日军更加频繁地轰炸厦门。一颗炮弹炸毁厦门大学生物大楼，三十六级台阶被破碎的砖瓦覆没。

新上任的厦门大学校长萨本栋博士“受人于败军之际，奉命于危难之间”。他带着妻儿来到厦门未能看到厦鼓的蓝天、白云、蓝海、白鹭、洋楼、别墅、红花绿树等美景，呼吸到的不是厦门的清馨空气，而是呛着鼻喉的硝烟。他和妻儿看不到厦门大学“穿西装，戴斗笠”，红砖绿筒、白墙红瓦的美丽、清静，满眼是乌烟瘴气、断墙残垣。

1937年12月20日厦门大学正式停课。陈红霞已十余日未回家。她与厦门大学师生整理、打包物品。12月24日上午，九辆卡车装满厦门大学图书、资料、仪器，瓶瓶罐罐向龙岩长汀出发。

厦门距龙岩长汀800里。陈红霞与300名厦门大学师生肩扛手提行李和书籍，渡鹭江、九龙江，越崇山、攀峻岭。一路汗水、泪水、露水与尘土，风餐露宿23天到达长汀。1938年1月12日图书、仪器、标本、设备陆续运到长汀。

长汀以客家人博大胸怀热情地迎接危难中的厦门大学师生。学校与长汀中学紧相连。办公楼在长汀文庙。借一座破楼为女生宿舍，租一间饭店给教授栖身。萨本栋校长一家四口住破落的仓颉庙。

长汀比厦门寒冷许多，刺骨的寒风吹入破洞多多的宿舍。薄衣的学子们无处躲藏。冻麻木就搓搓手、踩踩脚。从十里洋场的厦门到穷僻落拓的长汀，从雕栏石砌的高楼大厦到画栋剥落的破败庙宇，从富贵繁华到简朴寒碜，一些女生忍不住悲伤地哭泣。陈红霞咬着唇，忍住眼眶里的泪。

吃饭时，萨本栋校长、师生们时时会咬到砂，牙酸疼得受不了时，捂一捂腮帮，咽下有沙子、泥土的米饭，填着饥饿难忍的胃。

1938年1月25日，日军空袭七次，投弹23颗炸毁厦门房屋、船艇，死伤无数人。

黄怡琴起早摸黑地为叶丽珠、蔡管家、孩子们做过年新衣裤。缝纫机密密的“嗒嗒”声不能驱散心怡别墅的凄静、愁闷。妙妙丹跟着苏爱梅学做布扣。

蔡管家提醒黄怡琴祀灶神。黄怡琴发愁说：“男不拜月，女不拜灶。如何拜灶？”

蔡管家道：“灶君公会理解的。”

腊月二十三这天，家家户户愁眉苦脸打扫天花板、屋檐、屋宇、门窗，洗涤器皿家什。灶台、桌椅。

第二天晚，厨房里贴着灶神的画像，两边贴一副对联。上联：上天言好事；下联：下界保平安。横批：四季平安。

祭祀灶神的墙壁前，一张铺红细布的八仙桌上摆着苹果、橘子、甜汤圆。

黄怡琴对灶神像说："灶君公啊，我厝达啵人被日本人害得不知在哪里，我厝诚心诚意拜你。请你见谅。"

妙妙丹冷言冷语道："灶君公没保庇一家口，不拜也说得过去。"

黄怡琴不悦道："你不敢乱说话。灶君公上天汇报我们家况。天公会帮我们找到泰哥。"

妙妙丹调侃："汇报？玉皇大帝能派天兵天将把日本鬼赶走吗？"

黄怡琴虔敬道："灶君公，她是番婆，不知这里的礼俗，你别怪她的'番'性。"

苏爱梅幻想说："真有天兵天将、哪吒、雷公电母、孙悟空多好啊。"

黄怡琴点燃一对红烛，点上三支香，念念有词地拜了三拜，插入香炉。

厦鼓的许多公司、工厂商店关闭。许多老板、员工躲到国外、乡下。市场的摊位少了许多，厦鼓人少了许多。没有拥挤、喧闹的人群。叫卖声稀少、低沉。卖春联、年画的摊点少了，卖烟花炮竹的摊点少了，红彤彤的喜气少了，大街小巷冷冷清清。买者冰冷冷，卖者冷冰冰。熟人之间挤出勉强的笑打招呼。人人心理沉甸甸，胸口堵得透不过气。整个厦门、鼓浪屿的天、地、人都处于凄风苦雨之中。

1938年1月30日除夕上午，陈红红搂着3岁的陈秀芬。陈秀英、陈秀萍围坐在叶丽珠身边听故事。叶丽珠抱着不满2岁的陈秀芳讲故事。

黄怡琴站在方凳上，不住地咽下喉中的水，眨着眼眶的泪，撕下旧春联。苏爱梅含泪用稀饭汤抹春联的四周，然后递给黄怡琴。妙妙丹抽泣着，用脚顶着方凳。

春联上联：一年四季无盗劫，下联：日出月升有眠睡，横批：平安是福。

蔡管家边修剪花草边看着黄怡琴、苏爱梅、妙妙丹贴春联。他眼前闪现往年贴春联的情景。往年的春联都是陈国泰亲自换的。陈国泰站在小矮凳上，撕下旧春联，用抹布擦净。黄怡琴将抹好饭汤的春联递给陈国泰。陈国泰用干净的布轻轻地摁粘红春联。贴春联、年画是陈国泰最喜欢的"家"务活。眼看着一个幸福的家庭将四分五裂，蔡管家心头一酸，喉头哽堵，眼眶涌泪。

中午，八仙桌上摆着二双筷子、二个碗、二个酒杯及丰盛菜肴。黄怡琴点燃一对红烛，三炷香，双手持香，虔诚地拜三拜，插入香炉。苏爱梅、妙妙丹及女儿们依大小顺序跟着烧香，烧纸钱，拜祖先，祈求保佑平安。

午餐，每人吃一碗面后，轮流洗澡，换上干净的内装。不谙世道的陈秀萍、陈秀芬、陈秀芳似乎感到了气氛的冷清，安静了许多。

除夕之夜，悲愁压抑心怡别墅的人沉闷地吃着一生以来最凄凉的年夜饭。孩子们似乎察觉到了气氛中的沉寂悲凉，疑惑地看着大人们。妙妙丹不时到厕所呕吐。

蔡管家喜悦道："她吐得这么厉害，可能会生达啵仔。"

"老天有目，为泰哥留一个种。"黄怡琴充满希望说。

陈国泰生死不明，黄怡琴、苏爱梅渴望妙妙丹能生个儿子为陈家传宗接代。

厦门、鼓浪屿稀稀拉拉的鞭炮声、闪过的焰火有气无力，不仅没有带来春节的喜庆，反而让人觉得是哀伤。

蔡管家、叶丽珠忧心忡忡地看着三位太太和一群未成人的女孩。

2月14日元宵节。厦门、鼓浪屿在一片凄凄呼啸的寒风中悲泣。灯火如灵火幽幽。赏灯多是日本侨民、日本领事馆的人、部分外国人。稀稀拉拉的赏灯者如鬼城的幽灵。

正月在冷冷清清中熬过。

这日晚饭后，妙妙丹在庭院里散步，发现大门外站着三位身着西装，头戴礼帽、脚蹬皮鞋、手提皮箱、柳编箱、藤制箱的青年探头探脑。她警惕地走到门边问："什么事？"

一位高个子问："陈国泰先生在吗？"

妙妙丹警觉地答道："他不在。"

高个子问："他什么时候会回来？"

妙妙丹不知眼前三位青年的身份淡淡答："不知道。"

妙妙丹见三位青年面面相视，不知如何是好，连忙问："你们是

哪里的？”

“我们是从仰光来的。”矮个青年拿出了一封信，双手递给妙妙丹。

妙妙丹接过信封，抽出信。信是陈永康的字迹。信很短，关切地问候两句，便进入主题。信中请陈国泰接待并帮助这三位回国参加抗日的缅甸华侨子弟。妙妙丹热情地迎领三个青年进客厅。

黄怡琴正在收拾客厅。苏爱梅正逗陈秀萍、陈秀芬、陈秀芳玩。陈红红、陈秀英在写作业。

妙妙丹将信递给黄怡琴说：“仰光回国抗日的青年。”

黄怡琴、苏爱梅热情地招呼三位青年入座沙发。蔡管家沏上一壶上好的铁观音茶。叶丽珠到厨房煮点心。

三位青年自我介绍。高个者姓吴，中个者姓郑、稍矮者姓苏，三位都是闽南人。

郑姓青年再次询问陈国泰何时回家。黄怡琴哽咽地讲述陈国泰失踪一事。

三位青年敬佩妙妙丹娘家抗英、抗日的爱国精神，也听说过柚木别墅惨案。他们没有说出口，怕引起更大悲伤。他们安慰说，陈先生聪明过人，拳头功夫厉害，不会有歹事。可能是一时没办法联络，过一段时间就会有消息，没有消息有时也是好消息。三个青年表示会通过南洋的亲朋好友打听陈先生的消息。

吴姓青年说：“南洋各处都有南安客栈，可以通过南安客栈找泰哥。华侨对南安客栈印象很好。穷人都可以免吃住，华侨来往没有钱可先垫船票款，还可以先借一些路费，日后有钱再还。我们这次住仰光的南安客栈。掌柜听说我们等船回国抗日，坚决不收我们的住宿费和饭菜钱。”

苏姓青年道：“我们乘香港的客货两用船回来。船长听说我们是回国抗日，开了最好的一间船舱让我们住。一日三餐免费。”

叶丽珠过来请三位青年到餐厅吃饭。

餐厅的八仙桌上三碗热气腾腾的面线蛋飘着香茹、海蛎干的香气。一碗西红柿蛋汤，一碟炒花生、一盘荔枝肉。

蔡管家拿出一瓶万春堂陪三个青年饮酒。黄怡琴、苏爱梅、妙妙丹各敬一杯酒。

三位青年吃饱回到客厅入座沙发。妙妙丹关切地询问仰光、陈永康等华侨近况。三个青年兴奋地说，仰光华人区街口两处中文报栏前时常围满了人，看报道国内时局消息。陈永康等华领带领缅甸华侨开展如火如荼的抗日活动。

郭姓青年道："'缅甸华侨义勇工程队'百余人，在宁阳会馆及武帝庙进行训练。"

吴姓青年补充道："经过缅甸华侨抗日救国筹赈委员会的酝酿筹划，今年1月份在仰光组织了一支缅甸华侨救护队。"

郭姓青年说："缅甸抵货会负责检查入口货物，锄奸团侦察商店摊贩是否出售日货。"

吴姓青年道："新加坡日本人经营的龙运铁矿华工罢工，30余名华工乘'丰庆'轮回厦门。新加坡筹赈会以福建会馆名义向侨胞募捐新加坡币六万余元资助罢工工人。"

苏姓青年："马来亚是日本苦心经营几十年的军事工业和钢铁工业的重要原料供应地。去年12月初，日本经营铁矿的矿工得知他们生产的铁矿和钢片运往日本，制造枪炮和飞机时，丁加奴州的龙运铁矿的华工，一致离矿罢工。今年1月3日马来亚日营扆株巴辖铁矿三千名华工集体罢工，炸毁矿上全部机械。"

三位青年带来的南洋华侨的抗日故事鼓舞着心怡别墅的人。

蔡管家安排三个青年在客房住下。叶丽珠已清扫了三间客房，并换上干净的被套、蚊帐。

黄怡琴吩咐蔡管家、叶丽珠道："明日透早（很早），去宰一只鸡，煮面线蛋给三个青年吃。保庇他们平安打日本兵。"

次日清早，叶丽珠到菜市买一只小母鸡杀好、炖好。三个青年一起床，叶丽珠就到厨房煮面线蛋，祝福他们平安、顺利。黄怡琴给每人五个大洋的红包。三位华侨青年极力推辞，他们知道三个女人失去了家中的顶梁柱，没有收入，只有支出。黄怡琴强行塞给三位华侨青年。

叶丽珠煎糯米饼、蒸碗糕让三个年轻人带着路上吃。

心怡别墅迎送一拨拨回国抗日的南洋青年。每次，南洋回国抗日的爱国青年的来到都能让心怡别墅有短暂的笑语、欢快。

1938年3月3日，日机又一番连续多次轰炸厦门。出米岩至瓮王巷一带60余间房毁坏，死伤10余人。身陷囹圄的人们受尽惊心、恐惧拖家带口，扶老携幼逃到农村。

黄怡琴、苏爱梅、妙妙丹到安旺别墅送行。安旺别墅客厅的地上立着七八个大大小小的皮箱、藤箱。

黄怡琴对尼拉说："为什么不拉着阿德一起走？"

尼拉对妙妙丹、苏爱梅、黄怡琴说："你们不走，阿德是不会走。阿德与泰哥如亲兄弟。泰哥不在，他不会弃你们而去的。你们早一点离开厦门去避一避吧。或者也一起去香港。"

陈敬德劝黄怡琴、苏爱梅、妙妙丹一起去香港躲一躲。

妙妙丹心乱如麻，哭泣道："四个女儿，又要生一个了。你自己也有三个达嘅仔。你小弟也要结婚了，还有你父母。太多人了。"

黄怡琴真诚地说："我娘家的房子不大，但挤一点可以住得下。吃差一点儿，还可以。"

陈敬德焦急地说："赶紧逃，要不就来不及了。日军进五龙屿是迟早的事。"

众人依依不舍、忧心忡忡地向水仙码头走去。

水仙码头一片嘈杂喧闹。人人愁眉苦脸。衣服单薄的难民缩头、搓手、跺脚。今天，陈敬伟、陈刺桐与留在厦门的厦大师生有抗日活动，无法来送行。

陈树铭夫妇带着陈宝兰、陈敬雄、尼拉及其三个儿子与一千多名逃难的市民一起乘"丰庆轮"前往香港。

汽笛如剑刺入人心。船上船下的人洒泪告别。有的人泣不成声，号啕大哭。人人心底都明白：这一别或许就是永别。

送走陈树铭等人，苏爱梅想接家人到鼓浪屿住的念头更加强烈。

她鼓足勇气对黄怡琴说："琴姐，能让我的家里人来家里住一段时间吗？"

黄怡琴淡淡地问："你没看见五龙屿有的人开始逃了吗？"

苏爱梅恳求："五龙屿是租界，日本兵一时不敢侵犯。"

黄怡琴担忧地说："我理解你的心情。问题是飞机轰炸，日军到处杀人。厦门到处乱哄哄，你有把握安全地将家人带到五龙屿来吗？"

苏爱梅流泪道："我在这儿吃不下，睡不入。晚上常做噩梦，哭醒。我不能顾自己，不想父母、兄弟姐妹。只有接到五龙屿来，我才能放心。"

黄怡琴觉得再说下去显得小气，便缓和语气说："早去早回。"

苏爱梅高兴地说："我最晚后天到。"

"平平安安回来。"妙妙丹真心地祝愿。她越来越害怕熟人渐渐少去。她希望家里多些人气冲淡凄静。

傍晚，苏爱梅走进五通村。苏爱梅走进红砖厝。十年前，陈国泰发达后，为苏爱梅父母在蚵蛎壳厝边盖了一幢二楼五间张红砖厝。

家人见苏爱梅风尘仆仆地走进来，先惊喜后担忧。

"你一个查嫫人不怕死，敢出门。"爱梅父的责怪顿时刮走苏爱梅满面微笑。

苏爱梅委屈解释："我来接你们去五龙屿（鼓浪屿），那里更安全。"

爱梅父瓮声瓮气："日军来了，去哪里都一样危险。"

苏爱梅安慰："五龙屿是租界，日军不敢进去的。"

爱梅母忧虑："一家口这么多人，不好意思住你那儿。大嫫小姨没方便。"

苏爱梅宽慰："她们让我来。"

苏爱梅的弟妹们见父母答应去鼓浪屿住非常开心。爱梅母、爱梅弟媳、爱梅整理着要带的衣服和物品至午夜才睡觉。

1938年5月9日晚，陈敬伟、陈刺桐等厦门各界人士高举纪念"五九"国耻火炬游行。火龙从中山公园出发，在中山路行进。口号声、歌声此起彼落。他们不知道战争的飓风正袭来。

5月10日，农历四月十一日的凌晨3时，弦月隐没，五通一片漆黑，

一片寂静。守军75师官兵对海面上许多点灯的日本战船开炮射击。战船上空无一人，守军中了日军的“空船计”。

日本海军陆战队700余人已涉水登上浅滩埋伏，待中国守军筋疲力尽，继而借助日军舰炮和飞机的密集火力掩护下，分两路从浅滩和五通凤头社登陆，长驱直入。泥金、浦口等陷入一片炮火中。

五通人惊醒，恐惧惊叫：“日军来啦！”

苏爱梅及家人翻身跃起。苏爱梅催促家人快跑。她背起六岁的小弟弟，抓起昨夜包好的蒸熟的番薯干冲出门，飞快地跑。她脑子里只有两个字“快跑！”她鼻闻不到味，耳听不到音，眼不见物，只有脚像充足了电的机器人机械地向前跑。身后、周围发生了什么，她浑然不知。背上的小弟弟如木头人似地没有任何反应，在姐姐背上晃荡得云里雾里，懵头懵脑。

苏爱梅一口气跑出村口，躲藏在礁石后。此时苏爱梅的耳朵才传入炮声、枪声、惨叫声。她浑身瑟瑟，泪流满面地抱紧小弟弟，捂着小弟的双耳道：“有坏人，别说话。”

爱梅的小弟弟吓得呆若木鸡。

夜幕拉上，苏爱梅背着小弟弟跟着逃出的村人小心地跑着。姐弟俩各吃二片番薯干。苏爱梅泪水与番薯干一起咽下。

爱梅小弟弟哀求：“大姐，我要喝水。”

苏爱梅哽咽：“到大姐厝，大姐给你喝汽水。”

苏爱梅一会儿牵着小弟弟走，一会儿背着小弟弟跑。她伤心疲惫地走走停停，不知走了多远、多久，脚步越来越沉。她艰难地抬起沉甸甸的脚，再后来，抬不起脚，一拖一拖地挪动。

50余颗炸弹炸得厦门大学浓烟滚滚。生物学院和化学院的博学楼、映雪楼被炸毁。错落有致、红花绿树、幽雅、恬静、秀丽的厦门大学校园弹痕累累、破砖碎瓦、乌烟瘴气。

5月11日早晨，厦门市区10万人提着箱子，挎着包，扶老携幼，争先恐后地挤上开往鼓浪屿的船。苏爱梅紧紧抱着弟弟的腰。弟弟紧紧地抱着她的脖，挤上了舢板。

日军飞机一次次地低空扫射舢板。不时有人掉入海中。船上的人胆战心惊。苏爱梅紧紧地搂着弟弟，心中默默祈祷：平安无事，平安无事。日机又一次扫射，舢板上人群恐动，失去平衡底朝天，苏爱梅抱着小弟弟及全船人葬身海底。

正午，日军雄赳赳、气昂昂阔步进入中山路、大中路、棉袜巷、灵运殿等处。13日，日军占领厦门全岛。

日军炮弹如雨。驻厦七十五师第三团第九连官兵、保安队、义勇队、壮丁队与日军展开四天浴血奋战，全部跳进鹭江。

第六十五章　骨肉分离

一船又一船幸免成为鱼食的难民登上鼓浪屿。霎时岛上人满为患。所有中小学、教堂、戏院、佛寺等成难民所。中外人士成立“鼓浪屿国际救济会”，并在黄家渡北部搭盖32座大型竹篷厝，解决难民的食宿问题。病死、饿死的难民家属哭天抹泪。

5月19日，由海外华侨捐款采买2500袋大米，运抵鼓浪屿救济难民。

鼓浪屿到处传着日军从五通村登入，五通村人遭残杀的恐怖之事。黄怡琴等人想苏爱梅及其家人凶多吉少。

一个月的端午雷怒吼，端午雨悲泣。除了日本人之外，其他人心情郁闷、忧伤、痛苦。

心怡别墅悲静得令人窒息。不谙世事的秀芳、秀芬跑来跑去，嬉戏冲不去心怡别墅悲凉。

黄怡琴收到陈红霞的来信。信中说：日机三天两头轰炸长汀。当

局在北山上挂红灯笼作为报警。一个红灯笼表示远处轰炸，两个红灯笼表示近处有轰炸。厦门大学女生宿舍管理员是一位年轻的胖嫂。她时刻关注红灯笼，一见两个红灯笼就急声高喊“轰炸”。胖嫂背起三岁的女儿，督促学生们进防空洞。防空洞洞小人多。大家坐在湿的地上，靠在潮壁上。大家轮换位子透气……许多同学弃笔从戎抗日。

黄怡琴泪流满面地说：“阿霞要与二位女生、四位男生投笔从戎北上抗日。”

妙妙丹噙泪，哽咽地说不出安慰的话语，理解地拍了拍黄怡琴的肩表示安慰。

蔡管家打断两位太太的伤忧说：“下一个星期就是五月节。”

黄怡琴点点头。妙妙丹看了蔡管家一眼，哽咽道：“不做生日。”

“生日还是要做的。也许这是在五龙屿过的……”黄怡琴咽下了“最后一个生日”六个字。

妙妙丹知道黄怡琴忌讳说“最后”两字。往日若有人不小心说“最后”，她都会立即地“呸、呸”，然后责斥，渐渐地大家都不敢说“最后”两字。

妙妙丹鼻子一酸，泪水夺眶涌出。黄怡琴想安慰两句，刚张口，泪滔滔，说不出话。蔡管家、叶丽珠眨眨潮湿的眼。

这日晚，妙妙丹去洗澡。客厅里，黄怡琴、蔡管家、叶丽珠坐在沙发上泡茶，看着孩子们在玩耍。

蔡管家又说服黄怡琴带妙妙丹母女一起回娘家。黄怡琴忧虑道：“大嫫携小姨（妾）回娘家，会被厝边（邻居）笑死，骂半头青。”

蔡管家劝道：“是会让人笑。不过呢。刚开始时，人爱嘴舌长，嘴舌短。时间长也就不说了。只要你与你父母能够忍一些日子就行。量大福大。当年你父母收留泰哥。泰哥对你父母比亲儿子亲、孝顺。”

这时妙妙丹洗好澡走进客厅，在沙发上坐下。妙妙丹每次洗完澡都要喝茶水。叶丽珠倒一杯茶递给妙妙丹。妙妙丹一饮而尽。

蔡管家劝妙妙丹道：“越早走越安全。别到时鬼子进了五龙屿，想逃都逃不了。”

黄怡琴真诚地说："跟我一起去我娘家吧。阿红也能跟阿妹一起玩，一起读书。相互之间可以照顾。"

妙妙丹叹息："哪有大嫫携小姨（妾）回娘家？会被厝边（邻居）笑。"

黄怡琴突然感到妙妙丹是一个明事理的人。

陈红红舍不得与妹妹们分开，恳求妙妙丹道："阿娘，去我阿公、阿嬷家嘛。我可以带阿妹。"

妙妙丹明白去外公、外婆家当然比不上去黄怡琴娘家。她忧虑道："你父母负担不起这么多人吃、住。"

黄怡琴劝说："没要紧，走一步看一步。"

妙妙丹坐在沙发上一言不发。心底一直纠结去黄怡琴娘家会使黄怡琴及其家人难堪、被嘲笑，黄怡琴难做人。"大嫫携小姨"回娘家将成为笑柄传扬。

陈红红、陈秀英、陈秀萍入神地听着黄怡琴讲《万氏妈用计惊走倭人》的故事。黄怡琴敬佩地说："后人还在衮绣铺起一座宫纪念她，叫万氏妈宫。"

6月1日，端午节前夕。黄怡琴拿着新做的一件孕妇裙递给妙妙丹，说："祝你生个健康的达啵仔。"

妙妙丹感动地说："感谢你的生日礼物和祝福！"

此前，林强等人带着妻儿回老家了。妙妙丹的玩友走的走，没走的人心情悲恐，没有心情串门。

妙妙丹跟着黄怡琴、叶丽珠学包粽子，包着包着，来不及擦的眼泪掉入糯米盆。黄怡琴见妙妙丹不时用手背擦泪，心一酸，泪涌出眶，来不及擦的泪掉入糯米盆。

陈秀英、陈秀萍、陈秀芬、陈秀芳、陈红红见状吓得"咿咿呀呀"、"哇哩哇啦"地哭。

"过年过节不能哭。"蔡管家哽咽劝说，带着孩子们到庭院玩耍。

端午节的早晨，叶丽珠煮了香菇、蛤干、肉丝面线蛋。一对白光光的鸡蛋。蔡管家微笑地对妙妙丹说："今日的生日蛋非常光亮，你会平平安安，顺顺利利，为头家生一个达啵仔。”

早晨，陈敬德拎着一块红纸包着的红花绸缎布走进客厅，递给妙妙丹：“生日欢喜！”

妙妙丹谢过后，坐下与陈敬德聊天。黄怡琴知道陈敬德对妙妙丹的感情，知趣地到厨房帮叶丽珠准备午餐。

临近中午，黄衍明提着一小篮放着红纸的鸡蛋、面线走进客厅，将小篮放在厅柜上。

妙妙丹道一声谢。她对亲如家人的人不会过分客气。

叶丽珠炒六个菜。众人围坐在一起为妙妙丹庆生过端午节。黄怡琴、陈敬德、黄衍明、蔡管家、叶丽珠强作笑颜举杯。表面的热闹根本无法驱散内心堆积的沉重的悲凉。

数月里堆积起厚厚的、沉甸甸的凄风苦雨使不谙世事的孩子们都能明显地感到别墅里凄凉气氛，孩子们乖乖的、静静的。

从前妙妙丹可以连吃三个粽子，今日吃一个粽子，喝数口鸡汤就吃不下。她的五脏六腑压满了愁苦。她忧愁地看着自己的这四个女儿。

陈敬德再次催黄怡琴、妙妙丹离开鼓浪屿到香港避难。

黄怡琴微笑道：“你还是跟我去金淘吧。”

黄衍明见堂姐开口微笑说：“去金淘吧。柴禾我负责。担水、劈柴、大的、重的事我包了。泰哥就如我亲大哥，我会照顾好你们等他回来。”

众人愁容满面地看着眼泪汪汪的妙妙丹，可怜她没有娘家可以落脚。

日机飞行的声浪吵得令人心烦气躁，恐慌。妙妙丹、黄怡琴很少出门，每日听叶丽珠、蔡管家上街带来的消息，消息越来越恐怖。

妙妙丹权衡利弊决定去黄怡琴娘家的同时新的痛苦出现，寝食不安，纠结：黄怡琴娘家突然多这么多人，黄怡琴的父母如何受得了呢？四个幼小的女儿，自己很快又要生一个，都是能吃不能做事的人。吃、住、穿都是很困难。洗衣裤、洗碗筷等家务负担繁重。不能这样拖累琴姐或者外公、外婆。妙妙丹经过数日痛苦的思想斗争，终于狠下心，决定将秀芬、秀芳送人。

这日上午，妙妙丹将家族的信物：一个鸽血红玉挂件挂在秀芬的项上。挂件是浮雕的两朵花，细看是二字“善缘”。妙妙丹瞅见黄怡琴去厨房，忙示意叶丽珠抱秀芬。

叶丽珠领悟，抱着阿芬，快步走出别墅，走到拐弯处停下等妙妙丹。

妙妙丹拎起一个装着秀芬衣服的布包快步走出心怡别墅来到拐弯处。

叶丽珠看了看妙妙丹手中的包裹问：“太太要去哪里？”

妙妙丹哽咽地道出痛苦的决定。叶丽珠苦苦地求妙妙丹不要将阿芬送人。

妙妙丹眨眨潮湿的眼，痛苦地说：“不管是谁收留我和孩子都会受不了的。不要说一年、二年、就是十天、半个月都受不了。送走一个少一份拖累。”

叶丽珠语塞。

英国领事馆楼前座狮纪念碑侧立的一根钢管旗杆上的米字旗耀武扬威地飘扬。守门的卫兵认识妙妙丹。妙妙丹打了招呼就进去。

叶丽珠跟着妙妙丹走向副领事官邸。这是一座典型的英国田园风味的红砖红瓦的二层清水红砖楼。四坡四落水，极似欧陆乡间别墅。公馆拱券连廊。

叶丽珠泪水一直在眼眶里打转，咬唇忍住，不时地亲着秀芬。秀芬是自己一手抱大的，亲如己出。眼见就要离别，可能再也见不着。

迫于战火，各国领事、工作人员加紧劝离家眷。一些领事馆人员的太太、子女纷纷回国。满乐思夫妇正在收拾回国行装。

妙妙丹敲着敞开的门。满乐思太太迎出门，见妙妙丹等人热情让座、沏茶。

叶丽珠首次到满乐思住宅。她环视一眼干净、豪华、西欧化的大厅。

满乐思夫妇没有孩子，曾多次恳求陈国泰、妙妙丹送给他们一个女儿，都被妙妙丹拒绝了。

妙妙丹哽咽说要把陈秀芬送给满乐思夫妇。

满乐思夫妇惊疑地对视一眼同时转向妙妙丹，确认没有听错后，满乐思夫妇万分惊喜。他们知道陈国泰生死不明，家庭的顶梁柱没了。雪上加霜，日本侵占了厦门，妙妙丹很快又要生，送秀芬是迫于无奈。满乐思夫人劝妙妙丹说："日本兵迟早会进鼓浪屿，找一个安全的地方躲避。"

妙妙丹泪流满面点点头，深长地呼出胸中的愁苦闷气，道出准备去黄怡琴娘家暂避。满乐思夫妇理解妙妙丹怕拖累大太太娘家的心情。

妙妙丹擦了擦泪用闽南话说："你们对天发誓，第一，不管什么情况都不亏待我的查嫫仔；第二，不管遇到什么情况，别卖了这个挂件。挂件是孩子外公、外婆给孩子的纪念和祝福。"

满乐思夫妇听说过妙妙丹娘家的惨案。这挂件是一种念想和祝福。满乐思夫妇一起举手望天，用闽南话发誓："我们答应你，没信用就天打雷劈。"

满乐思担心妙妙丹反悔说："请您立一张字据好吗？"

"可以。"妙妙丹说。

满乐思拿来纸笔。妙妙丹写下字据，按了手印。

满乐思夫人抱过秀芬。叶丽珠依依不舍地松开双手。

妙妙丹亲了一下秀芬，忍着泪说："英国阿叔、阿婶带你玩，阿母等一下来接你。"

叶丽珠眨着泪眼，紧咬双唇，扶着妙妙丹转身快步离开。

"阿母……阿母……"秀芬大声哭喊，在满乐思夫人怀中舞手蹬足使劲地想挣脱。

妙妙丹忍不住低声哭泣。叶丽珠一手扶妙妙丹，一手擦自己的眼泪伤心欲绝回家。

妙妙丹泣不成声。叶丽珠哭诉送秀芬的事。

陈秀英、陈秀萍、陈红红围在八仙桌看书、写字，听说秀芬送给人家，哭着要妹妹。

黄怡琴吃惊地责怪："你怎么舍得把亲生孩子送人。"

妙妙丹泣声道："我怎么会舍得把亲生孩子送人呢？我是没有办

法啊。这鬼子不知什么时候才能滚。不管是住你厝还是住我外公、外婆厝。这一住不是十天半个月，而是一年或者更长久。六个人啊！这一大拖你父母受不了，我外公外婆也受不了。几个舅舅都有数个孩子。满乐思没有孩子，条件好，人也好。阿芬送给他们安全、生活好。”

黄怡琴与蔡管家赶到英国领事官邸。满乐思夫妇已离开。满乐思夫妇担心夜长梦多，妙妙丹一离开，便匆匆收拾行装离开鼓浪屿，入住厦门天仙旅社等待后天的船。

黄怡琴抹泪抱怨：“妙妙真是‘番’，那么聪明、那么水的亲生孩也舍得送人。”

蔡管家眨了眨泪眼说：“妙妙也是不得已。她明事理，怕拖累你和你的父母。阿芬不是我生的，我都心如刀割，何况她呢。”

“可是，泰哥回来我怎么交代？泰哥以为我肚量小。”黄怡琴委屈地说。

“泰哥是什么人？他是个聪明人。他从小和你一起长大，他能不懂你的肚量？”蔡管家安慰说。

回到家，黄怡琴忍不住地责怪妙妙丹。

妙妙丹一言不发，默默抹泪。她明白黄怡琴舍不得陈秀芬。陈秀芬虽不是黄怡琴亲生，朝夕相处有了感情，她平时也常抱陈秀英玩。

下午，妙妙丹将同样的“善缘”鸽血红玉挂件挂在秀芳的项上。妙妙丹等黄怡琴上楼、蔡管家到厨房时，连忙叫叶丽珠抱着秀芳。叶丽珠疑惑道：“去哪里？”

妙妙丹拎着装着秀芳衣服的一个布包，轻声说：“跟我走。”

叶丽珠流着泪劝道：“别将阿芳送人。大太太说了饿不了孩子的。”

妙妙丹含泪道：“琴姐善良。但我不能不明事理。”

叶丽珠从前觉得妙妙丹很“番”性，很霸道，今感觉妙妙丹是一位明事理的人。一个那么富有的家庭的娇小姐，贵太太，如今沦落到不得不送走两个年幼孩子的悲惨地步。

秀芳不知道将要发生的事。她笑着、开心地看着熟悉的沿路景物。

叶丽珠抱着秀芳跟随妙妙丹走进美国领事馆。妙妙丹看着眼前熟

悉的一切，心理涌起阵阵悲伤的浪涛。曾几何时，妙妙丹常伴陈国泰在此歌舞升平，与各种肤色的洋人宾客娱乐，有人演奏钢琴，有人跳舞。那时根本不可能想到过会有今天的惨景。

陈秀芳熟悉花园庭院的石桌、石椅、花木草地、网球场、排球场。她看见进出领事馆的人都甜甜地喊“阿叔、阿婶、阿姨。”

人们就笑赞：“阿芳真漂亮、真有礼貌。”

领事狄瑞克夫妇有二个儿子，没有女儿，多次请求陈国泰、妙妙丹，让他们收养秀芳，妙妙丹坚决不答应。狄瑞克夫妇便按闽南习俗认秀芳为义女。

领事馆楼下办公、楼上是领事人员与家眷的住宿。妙妙丹拎着包，向楼上走去。狄瑞克的房门半开着。妙妙丹敲门，狄瑞克太太用英语道：“请进。”

狄瑞克夫妇疑视拎着包裹的妙妙丹泡茶，让座。

狄瑞克夫妇一番安慰。他们怜悯地看着愁容满面，憔悴的妙妙丹。往日随时见到妙妙丹都是满面笑容、无忧无虑的神情，丰润、焕发。可恶的日本人把人祸害成这样。

妙妙丹喝了两口茶说：“你们现在还想要阿芳吗？”

狄瑞克指着自己的鼻尖疑问：“你要将阿芳送给我们？”

妙妙丹点点头，肯定地说；“是。”

狄瑞克夫妇异口同声：“要，要，要。”

妙妙丹忍住泪：“你们对天发誓，第一，不管什么情况都疼爱阿芳；第二，不管遇到什么情况，别卖了阿芳的挂件，那是孩子外公外婆给孩子的纪念和祝福。”

狄瑞克夫妇一起在胸前划了一个“十”字，发誓：“保证疼爱阿芳，不卖玉佩。若违背誓言不得好死。”

狄瑞克夫妇随妙妙丹下楼，远远看见叶丽珠慢慢地跑，陈秀芳咯咯笑，不停地跑。

狄瑞克夫人眉开眼笑地抱过秀芳。

“阿芳，在义父、义母这里玩。”妙妙丹强笑亲了亲秀芳的脸蛋，转身向大门走去。

叶丽珠忍着泪亲了亲秀芳，转身哭着追上妙妙丹。

“再见。”陈秀芳扬着小手，甜甜地说。她不知这一别将是永别，以为像往日一样，在义父、义母这里玩一玩就回家。

叶丽珠此时此刻的伤心不亚于妙妙丹。妙妙丹生了秀芳，平日里只是抱一抱，玩一玩。陈秀芬的吃、喝、拉、撒、睡都是叶丽珠管着。叶丽珠带着秀芳一天天长大。看着她咿咿呀呀学说话，一摇一晃，蹒跚学步。

妙妙丹担心此时回家黄怡琴会去把阿芳要回来。她叫叶丽珠一起沿着海滩走。

鼓浪屿六月的傍晚，天边是金色，海面是金色的，沙滩是金色的。金色掩不住妙妙丹、叶丽珠黑色的心情。习习的、凉爽的海风驱不散她俩的悲伤。俩人咬唇、眨眼，泪水还是止不住“哗啦啦”流下。

天色渐暗。叶丽珠正欲扶着妙妙丹回家，见蔡管家急步而来。

蔡管家见两人哭的满面泪痕，双眼红肿，心理已明白：妙妙丹一定是将阿芳送给了阿芳的义父母。蔡管家已经去了美国驻厦领事馆官邸，狄瑞克夫妇已离去。

蔡管家忍不住泪盈满面。

黄怡琴在铁门边不时地向路口张望，见叶丽珠扶着妙妙丹，蔡管家无精打采地走来，心理明白了。

黄怡琴生气地对妙妙丹嚷嚷道：“哪有你这样做母。”

妙妙丹号啕大哭，呐喊：“我也没办法。查嫫孩也是母的心头肉。”

陈红红、陈秀萍、陈秀英在一旁哭叫着要阿芬、阿芳。

次日的午夜黑黝黝、凄静静。妙妙丹走到庭院前警惕地环视着四周，见没有人影，朝大厅挥了挥手。

蔡管家拿一把铁锹，叶丽珠拿一把铲子，走到大榕树下一锹一铲地挖坑。蔡管家锹一下，鼻子酸一下，这别墅将剩下孤独的自己守院。叶丽珠铲一下，泪水涌一阵，大家分别，也许永远不能再见面。

黄怡琴泪流满面来回地从房内抱出一瓮瓮、一坛坛蜡封的宝物到

坑口边。

妙妙丹看着蔡管家小心翼翼将瓮子、坛子放下坑，泪水不时流下。那里面装有她结婚时陪嫁的玉雕、玉佩、玉镯。她想起那日父母将那尊价值连城的玉观世音交给陈国泰字字千金的托付，陈国泰铮铮字字的保证，誓言随着玉观音埋藏。

黄怡琴打破凄静、沉闷、悲伤的气氛，将房契、地契、股票递给蔡管家说："这由你保管吧。泰哥会回来的。"

蔡管家感动黄怡琴的信任说："我一定好好保管，等你们回来。"

藏宝后的第三日上午，黄怡琴、妙妙丹刚整理、收拾完房间里的物品靠在单人沙发休息。吉田太郎、福岛次郎拎着水果不经蔡管家迎入，硬是走进客厅。两人抬眼看着不被欢迎的人没有起身让座、泡茶。

黄怡琴没想到吉田太郎、福岛次郎还能厚着脸皮来家里，不请愿开口请坐。叶丽珠、蔡管家此时带着陈秀英、陈秀萍到院里跑跑抓。

吉田太郎、福岛次郎尴尬地笑着，并坐在长沙发上。吉田太郎瞥见妙妙丹冷若冰霜，心仍会怦怦跳荡，挤出微笑道："半年多了，泰哥没有消息。家里缺现金吧。"

黄怡琴、妙妙丹不知吉田太郎葫芦里卖什么药不吭声。

吉田太郎停顿，见黄怡琴冷眉冷眼，一声不吭，微笑道："福岛次郎喜欢玉，尤其是缅甸玉。听我说起妙妙陪嫁的玉很感兴趣，想收藏。"

"你们来得太迟了，我早就卖了那些玉品。"妙妙丹冷冷地说。她知道吉田太郎对自己陪嫁的玉品垂涎三尺，从前也带过田原一雄等日侨、日商来看玉品谈收藏玉品一事。

黄怡琴又看见吉田太郎看妙妙丹的眼神的异情。吉田太郎对泰哥三番五次地下手会有想占有番婆的意图吗？果真如此，必须尽快离开鼓浪屿，免得番婆落入吉田太郎之手。

吉田太郎、福岛次郎坐了一会儿，没有陈国泰的消息，也没有得到想要的宝，垂头丧气地离开。一路上，吉田太郎伤心无语。他脑海里充满妙妙丹敌意、厌恶的神情。吉田太郎要阻止妙妙丹离开鼓浪屿，他要让妙妙丹投入自己的怀中。他要得到妙妙丹陪嫁的玉品。陈国泰那么聪明的人，那些世上独一无二的玉雕不可能卖了。这别墅不可能没有暗道，金银财宝一定藏在暗道内。

一个小时后，心怡别墅的大门口出现二三个便衣，昼夜守着。

第六十六章 逃难

这日上午，黄怡琴、妙妙丹、叶丽珠将一些首饰盘缠在发髻间，裤腰带里缝一些现钞。陈红红、陈秀英、陈秀萍的裤腰带上也缝一些现钞。

妙妙丹看着桌上镜框中的结婚照。妙妙丹穿着婚纱坐着，陈国泰穿着白西服，手搂着妙妙丹依恋地站着。两人幸福、甜蜜地笑着。妙妙丹擦了擦泪，擦了擦手，取出结婚照，用纸小心翼翼地卷好，用红线扎好，轻轻地放入包袱。

妙妙丹将昂贵的胭脂、花粉、法国香水、香烟扔出窗外。叶丽珠不解地问："为什么？"

妙妙丹发誓："'女为悦己者容。'不见泰哥，不再涂脂抹粉，喷香水。"

黄怡琴正准备催促妙妙丹，走到门边，听到妙妙丹的话一阵伤感。水番婆为了到鼓浪屿生活环境好，为了嫁给勇猛、魁梧的陈国泰有安全感而远离仰光。而今陈国泰不知死活，没有了安全，鬼子侵占了厦门，不得不离开鼓浪屿。

夜幕降临，许太太、许丽丽、陈敬伟前后脚走进心怡别墅来。半小时后，许太太、许丽丽打扮成黄怡琴、妙妙丹的模样借着幽暗的夜色引开便衣。

许志平、黄衍明、陈敬德赶紧进入别墅，拎着大包、小包走出大门。黄怡琴、妙妙丹、叶丽珠、陈红红、陈秀英、陈秀萍哭哭啼啼地与蔡管家道别匆匆离去。

蔡管家抹泪目送着太太、小姐们远去。他不知道这一别何年何月才能再见到这些不是亲人胜似亲人的人。他一直到看不见她们的影子才转身进厅。他重重地坐在沙发上，看着空空荡荡、冷冷清清，没有人气的大厅，感到从未有的凄惨，号啕大哭。数十年没有出声哭过，他悲号哭泣了很久。眼疼，头痛，渐渐止住哭声，到厨房用热开水烫毛巾敷双眼。

午夜，黑蒙蒙的轮渡码头上一片混乱。许志平、黄衍明已带着行李在等待。陈敬德等人一到，许志平、黄衍明立即将行李递给黄怡琴、叶丽珠。黄怡琴为陈秀英、陈红红、陈秀萍各斜挎上一个小包袱，自己双肩各斜背着一个包袱，一手牵陈秀英，一手牵着陈红红。叶丽珠双肩各斜背着一个大包袱，一手扶着妙妙丹，一手牵陈秀萍。妙妙丹斜背一个小包袱，一手扶着大肚子，一手拎着装着金银首饰的腌菜瓮。

突然，人群一阵骚动，挤来挤去。陈敬德使出全力挡着人流，不让人撞到妙妙丹。叶丽珠一手紧紧地抓住妙妙丹的手，另一手死死地抓住陈秀萍的手。

一会儿时间，妙妙丹看不见黄怡琴、陈红红、陈秀英。

“琴姐，阿红，阿英”。妙妙丹的哭喊声淹没在嘈杂声中。

陈敬德劝道：“别叫了，听不到的。赶快上船吧，到厦门再找。”

陈敬德抓紧妙妙丹的手挤开人群。叶丽珠紧抓妙妙丹和陈秀萍的手。

两艘日本的巡逻艇沿鹭江中游开走后，逃难的人立即争先恐后挤上船。叶丽珠紧紧地抓着陈秀萍的手，陈秀萍紧揪住叶丽珠的衣角，挤上船。陈敬德用身子挡着身后的人，扶妙妙丹上船。两位彪形大汉扯住陈敬德，阻拦后面的人上船，大声喊叫：“人太多，很危险。”

陈敬德无法跟上船，帮助阻止后面的人上船，大声喊道：“超重会翻沉。”

船离岸后，船上、岸上呼唤声、哭喊声一片。船头的船夫咬紧牙使劲拨桨，船尾的船夫咬紧牙使劲摇橹。一位年轻妇女悲恸的哭喊：“我的女儿没上船，求求你呀，船老大把我送回去，我的女儿才五岁。”

有人厉声制止：“别出声，小心日本的巡逻艇，大家都没命。”

声音渐小了。船上的人听见巡逻艇的声音顿时鸦雀无声。船在海上的黑幕中悄悄地行。

只有桨拨浪声及闪烁在水面绿色的磷光。忽然，“哇”一声婴儿的哭啼声冲破宁静的黑夜。全船的人大惊失色。妇人不顾众目睽睽解开衣襟，把奶头塞进婴儿的嘴里。婴儿不再哭泣。船上的人提到喉的心稍为放下。

虎头山上日本海军司令部的日本兵手握刺刀长枪来回巡逻、站岗放哨。旗杆上日本旗荡来荡去。探照灯光一闪一闪虎视眈眈瞪着海面。船上的人惊恐地躲着虎头山的探照灯，默默地祈求保佑。

船快靠岸时，船主严厉警告船客：“一定听我安排，顺序上岸。若不听，大家一起没命。”

船客在船夫的指挥下小心翼翼上岸，携老扶幼、背着婴儿、挎着包裹慌惶速逃而去。

叶丽珠牵着秀萍，紧随着妙妙丹跟着人流向鹭江道走去。叶丽珠、妙妙丹左顾右盼寻不到黄怡琴、陈红红、陈秀英的身影。

叶丽珠建议：“我们去车站吧。或许她们在车站等我们。”

妙妙丹一手扶着一坠一坠像是要掉下来的凸凸的大肚子，一手提着腌菜瓮，拖着水肿的腿脚，艰难地移动着脚步。

鹭江道卖车票的三间小屋挤满了人。叶丽珠无法挤进购票。

妙妙丹牵着陈秀萍远离人群，目寻黄怡琴、陈红红、陈秀英。

携老扶幼急着逃离死亡的人们恐慌地挤上开往各地的车。妙妙丹、叶丽珠、陈秀萍眼睁睁地看着军用卡车改装的客车塞满人摇摇晃晃，“嘎吱、嘎吱”地开走。

时间一分钟一分钟过去，客车一辆一辆开走。天越来越亮，车站的人越来越少。叶丽珠、妙妙丹越来越惶恐。叶丽珠从布包里拿出一张大煎饼，撕一片给秀萍、一大片给妙妙丹，自己一小片。三人啃煎饼，张望着、急盼能上车。终于一辆破旧的班车停下来。中年司机探出头问妙妙丹要去哪里？

妙妙丹兴奋道：“去南安。”

司机道：“我的车只到安海。”

“可以，可以。”叶丽珠牵着陈秀萍，扶着妙妙丹向客车走去。

车上的人挤出空间让妙妙丹等三人挤上车。座位都是抱婴幼儿的人、孕妇、老人坐着。门边座位上一位白发苍苍、健壮的阿伯微笑地招手让给妙妙丹过来坐。众人硬是挤出隙道让妙妙丹通过。

妙妙丹感动地说：“多谢！还让您老人给我让位。”

白发阿伯笑道：“我年纪大，但能站。你腹肚那大，被人挤到了就麻烦了。”

车窗都开着，车厢还是闷得透不过气。婴儿“呜啊、呜啊”哭，幼儿“嗯哇，嗯哇”地哭。汗臭、晕车呕吐物，臭气熏天。车开十余分钟，陈秀萍就哭说难受。妙妙丹也感到阵阵恶心。双手紧抱小腌菜瓮，紧闭双眼迷迷糊糊。叶丽珠搂紧陈秀萍。陈秀萍半站、半靠着叶丽珠睡觉，防晕车。

严重超载的客车一摇一晃、缓缓地行驶数小时至下午，终于到达安海镇。妙妙丹、陈秀萍、叶丽珠等众人挤下车后才慢慢地下了车。

安海车站是全省第一座汽车站，也是泉州最繁忙的汽车站。两座气势宏伟的钢筋水泥洋楼的周围都是晕车呕吐的乘客。妙妙丹、陈秀萍、叶丽珠在车站边的树下“呕、呕、呕”吐得泪花滚滚，心都要跟出口。妙妙丹浑身如剔了骨头一样瘫软，四肢发抖，冷汗直冒，脑子一片空白。陈秀萍难受地“哇哇”大哭。妙妙丹劝得声音都发不出。叶丽珠担心妙妙丹吐得孩子蹦出来，扶着妙妙丹坐在包袱上。然后再劝慰陈秀萍。

叶丽珠见车站边上一百米处是一幢砖木结构的安海客栈，对妙妙丹说去讨一碗水喝。

烈日炎炎刺眼，热浪滚滚烫脚。陈秀萍愁眉苦脸地叫“嘴干，腹肚饿。”

妙妙丹、叶丽珠觉得饥渴，眼糊糊的、唇干干的、喉渴渴的；身上软软的、黏黏的。

客栈老板年轻、黑瘦、平头。老板娘微胖、绾黑髻。一个六七岁的男孩、一个四五岁女孩。老板娘请妙妙丹等人入座。

老板娘见三人面色苍白，嘴唇紫白，同情地问：“晕车了？”

叶丽珠无力地答：“是。”

老板娘转身进柜台后的房门，拿出一瓮盐水、陈皮腌的咸油柑和一个汤匙，捞出数粒说：“含一含，就不难受了。”

老板倒了三碗温开水放在一旁。

老板娘浅笑问：“从厦门来？”

妙妙丹有气无力地答：“是。要去南安。”

老板愤愤道：“这里本来有安海至厦门小船，每日四艘往来对开。从厦门转口的出国、入国华侨从安海中转。商人很多，每日都有五百人来往。现在飞机常轰炸，船不敢行了，热闹的安海港成了‘死港’。船运阻塞、交通断绝、侨批、侨款断了，老百姓卖房产、家当。”

妙妙丹没有到过安海，但听说过安海码头风墙林立、商货堆积如山。旅店栈间三十余家。每日客、货船四五十艘通往福州、台湾、天津、上海、南洋。

一分钟后咸油柑的咸苦渐为甘甜，生津入喉进胃，恶心欲吐之感渐散。妙妙丹、陈秀萍脸色渐好，四肢不再发抖。妙妙丹、叶丽珠、陈秀萍都喝了一碗温开水，解了渴。叶丽珠从包里拿出煎堆，撕了一大片要给老板的两个孩子分。

老板娘知道这是逃难的人粮食，客气地拒绝。二个孩子看着叶丽珠手中煎堆，掩不住想吃的眼神。

妙妙丹征求的眼神看着老板娘道：“孩子爱吃。要不少一点吧。”

老板娘理解妙妙丹的意思，从叶丽珠手上撕下两小片给孩子，然后让他们进屋。

叶丽珠撕一片给陈秀萍、一大片给妙妙丹，自己一小片。三人吃完煎堆，又喝了水，道谢离开。

安平桥上逃难的人慌慌张张地跑跑、走走。有的赤脚、有的穿拖鞋。有的着背心、短袖、有的赤膊，穿五分短裤或七分宽角裤，戴各种草帽。

叶丽珠左右肩膀斜挎大包小包，一手扶妙妙丹，一手牵陈秀萍。妙妙丹一手托着凸凸的大肚子，一手提小腌菜瓮。妙妙丹水肿的脚被鞋挤得疼痛，打赤脚，走不了几步，砂石刺得脚板痛得受不了，只得布鞋当拖鞋，拖着艰难地移步。不时有人超过她们。

叶丽珠怜悯地看着妙妙丹母女挪着沉重的脚，满脸欲哭痛苦的表情，她们何曾受过如此苦。

陈秀萍边哭边叫走不动。

叶丽珠反复哄："克服，克服。快到了。"

这时远远地传来飞机地轰隆声。安平桥上的人们紧张地快跑。妙妙丹挺大肚子跑不动，也不敢跑。叶丽珠听天由命地陪着妙妙丹母女缓慢地前行。

飞机投下数颗炸弹在安平桥四周不断的爆炸，震耳欲聋。桥上的人明知安平桥上无处可避，还是本能地惶恐地闪躲。这座南宋时期建成的石梁桥被炸得七零八落。被炸伤、炸残的人，被炸死者的亲人惊叫、哭喊。陈秀萍吓得大哭。妙妙丹跟着哭。叶丽珠无法开口劝，一开口，哽咽的喉咙会哭出声来。妙妙丹、陈秀萍、叶丽珠心急如焚地挪着脚，感觉五里桥比百里桥还长。此时此刻真是名副其实的"天下无桥长此桥"，今日的"安平桥不安平"。

水头镇是六朝时期的通商口岸，商贾云集之地，到处可见红瓦朱墙，杏黄色的店旗飘扬，古铜色的牌匾熠熠生辉。叶丽珠、妙妙丹、陈秀萍酸疼的双脚挪走在水头镇的大街小巷。打铁店的"铛铛"声、打金店、打银店的"叮叮"声、脚步声、吆喝声、风吹斗笠声，此起彼伏。吵得烦躁的妙妙丹想大哭一场。她们渴望找到客栈的双眼扫过一间间的油坊、豆腐坊、茶叶行，跃过一间间木器社、盐行、竹篾行，一次次充满希望兴奋地走进旅馆、栈间，一次次被"满客"拒绝，沮丧地走出旅馆、栈间。她们都是蓬头垢面，脸上的汗水、泪水、尘土被擦得一条条、一块块，一身的狼狈相。妙妙丹、陈秀萍没了金贵的太太、小姐样。

“安平客栈”是最后一家客栈。三层的红砖楼，数十间客房都住满。妙妙丹心中一阵悲酸，忍不住呜咽起来。

老板花白的平头，黑瘦、精神。老板娘斑白的髻子插着铜簪，黑瘦、慈祥。他们同情而爱莫能助。

一对年轻夫妇见妙妙丹挺着凸大的肚子，带着小女孩，顿生怜悯之情，主动让出三楼的客房。妙妙丹、叶丽珠连声感谢。

老板夫妇与一位伙计感动地在储物间整理出一个床位，搬来二张长凳和五块木板，铺上旧席给年轻夫妇当床，并表示不收费。

水头镇上的摊点和小店已没有吃的东西。叶丽珠恳求老板娘帮助找一些吃的东西。老板娘怜悯妙妙丹，理解怀孕的苦，拎起篮子到三百米外的菜地里摘一篮子满满的空心菜。

伙计领着妙妙丹、陈秀萍、叶丽珠走上三楼，推开中间的一个房门。妙妙丹将行李放在椅子上，环顾一下房间：十平方米，二张一米宽的床。白底黑花的蚊帐，旧黄的草席，折叠方型整齐的大红花薄被。一个脸盆架、一个脸盆，一个脚盆。

妙妙丹、陈秀萍蹙眉噘嘴。叶丽珠苦笑道：“将就一晚。”

叶丽珠担心食物不合妙妙丹的口味，便下楼到厨房。老板娘正在洗空心菜。叶丽珠帮着洗。在老板娘允许下，叶丽珠放一撮虾皮、倒入空心菜、倒入勾芡适量的番薯粉，适量的永春醋，煮一盆稠稠的空心菜羹汤。老板娘、叶丽珠端着空心菜羹、米饭、碗、筷、汤匙到三楼客房。

饿得前胸贴后背的妙妙丹、陈秀萍边吹热气边迫不及待地大口大口地饮汤吃菜，空心菜汤不时地烫了舌、灼了食道。

叶丽珠从未见过这对母女狼吞虎咽不雅的吃相。从前那细嚼慢咽的斯文样是富贵惯的。在家时，山珍海味也没见她俩吃得如此之香。一大盆的空心菜汤，一会儿没了。

妙妙丹、陈秀萍疲惫的面容绽出笑容。笑容很快又变为愁容。胃

胀阵阵疼得难受。老板娘道："你们太饿了，又吃得太快了。一饥一饱，当然难受。慢慢走一走。"

陈秀萍愁眉苦脸："我脚疼，走不动。"

叶丽珠微笑问："脚痛还是腹肚痛？"

陈秀萍带着哭腔："都疼。"

妙妙丹哄劝："那就走了。不走，腹肚是不会消、不会好的。"

下楼，老板娘从厨房拿出自己腌的咸油柑，倒出一些腌水说："一人饮一汤匙，等一下腹肚很快就不涨、不痛了。"

老板娘用汤匙舀出数粒油柑。叶丽珠将二粒咸油柑的核抠出后，塞入陈秀萍口。妙妙丹拿二粒入嘴。

叶丽珠想让妙妙丹母女多吃一些，吃得不多，不会涨。叶丽珠陪着妙妙丹、陈秀萍缓缓地在水头镇上挪着脚走了五个来回，疲惫地走回到客栈，坐在大厅的八仙桌边的长条椅上休息。

老板泡一壶茶，老板娘端一碟咸油柑放在八仙桌上。老板夫妇与叶丽珠、妙妙丹聊天。叶丽珠怒诉鬼子侵占厦门的罪行。妙妙丹实在是太难受不爱言语。若是从前，妙妙丹一定是滔滔不绝讲数小时。

老板夫妇恨日本侵略厦门，同情眼前的富太太、贵小姐。

妙妙丹、陈秀萍上了三四趟厕所，胃不胀了。这时又感觉脸紧绷绷的，一路上汗水粘尘土湿了干，干了湿，浑身黏糊糊，汗酸味浑身难受。

叶丽珠给老板娘一个大洋，恳求老板娘烧一些热水给她们洗面脚、擦身子，明天早上蒸一些番薯干让她们明日路上吃。

妙妙丹、叶丽珠、陈秀萍洗面脚、擦身子舒服了许多，仍感觉不干净、不清爽躺下，浑身酸痛，疲惫睡不着。从前每晚，三人都是干干净净，清清爽爽地入睡惯了。

客栈房墙脏黄黄的，没有擦净的蚊虫血迹斑点发黑。昏暗的房里数只蚊子、苍蝇"嘤嘤嗡嗡"飞闪来飞闪去。与洁净、安静的心怡别墅反差太大。三人辗转反侧至下半夜，才迷迷糊糊地入眠。

第六十七章　真诚回报

叶丽珠一会儿扶着大肚的妙妙丹，一会儿牵小小的陈秀萍，三步一停，五步一歇，三个小时爬三分之一山路，番薯干吃完了。陈秀萍不时地叫肚子饿。妙妙丹饿得浑身发软，无力地、皱眉苦脸说：“记得十多年前，我去外婆家，路上摘了不少野果吃。有一种叫‘钟妮’的很好吃。”妙妙丹眼前闪现陈国泰、陈敬德采摘野果分给众人吃的情景。那时无忧无虑、欢声笑语，丝毫不可能想到十余年后的悲惨境况。

叶丽珠找一阶安全的石梯，让妙妙丹母女坐下休息，看行李，自己快步向山上走去，高一脚，浅一脚，小心翼翼地在杂草荆棘丛中寻找野果树。

只等了五分钟，妙妙丹仿佛等了数小时，不时地向山上看。看了数次，开始焦虑地叫唤。陈秀萍也跟着大声呼喊。没有叶丽珠的回应声。突然一阵恐惧侵入妙妙丹的心，极度害怕，越叫越急，越恐慌，夹着哭腔。此时此刻妙妙丹悔断肠。叶丽珠若受伤，三个人在这山上就惨了。万一叶丽珠没了，自己和女儿如何走出山？她恐惧地祈祷，保佑叶丽珠平安无事。俩人吃力地来回地向山上挪动大包小包的行李。

约半个小时，陈秀萍满面乐开了花，兴奋地叫道：“丽珠姨。”

叶丽珠满面笑容地手捧着许多“钟妮”、“洽籽”、“安菠”、“野草莓”、“鸡爪梨”等野果走下来，见状疑问：“你们这是做什么？”

妙妙丹惊喜道：“叫你，你没有应。我想去找你，又担心阿萍。只好这样挪了。”

“洗得很干净。”叶丽珠将野果递给妙妙丹母女吃。

第一次吃野果，甜的、酸的、酸甜的，陈秀萍连声叫好吃，不再叫饿。妙妙丹吃了野果，缓解空荡荡的胃。

叶丽珠见妙妙丹母女吃得津津有味还要去摘野果。

妙妙丹坚决不让叶丽珠再去摘果子，恳求：“别摘了。我们母女还要靠你。”

叶丽珠此时此刻意识到自己出事，三人都走不出山。

日落山头，山边橙红红一片。数小时的翻山越岭，叶丽珠领着妙妙丹母女进村。妙妙丹、叶丽珠忧虑的、沉甸甸的身心顿时轻松。陈秀萍疲惫欲哭的脸蛋绽开了笑容。

村人笑着与叶丽珠招呼的同时惊疑地看着大肚子的妙妙丹、漂亮的陈秀萍。有的村人忍不住：“两个水查嫫是什么人？”

叶丽珠笑答：“头家的嫫仔。日军打入厦门，来这里躲一阵。”

丽珠的丈夫、家公、家婆、大伯子、二伯子、大妯娌、二妯娌、小姑子等人欢笑迎出门接过大包小包的行李。

妙妙丹、陈秀萍见丽珠婆家是一栋旧厝从头凉到脚。

丽珠大伯子指着身边的一个大男孩说：“这是你们救的水牛。”

水牛一直记得鼓浪屿漂亮的大院子、大房子和好吃的点心、饭菜，还有数位漂亮的姐姐、妹妹。他憨笑地叫了一声：“阿婶。”

妙妙丹疲惫地笑说：“当年那么小。现在长得这么大了。街上遇到都认不得。”

丽珠家婆牵着陈秀萍跨过高高的门槛，微笑地叮嘱：“门槛是不能踩得噢。”

“哦。”陈秀萍点头应答，记在心理。来之前母亲嘱咐：住别人家要遵守别人家的规矩。

这是一座三进祖厝。年代久远的杉木变得棕黄。天井、厅堂宽敞明亮。中厅挂一盏天公灯。大厅正面靠墙处安置的长方桌上摆着香炉、佛龛。案前置八仙桌。

陈秀萍不喜欢这样的结构与摆设，忧忧地看了看母亲。妙妙丹理解地摸了摸女儿的小手。陈秀萍明白这是母亲的安慰和提醒她别吵。

丽珠的小姑子圆脸大眼，一条齐腰的长辫又黑又粗，笑盈盈地提着茶壶，端着茶杯，倒了三杯茶。茶太烫无法入口。叶丽珠倒了三碗凉开水。妙妙丹、叶丽珠、陈秀萍喉咙干得冒火，一连喝三碗凉开水才停下来。

丽珠与婆婆轻声商议腾出左边一间榉头让妙妙丹母女住。水牛与其弟弟分开与堂兄弟们住。丽珠大妯娌与小姑子一起清整左榉头房间。

丽珠掀起竹帘。妙妙丹牵着陈秀萍跨过高高的门槛进屋。陈秀萍忧郁地环顾陌生的房间。小天窗透进微光，昏暗的房内依稀可见床、橱、桌、椅、洗脸盆架等。陈秀萍没见过如此幽暗的房屋，难过地拉了拉母亲的手。妙妙丹双手摸了摸女儿的小手。陈秀萍领会母亲的安慰，没有嚷出不满。

“蚊帐和被子都是刚换上的，干净的。这里无法与厦门比，将就将就。”叶丽珠笑着对秀萍解释。叶丽珠在厦门住习惯了宽敞明亮、富丽堂皇的别墅，白纱蚊帐、绸缎被面，每次回家也不习惯。

丽珠家婆没有放入剩饭，用新米煮一锅稀饭，炒两个鸭蛋，一碟花生米，切三块自家做的黄澄澄的豆腐干。

陈秀萍、叶丽珠各吃一碗。妙妙丹一连吃三碗饭。

陈秀萍笑道：“哇，真痛快。”

丽珠小姑子烧一大锅热水。妙妙丹、陈秀萍、叶丽珠痛痛快快地洗澡，换上干净的衣裤顿感清爽与舒畅。

村里人三三两两结伴陆陆续续来看妙妙丹母女。他们知道丽珠在鼓浪屿一富人家做保姆。头家生意遍布世界，娶了三位太太，有一位是缅甸番婆，可能就是眼前的这位长相特别的水查嫫。

丽珠婆家人忙着让座、沏茶、递烟。

村人七嘴八舌打听厦门战乱，关切地问妙妙丹家人情况。有的人心理疑惑：水查嫫为什么没有去婆家？眼看就要生了，丈夫怎么没有跟来？水查嫫自己的娘家人呢？

妙妙丹明白村人心底存疑，微笑解释：“我安（丈夫）出国，不在厦门。”

夕阳无影，天透蓝透蓝。丽珠家婆炒一大碗空心菜，一大碗番薯叶，一小碟花生米，一小碟鸡蛋炒咸萝卜，一小碟黄澄澄的豆腐干。丽珠家婆为妙妙丹母女盛上稠稠的稀饭。叶丽珠及其家人的稀饭都是稀稀的。叶丽珠七岁的小儿子阿羊搛一粒花生米。陈秀萍听到丽珠家婆小声说：“那二碟是给人客吃的。”

阿羊等孩子们都没有再搛花生米。

妙妙丹、陈秀萍不好意思搛花生米、蛋炒咸萝卜。丽珠家婆将数粒花生米拨到妙妙丹母女的碗里。妙妙丹客气地推让。

叶丽珠领着妙妙丹母子进屋。叶丽珠在黑暗中熟悉地走到床头前的矮柜，划一根火柴，点燃生油灯，黑屋顿时幽亮幽亮。

“灯火跳啊，欢喜你两个贵客来。”叶丽珠笑说，拿起干蒲葵猛打蚊帐，驱赶蚊子，放下蚊帐，说早点睡。然后掩上门，离开房间。

陈秀萍看着跳跃的灯影影瞳瞳，悠悠闪闪，哽咽地说害怕。妙妙丹哄女儿：“丽珠阿姨家这么多人很安全。在这里不会被日军打伤，流血、很疼。”

妙妙丹吹灭灯火，屋子顿时黑蒙蒙。妙妙丹轻拍着陈秀萍，哄其入睡。洗了澡，解了饥渴、困乏的妙妙丹也很快入眠。

夏日里，村里人多在清晨五六点钟起床、洗漱、带着茶水下地干一些农活。七八点钟回家吃早饭。然后，再次下地乘天凉多干一些农活，十到十一点阳光刺眼、炎热时收工回家避暑。傍晚，夕阳落山，村民再下地把上午没做完的活做完。

妙妙丹、陈秀萍不能随心所欲睡到自然醒，七点多起床，洗漱等待叶丽珠家人从田里回家一起吃早饭。

妙妙丹耐心地对女儿说：“这里没有街、没有店，买东西困难。丽珠阿姨家人多，挣钱少，没有钱买更多、更好的东西。不要说想要什么东西，做人不能只顾自己，也要顾别人。”

陈秀萍似懂非懂地点点头说：“阿牛的阿嬷不让他们吃花生，就是让我们吃。”

陈秀萍非常不习惯这里晚上没有电灯、黑漆漆。茅厕粪便恶臭、可怕的虫。她不习惯坐放在床尾的难坐的马桶，没有街店、戏院、电影院，四周随处可见家禽牲畜的粪便，苍蝇、蚊子。她常噘嘴、锁眉、欲哭地问妙妙丹何时回家。

妙妙丹万般无奈，苦笑地、耐心地哄着女儿。

妙妙丹让阿牛、阿羊带上陈秀萍一起玩。叶丽珠不想让陈秀萍远离自己的视线。万一有个闪失，永远内疚。妙妙丹耐心劝说："我没法陪阿萍玩。她一直吵着要回家。她跟孩子们一起出去玩，时间更快过。"

叶丽珠千叮呤万嘱咐阿牛、黑狗、阿羊带好秀萍妹妹。丽珠的大妯娌嘱咐水牛："你最重要的事就是看好阿妹，柴禾少拾没关系。"

陈秀萍跟着水牛、阿羊及村里的孩子们上山砍树枝，用竹耙拾地上的松叶、松塔，摘野果吃。

丽珠婆家人带陈秀萍下地摘菜，到小溪游泳。妙妙丹从小到大被人侍候都能心安理得，如今对丽珠婆家人的侍候产生歉意。她坚持要做一些家务。丽珠婆家人非常理解妙妙丹的心情，默许妙妙丹帮着折菜、洗菜，收拾洗碗，抹桌等简单的、轻的家务。

妙妙丹不想让丽珠一家人劳累了一天，还要帮自己和女儿洗衣裤。她常趁叶丽珠不在时，自己和女儿一起洗澡。她边教女儿洗衣裤，边抓紧把两人的衣服洗了，晒了。夜晚，妙妙丹揉着胀痛的双脚，用被子垫腰部，减缓酸疼。她想丈夫在哪里？琴姐、阿红、阿英到家了吗？阿英会不会与琴姐、阿红走散？想到走散，她的心"怦怦"，恐惧得透不过气。有时默默地流泪。

每日晚饭后，叶丽珠陪妙妙丹母女从村头走到村尾，或从田头走到田尾。然后在厝前的大埕坐聊。妙妙丹健谈，开朗，很快与村人熟悉，亲热。村里人喜欢听妙妙丹讲趣事、讲世界、讲戏、讲神、讲鬼。村人更想听妙妙丹讲自己、讲家事，但妙妙丹很少讲娘家、夫家、自家的事。叶丽珠对村人的疑问也是避而不答。村人偷偷地问陈秀萍家中的事情。陈秀萍年幼所知甚少，不能满足村人的揭密心理。

一个月后的一九三八年八月十九日农历六月二十四日早上，妙妙丹吃了二大碗稀饭没有饱，不好意思再盛，便没有再吃。丽珠婆家人下地。妙妙丹洗了碗筷，肚子有一点闷疼。妙妙丹猜想是要生了。她吩咐陈秀萍要跟着自己。她到厨房烧水洗头、洗澡。洗完澡，妙妙丹端着一盆衣裳到天井洗，肚子开始阵痛，间隔的时间越来越短。她痛苦的脸让陈秀萍害怕，陈秀萍吓得连声哭唤："阿母。"

妙妙丹忍痛安慰秀萍："免惊。阿母要生小弟了。你去田里叫丽珠阿姨。"

陈秀萍转身跑出门。

叶丽珠与家人正在田里抢收抢种。陈秀萍边哭跑边气喘吁吁地哭喊："丽珠姨，我母要生了。"

田里的村人纷纷朝叶丽珠家的田大声喊："要……生……了……"

叶丽珠与家婆慌忙地跑回家。丽珠大妯娌急忙跑去请接生婆。丽珠家婆边跑边对叶丽珠说："要把太太弄到柴火房去生产。"

叶丽珠为难地说："从前，我们家有困难，她一家人是那样地帮助我们，现在叫她到柴火间生孩子，我说不出口。她从小到大都像个公主娇贵，住得像皇宫，吃得山珍海味。住我们这样的厝，她已受不了，还叫她去柴火间。"

丽珠家婆解释说："你的头家对我们家有恩情，我们要报答。你也知道，亲生查嫫孩都不能在娘家厝内生仔。柴火房，我已经收拾好，很干净，两张床，你陪她睡。"

丽珠、丽珠家婆急步入屋。妙妙丹听见急步的声音忙止住叫喊，咬着唇。

丽珠家婆对妙妙丹歉意地说："过去你厝对我厝有恩，我们不会忘记。但这里习惯是连亲生查嫫孩都不可在娘家厝内生孩子的。柴火间，我收拾得很干净。"

妙妙丹痛得满头大汗，有气无力点点头，对歉意的叶丽珠说："扶我去柴火间。不要为难你家婆，我理解。"

叶丽珠与家婆扶抱着疼痛难忍的妙妙丹到柴火房。丽珠家婆早已收拾打扫干净柴火房，两张铺好草席的单人旧床，一张靠墙是妙妙丹睡的，一张靠窗是叶丽珠睡的。方便叶丽珠照顾妙妙丹。小窗挂上一块深蓝色的粗旧布遮阳、遮光。

丽珠家婆去烧水。屋里只有妙妙丹和叶丽珠。妙妙丹对叶丽珠："别让任何人知道珠宝的事。我万一有歹事，你拿珠宝去卖，将阿萍和刚出世的孩子养大。想办法找到他们的老爸。"

叶丽珠安慰："你又不是头胎，生了四胎，生孩子就像拉屎一样快。没歹事，免惊。"

丽珠二妯娌把热水端进柴火房。妙妙丹肚子一阵一阵疼痛，痛苦不堪。

叶丽珠边安慰边揉着妙妙丹肚子和腰。妙妙丹忍住疼痛尽可能不叫喊，实在忍不住就小声地哼哼。接生婆未到，丽珠家婆怕迟了有危险，只好动手接生。胎儿的一个脚出来，丽珠家婆推进去，胎儿的一只手出来，胎儿的头就是不出来。

难产！丽珠家婆紧张得汗水淋淋，边接生边默念菩萨保佑。

丽珠大妯娌气喘吁吁地说接生婆不在家。

数个小时的折腾，妙妙丹已精疲力竭。叶丽珠、丽珠家婆紧张、恐惧。

厅堂间。叶丽珠含泪求佛祖菩萨保佑妙妙丹母子平安。叶丽珠教秀萍点香，跪在神龛前面默念："菩萨保佑阿母、阿弟、阿妹平安！"

村人聚在叶丽珠房前的砖埕前为妙妙丹祈福。

两条人命啊！可怜啊！两条人命啊！众人时而愤骂日军侵占厦门，逃难，一路受苦害得肚子里的孩子乱了胎位出不来。在厦门那么多高级医院，还有外国人开的医院，医生可以破肚抱出孩子，在这里不能开了肚子抱出孩子。

一位路过此村的阿婆见围着许多苦愁着脸的人，好奇上前询问。众人告之。过路阿婆信心十足而谦虚地说："我来试一试。"

丽珠大妯娌见是一位身着白斜襟短袖上衣，湖蓝色斗笼八分裤，斑白髻上插着玉兰花的精明阿婆，急忙引领阿婆，推门进入柴火房。

丽珠家婆听说过路阿婆会接生，退让当助手。

过路阿婆吩咐："赶紧煮一碗参汤来。"

丽珠家婆从胸襟的衣兜拿出小手巾，取出切好的红参片给叶丽珠。叶丽珠飞跑到厨房煮参汤。

过路阿婆麻利地在妙妙丹的腹部拍打，旋转胎儿。

数分钟后，叶丽珠从厨房端着一碗热腾腾参汤与一个空碗不停地倒来倒去散去参汤的热气向柴火房走去。

胎儿的头露出来。过路阿婆笑对叶丽珠说："快喂参汤。"

叶丽珠边吹边喂妙妙丹参汤。一碗参汤使妙妙丹的脸色有了好转，有了些气力。

过路阿婆对妙妙丹笑着说："我是南安最有名的接生婆，我接生没失过手，我喊出力你就出力。"

妙妙丹看到了希望，顿时添了许多劲，配合地使力，如此反复。

正午时，随着妙妙丹数次声嘶力竭的叫喊后，一阵急促的、响亮的婴啼声划破柴火房内外紧张、不安、忧虑的气氛。

叶丽珠冲出柴火房，对围在门外的村人笑喊："达啵仔。"

屋外的人惊喜地松了一口气。

丽珠大妯娌按习俗煮一碗面线蛋请过路阿婆。丽珠家婆兴奋地端着一盆水让过路阿婆擦洗。过路阿婆擦着满脸、满脖子、满手的汗水，顿时感到清爽，确实饿了，津有味地吃着平安面线蛋。

丽珠家婆佩服道："你真是神手啊。好命遇到你这个南安最好的接生嬷。"

过路阿婆不好意思地说："我不是接生婆，我懂得接生，接生过难产的。我说我是最好的接生婆是要让生仔的人有信心配合。"

丽珠婆家人恍然大悟，再三感谢救命之恩。

过路阿婆微笑道："主要是这个查嫫身体真正好。若是一般的人可能没命了。"

丽珠按照妙妙丹的吩咐拿出十个光洋用红纸包好递给过路阿婆。过路阿婆接过红包打开，取出七块大洋还给丽珠。丽珠与过路阿婆推来推去。

过路阿婆信佛，认为做善事是积德而不是图利。她真诚实在地说：“讨个吉利，红包一定要收。但是不要这么多，三块就够了。”

丽珠家婆将过路阿婆送至村口，谢别。

妙妙丹头上裹着一条蓝布带，怀抱新生儿欣喜万分，欢喜中夹着阵阵遗憾：丈夫最想要一个男孩，真的有了男孩，他却不知道。蔡管家、黄怡琴、陈红霞、陈红红、陈秀英等人不能分享快乐。

妙妙丹想起生四个女儿时一日七餐的情景：黎明时一次点心，早餐、九时至十时点心、午餐、下午三点时点心、晚餐、午夜前点心。麻糍、红菇线面、猪蹄炖墨鱼干、酒蛋、红菇酒鸡、汤圆、桂圆肉汤；炖薏仁、莲子、燕窝、红参、阿胶，每日一只鸡……吃腻。而今一日五餐，凌晨一碗黄酒煮鸡蛋，早、晚稠稀饭，中午干饭。午夜前一碗桂圆红糖汤。每日只有一碗鸡汤红酒面线。丽珠向村人买鸡，一只鸡分作三天。

早上，叶丽珠端着一碟咸带鱼，一碟炒花生，一碗稠稀饭走进来，正巧看见妙妙丹擦泪，忙劝慰。在厦门时，她侍候妙妙丹的月子何等精细、讲究。她歉意地笑着解释：“山沟不比厦门。我坐月子才吃两只鸡……”

“我知道。你们这么好地照顾我，很不容易。我很感动。”妙妙丹心理充满感激。叶丽珠婆家人从口中扣出鸡、鸡蛋是多么艰难的事。妙妙丹深深体会到什么是富人一天穷人一年的生活；体会到丽珠婆家人的报恩之情，更体会到人要尽力地帮助别人，善有善报，量大福大。

叶丽珠见家中无人，悄然地拿出小瓮到柴火房交给妙妙丹。叶丽珠将柴火房的门闩上，从酸菜瓮里掏出玻璃瓶，擦净。妙妙丹看着玻璃瓶里装满的珠宝首饰，眼眶湿润，拿出珠宝递给叶丽珠说：“玉镯给你，弥勒佛玉佩挂件给你家婆，三个金戒指给大嫂、二嫂、小姑子。”

叶丽珠推辞不肯收。妙妙丹恳求道：“你一家人救了我们母子，坐月子要花钱。你不收，我明天就走。”

丽珠家婆、大妯娌、二妯娌、小姑子收了妙妙丹的礼物过意不去。她们只想报答叶丽珠东家的恩情。丽珠家婆教导说：“人敬我一尺，我敬人一丈。我们给志广办一个简单的满月酒。”

全家人一致赞同，并商量着办满月酒。

满月日早上，妙妙丹身着叶丽珠缝的新湖蓝色碎花短袖斜襟衣，湖蓝色八分裤，脚穿叶丽珠买的黑布鞋。妙妙丹按照祖谱辈分给儿子取名：陈志广。陈志广的小手戴着叶丽珠送的一对银手镯，穿着丽珠小姑子缝制的白红小方格洋布新衣裤。

丽珠家婆用红花布做了一件婴儿的棉斗篷，丽珠大妯娌用收集的不同颜色布头布尾拼缝出喜感、好看的三角形、六角形、五角形、八角形图案的一条幼儿背巾，二妯娌仿大妯娌样用碎布缝了一个大挎包，送给妙妙丹。

陈秀萍穿着叶丽珠缝的水红色短袖对襟衣，长裤与丽珠的儿女、侄儿、侄女们欢天喜地蹦来跑去。

村人进进出出，丽珠家热闹、喜庆。因为习俗的禁忌，许多村人没有探视过月子里的志广。村人看着志广黑黑的、绒绒的头发、眉毛，婴儿肥的方圆脸，晶亮的眼睛滴溜溜，称赞：“天方地圆、高鼻大眼、大厚的双耳、贵相、福相”。

志广对着逗自己的人咧开红红的小口笑，逗得人们笑哈哈。午餐，丽珠婆家十余人欢欢喜喜庆满月。

满月日的第二天，妙妙丹向丽珠婆家人说明想去洪濑找外公、外婆。丽珠及婆家人盛情挽留妙妙丹。妙妙丹盛情难却又住了数日。

这日上午，丽珠的丈夫、大伯子各挎一个大包袱。妙妙丹一手牵陈秀萍，一手提着一个小“酸菜”瓮。叶丽珠背志广翻山越岭到水头镇汽车站。

丽珠的丈夫、大伯子望着载着叶丽珠、妙妙丹等人的车远去。

叶丽珠老太太泣不成声。

陈念念、林振兴、司机都拿出手帕擦泪。

“我想见一见你阿爸。”叶丽珠老太太渴望地说。

“好。”陈念念答应，从挎包拿出仅有的一千元强塞给叶丽珠老太太。

叶丽珠老太太极力推辞道：“现在农村富了。我有钱用。”

陈念念强行将钱塞入叶丽珠老太太的衣袋，真诚地说：“你的是你的。这是我的心意。”

叶丽珠老太太接过钱说：“说恩情，你阿公、阿嬷对我的恩更大。”

第六十八章　寻找父亲的身份

就在陈念念找到叶丽珠的同日晚上，女首长来到军区医院。

陈思思背对着半掩的门聚精会神地看着彩色电视节目。听得两声敲门声，转头见是女首长，惊喜地起身相迎。

客厅的里间是卧室和阳台；客厅的一边是卫生间，另一边是厨房。女首长环顾客厅：正中是一张书桌，桌上是一台十二寸长虹彩色电视机，正在播东南台的明星脸。一对木框藤椅，中间一张小圆桌。卧室正中三开窗下是一张办公桌，一张办公椅。边上是一张单人床，一个床头柜。床尾是一个小矮橱、一个衣橱。

陈思思搬动椅子请女首长坐，忙着洗烫茶杯、泡茶。

女首长在小圆桌边的椅子坐下。

陈思思为女首长倒好茶水，在女首长对边的椅子坐下。女首长微笑问了问陈思思医院的工作、生活，尔后问家里人的情况。

陈思思不知女首长来坐的目的。是到医院办事还是找人顺道来看一下自己。不敢话长影响女首长，简明扼要地回答。

女首长知道陈思思闽南话不太通顺，用普通话说：“我的原名叫陈红霞。七十年代去斤市看见你父亲的劳模照片时，当场呆了。他长得与我的父亲百分之九十相同。只有一点差别就是你父不是大胡须。

我父是大胡子。后来，我见到你父本人更加惊奇了，他的笑样，讲话的声音也和我父一样。听说你阿嬷是缅甸仰光人令我震惊。因为我父的小老婆也是缅甸仰光人。将近三十年了，我一直怀疑是你父是我的同父异母的弟弟。”

陈红霞指着东南台正播的明星脸惊奇地说：“全国各地找出的长得与名星一模一样的人也不少。所以不能证明你父和我是姐弟。”

“对啊，那些与明星素不相识、非亲非故的人都长得像双胞胎。”陈思思笑着附和。

陈红霞激动的脸发红发烫说：“听说你阿嬷是缅甸仰光人，是缅甸玉商的女儿。我更加怀疑你阿爸是我的弟弟。但是，当年我离开厦门时，没听说我父的小姨（小老婆）怀孕。离家后，我再也没有回过家。不知发生了什么情况。”

陈思思激动万分地说：“我们一直想找姑姑。我阿嬷说找不到的。一个送给美国领事馆的人，一个送给英国领事馆的人，才一二岁没有记忆。另外一个姑姑在集美被日本飞机炸死了。姑姑都不知道有这个弟弟存在。因为我阿嬷怀孕九个月逃到南安生我爸。”

陈红霞美美地回忆说：“我很喜欢同父异母的小妹。阿芳、阿芬圆圆的眼睛，鬈发，漂亮、可爱，有点‘番’相。阿英、阿萍漂亮、嘴甜。每次我放学回家时，她俩都会甜甜地叫：‘大姐’。时常倚在我的身边。”

陈思思静静地听陈红霞激动地讲述往事。陈红霞问陈思思的家事。

陈思思津津乐道地讲述祖母的“番性”番事。

陈红霞饮了一杯茶，缓了缓情绪，转入主题说：“今天我来找你是想请你父来和我做一个DNA，看是不是亲姐弟。斤市没有做DNA鉴定。”

陈思思赞同说：“这样可以消除疑虑。”

陈红霞紧接说：“我已联系好做了。”

陈思思激动地拿起手机拨家中电话座机，母亲接的电话。陈思思简明、兴奋地说明陈红霞的意思。她听见母亲激动地叫父亲接电话。

陈红霞拿过陈思思的手机与陈志广问候了二句后，说明了自己的想法。陈志广激动地答应明天请假到省城做DNA鉴定。

陈红霞将手机还给陈思思，掩不住兴奋，情不自禁地讲起了鲜为人知的童年生活。

初秋的傍晚，夕阳橙红橙红的，风儿凉凉的。陈红霞到汽车站接陈志广夫妇。陈志广、谢碧玉在陈红霞那里住下。

众人见了陈志广后都说姐弟俩长得像极了，不用做DNA都可以确认是姐弟。

陈红霞目不转睛地看着陈志广丰富的肢体语言，听着陈志广抑扬顿挫地讲述苦难的童年。她仿佛回到童年听父亲讲古。

听着陈志广苦难的童年，不少人流泪。怒骂日本侵略者。众人七嘴八舌为陈红霞寻找父亲、妹妹们出主意。

晚饭后，在军区大院散步时，陈志广、谢碧玉聚精会神地听陈红霞伤心诉说往事，有可能是志广生父和母亲的事。

一个月后，陈红霞接到电话：陈红霞与陈志广的DNA有35%的相似，确定有一定的血缘关系。陈红霞兴奋地电话告知同样期待DNA鉴定结果的陈志广、陈思思。

陈红霞离休独处，在谢碧玉的热情邀请下决定到斤市。

雷远新、雷远强为大哥找到姐姐高兴，同时为自己多了一位姐姐而兴奋。第一时间带着妻儿到陈志广家。谢碧玉与二位妯娌忙着采购、办宴席。

新中国成立后，陈红霞回到外公、外婆家，外公、外婆、母亲已去世。陈红霞找不到两个姨姨的家人。丈夫牺牲，没有生儿育女，没有亲戚。雷远新夫妇、雷远强夫妇左一声“大姐”，右一声“大姐”叫得亲亲的。孩子们兴奋地左一声“大姑”，右一声“大姑”叫得甜甜的。陈红霞感受到久违的家庭的温暖、喜庆、热闹。

雷远新、雷远强分别在家中宴请陈红霞。

斤市的南安老乡、陈志广的同事陆续来看陈红霞。陈红霞遗传父亲“讲天抓皇帝”本领，声情并茂讲述离开厦门大学抗战的故事。听者仿佛看一场精彩的抗战大片。

午夜，陈红霞、陈志广、谢碧玉乘上开往厦门的绿皮火车，寻找历史尘封的真相。

次日上午，陈红霞、陈志广、谢碧玉到达厦门，入住白鹭宾馆。每日，陈红霞在厦门的老同学、老战友引领拜见一些寿星，了解厦门、鼓浪屿的往事，仍未能发现父亲的线索。

这日上午，陈红霞、陈志广、谢碧玉、陈念念分别提着水果、牛奶等礼品跟着陈红霞厦门战友的儿子到开心养老院。

一位年轻的保安看人人手提着牛奶或水果，想必是看望老人连忙拔铁栓，开门热情迎入。

谢碧玉感觉到厦门与斤市的不同。女院长穿着碎花连衣裙，外罩养老院的工作服，脚穿中跟白皮凉鞋。波浪卷的短发染成棕色。她带着陈红霞等人参观养老院。养老院楼前楼后郁郁葱葱。龙眼树、芒果树、无花果树、柚子树、枇杷树，相思树、桂花树、玉兰树枝繁叶茂。绿茸茸的草坪，路道边修剪齐整的矮灌木。大道小径、休闲地、健身处错落有致。一座五层电梯公寓，一座三层办公楼与五层的公寓走廊相通。

老人们三三两两地坐在树下饮茶、聊天。女院长边介绍边引领一行人参观公寓一楼活动室、阅览室、卫生室、食堂、歌舞厅。

陈红霞等人在歌舞厅门口看着头发斑白或白发苍苍的老人们三五个围坐在小圆桌观看唱歌、跳舞。休闲室老人们聊天的聊天，下棋的下棋。阅览室，一些老人静静地看书报、杂志。

“我们这儿有六个百岁老人，耳聪目明，思维清晰，口齿清楚。”女院长带着事前了解过的四女二男百岁老人到会议室。

一位年轻服务员为每人泡了茶后离开。陈志广为两位老阿伯敬烟、点烟，讲述父亲、母亲那些不连贯的故事。

一位白发苍苍老妇激动地说：“我是泰哥的朋友。我叫林爱兰。”

陈红霞立身、快步走到老太太身边，牵起老太太的手，激动地说：“我是陈红霞。”

林爱兰仔仔细细地端详陈红霞数分钟，笑了笑，摇摇头说：“几十年了，认不出了。”

陈红霞也认不出林爱兰。林爱兰满脸沧桑的皱纹看不出年轻时的美丽、优雅。

林爱兰微笑地说：“我也一直在找他。因为我与水番婆一样不相信他死了。”

陈红霞喜笑颜开地回到原位。

林爱兰声泪俱下地诉说着为了救陈国泰，被吉田太郎威逼同居的悲剧。林爱兰与吉田太郎同居。林爱兰恨鬼子，暗里为军统提供情报，不知情的人咒骂她是女汉奸。

在场的所有人都感动林爱兰对陈国泰的真爱，愤恨吉田太郎的无耻。

除林爱兰外，其他老人对“胡须陈”或“陈大胡”所知甚少，多是从报上知道、听传说。陈家帮的人被绑架；陈家帮、南安帮等帮派砸了不法日本浪人的店。日本浪人、某帮派人失踪了、被杀死了。

当晚，在养老院院长的陪护下，林爱兰赴陈红霞的宴请。林爱兰、陈红霞共同忆说往事。如果没有日军侵占厦门，今天的自己是怎么样呢？

次日早晨，中山路上人来人往，络绎不绝。陈红霞的目光追随骑楼斑驳的围墙、高高的雕栏玉砌……熟悉而陌生，亲切而伤感，恍如隔世。陈红霞一行拐进小巷寻找陈老先生。史学家陈老先生住在祖辈留下的一幢红砖厝。他家时常高朋满座。

陈红霞敲门。

一位白发银亮，皮肤较白，身穿白色老头衫，文化人气质的七十余岁先生开门。

陈红霞握住老先生的手说：“是陈老先生吧。”

“是。”陈老先生热情迎入，泡一壶上等铁观音茶。五人围坐在上厅的八仙桌饮茶。

陈红霞讲述记忆中的父母、家庭的点点滴滴。陈志广讲述着父母的不连贯的往事。陈老先生带陈红霞等人走进他的五十余平方米的资

料室。除门、窗外，其余处都是玻璃木框橱。橱内装满资料。

此时陈老先生脑海汇成纵横交错波澜、惊心动魄的厦门、鼓浪屿的个人历史、家族历史、厦门历史，他的老眼里充满回忆之光，老脸写满回忆的神情。他边忆边说："你们托了许多人查这事。在整理厦门历史资料时，姓名陈大胡与外号'陈大胡'这两人的事搞得我们一头雾水，如一团乱麻。我们考证多年，经过耐心、细心处地梳理，前两年才清分清楚了姓名'陈大胡'与外号'陈大胡'不是同一个人。姓名'陈大胡'不要说是大胡子，就连胡子都很少，眉清目秀。他是汉奸，替日军做事。外号'陈大胡'是个大胡须。他的真名没人知道。外号'陈大胡'与日本领事馆的吉田太郎是生死之交，被日本人陷害后差一点丧命。他参加抗日组织'刺桐花会'。解放后'刺桐花会'的身份一直无法清分。三十年来一直认为是军统的外围组织。"

陈志广迫不及待地问："为何要怀疑刺桐花会是军统外围组织？"

"因为刺桐花会有的消息来源于军统，军统也利用刺桐花会锄奸。"陈老先生回忆说出在写厦门历史时了解的外号叫"陈大胡"的事很少。"陈大胡"常出入歌舞厅，与蝴蝶舞厅的舞后张彩云交往比较密切。陈老先生从一个黑色笔记本中查到张彩云的地址，抄在纸上递给陈红霞。

陈红霞、陈志广再三感谢陈老先生，告辞。

当日下午，陈红霞、陈志广、谢碧玉、陈念念拎着水果到鼓浪屿找张彩云。

海上花园鼓浪屿中外游客来来往往。陈志广一行人快步走进"彩云杂货店"。十平方米左右的杂货店井然有序。一位白短卷发梳理有型、画眉、涂脂抹粉，擦淡淡口红，着湖蓝色底湖蓝色花的中袖旗袍，精神矍铄的老太太热情地招呼陈红霞一行人。

陈红霞说明来意。

张彩云惊疑、兴奋地迎入、关上店门，带陈红霞等人上楼。

陈志广感动、抱歉道："真不好意思影响您的生意。"

张彩云笑道："我不缺钱。我开店是想看来来往往的游客。有点事可做，不会太闲。”

张彩云的住宅在本店的楼上。二房一厅一卫七十平方米。柜子、橱子、桌子上都摆着各式大小精致的花瓶，插着漂亮艺术的花花草草。旧家具收拾得整洁、布置得典雅。

“我可以证明泰哥。泰哥是抗日英雄。他常从我这里得到情报。我帮他打听鬼子和汉奸的消息。每次听说鬼子的活动被破坏，鬼子和汉奸被杀。我很高兴，觉得里面有我的功劳。”张彩云自豪地说。

往事如烟，岁月如霜，红颜不再，青春不再。一切似乎流逝、淡忘的往事一幕幕凝入她的脑海。一些事已模糊，一些人已成过客。但张彩云始终记得那个满是络腮胡，充满男子汉气的“陈大胡”。“陈大胡”让她刻骨铭心。

第六十九章　命悬一线

1937年11月，陈国泰被五六个人捆绑、堵口、蒙眼，弄到吉田太郎的别墅内。

吉田太郎不问陈国泰是否见过D计划。他不时地劝陈国泰写出铁观音的制作流程，详细到火候的温度，时间精准到分秒。每日，吉田太郎的厨师按时送饭菜，伙食尚可。

陈国泰急着想逃出去，通知陈敬伟、陈刺桐、台湾哥日本侵占厦门的D计划，不想与吉田太郎闹僵，总是装着无可奈何地笑说：我没有制过茶，写不出来。

这日中午，一位厨师送饭时，陈国泰见门边看守的人离开，一拳

打懵厨师，翻遍厨师身上的口袋，拿钱跑出。此时他才发现自己被关在吉田太郎别墅的暗室。

陈国泰逃出别墅大门时，五六个年轻力壮者冲上前。陈国泰夺路而逃，步如箭飞，很快甩掉追赶的人。陈国泰想自己刚逃出别墅就有人追杀不合常理，吉田太郎想借刀杀人。

陈国泰快步闪入龙头路的一家理发店理。店内无客，只有中年理发师一人。陈国泰立即坐到椅子上。理发师为陈国泰剃了寸头，刮了大胡。陈国泰照了照镜子，年轻、精神了许多，满意地付了钱，快速离开。他前脚刚离开理发店，追赶的人就进理发店。

陈国泰急步到鼓浪屿邮电支局所。三层楼高的小建筑门前此时人不多，营业厅只有三人。陈国泰付了款立即拨通陈敬德家的电话。陈敬德不在家，电话是陈宝兰接的。陈国泰交代陈宝兰带钱、陈敬德的衣裤到太古码头，挂掉电话。一会儿，追赶的人进邮电支局所，察看一遍后离开。陈国泰警惕地注视周围，快步奔向太古码头。正想着能遇上一个人换掉身上醒目的服装，抬头就见迎面走来一位与自己身材差不多的挑柴男子，心中甚喜：天助我。常在紧要关头，心想事成。他急步上前，给卖柴人钱，脱下黑呢中山装给卖柴人，将卖柴人的补丁棉衣穿上。陈国泰将扁担给卖柴人，抽出一根粗的柴，两头一插，挑起柴，转身走了。

陈国泰一路躲躲避避溜进太古码头，躲藏在货堆间，焦虑地等待陈敬德或许志平。时间一分钟一分钟地过去了，不见熟人影子。这时码头上来了五人，东张西望地分头寻找什么。陈国泰推测是找自己的。他敏捷地移步到不远处的一堆铁桶旁，打开一个铁桶盖，果然是空的。一股花生油香味扑鼻而入。他机警地钻入油漉漉、油滑滑的空油桶，把盖子轻盖上，用银烟盒架着桶盖，留一条缝隙透气。

一会儿，陈国泰听得数人的声音说：没见影子。他一直细听着，直至声音渐渐远去。他正想从油桶钻出来，听得桶边一个人道：“陈大胡像是飞了。”陈国泰只能缩回身子躲在油桶里。

陈国泰的油桶被滚了起来。陈国泰抱着头任码头工人滚向“蓝烟通船”而去。陈国泰听得数人不时地说，怎么没见影子，这次一定不能让汉奸活着。为什么那些人会认为我是汉奸呢？一定是吉田太郎栽赃陷害。当陈国泰没有听见那些人的声音，想推开桶盖钻出桶时，桶盖被边上的油桶堵住，半个头都挤不出。陈国泰用身子滚动油桶，油桶前后都被堵着动不了。他不禁哀叫道：“哇扣（苦）。”一声长鸣的汽笛后，“蓝烟通船”缓缓离岸。陈国泰紧张地、不时地用打火机敲打油桶，希望有人听到声音来解救。打火机敲打油桶的响声被汽笛、海浪声淹没。陈国泰惊骇：哇扣（苦）！没吃、没喝关在这里不饿死、渴死，也会冻死。

陈国泰蜷屈在油桶里绞尽脑汁想着如何钻出油桶。他腰酸背疼，弯手曲腿麻、酸、疼，痛苦不堪。他期盼听见人的声音，期盼着有人发现自己，他不时地从盖缝中看天色。

马来亚吉隆坡。十余位工人来回将空铁皮桶滚向码头堆放。一位十五六岁的码头小伙感觉桶重了，打开桶盖一看桶内有一个人，大声惊恐地呼叫：“人，人。”

顿时围过十余名码头工人。一位三十余岁，年轻力壮、胆大的码头工人将手触了触桶里男子的鼻子，惊喜地喊：“还没死。”

三位码头工人轻轻地将男人抱着，拖着弄出铁桶。三位码头工人将昏迷者送到吉隆坡医院。

一个小时后，医生笑着对守在抢救室外的三位码头工人说人醒了，三人急步进抢救室。

男人有气无力，面色苍白地说：“谢谢你们。我叫陈国泰。麻烦你们帮我去请南安客栈的老板。”

一位高个子说认识南安客栈老板，自告奋勇去请老板。

马来亚茨厂街的华人区在具有摩尔式风格的吉隆坡中显得特别，中式的牌楼、中式的楼宇、中式的沿街售货摊，醒目的中文招牌和广告。东南亚各国的“南安客栈”都与闽南的南安客栈一样。

老板黄和标年纪与陈国泰相仿。长方脸，浓眉眼不大，高个、清瘦，

挺直的背，温文尔雅。他急步至厅堂问明情况，从抽屉里的小铁箱拿足了钱，跟着来者急步赶往医院。

陈国泰怒目圆睁，怒诉吉田太郎陷害的经过。九天八夜，他用手刮着油桶内壁的花生油食，刮不了就舔。油桶被刮舔得干干净净。他庆幸道：还好有二次下雨，用手接雨水才能顶到被人发现。

黄和标按陈国泰的吩咐给三个码头工人每人二个光洋，托他们给那位发现陈国泰的小码头工人二个光洋，另给二个光洋请帮忙的码头工人喝酒。

三天后，陈国泰出院。陈国泰身在南安客栈休养，心已飞到鼓浪屿。每日，他心神不宁地在房间来回踱步，转来转去，不停地吸烟，烟灰缸总是满满的烟头，满屋子都是浓浓的烟味。陈国泰喜欢软糯的娘惹糕。黄和标每日都买一些娘惹糕，把陈国泰拉到大堂饮茶、聊天、吃娘惹糕。陈国泰常坐到半小时就无心聊天，回到房间，抽烟，烦躁，下楼找人说话。每天上楼、下楼，数十次，如热锅底的蚂蚁。

陈国泰度日如年，3月1日上午，陈国泰与五位回国抗日青年华侨一道准备乘轮船回厦门。刚离开茨厂街的华人区，冲上十余人攻击五位青年。十个来回，五位青年难抵。陈国泰身体元气未完全恢复以一抵十，二十个来回，脚折了。黄和标等数位华侨赶来救援。黄和标与一位华侨护送陈国泰去医院，其他华侨护送五位青年华侨乘轮船回国抗日。

陈国泰只得在南安客栈过年、养伤。4月下旬，在黄和标等华侨相送下，脚伤未痊愈的陈国泰拎着皮箱登上吉隆坡到厦门的“蓝烟通船”。

十天后的一个黄昏，轮船抵厦门，无法进入港口，停泊港外。暮色苍茫，船上的人簇拥船头，惊愕：海上到处是一艘艘耀武扬威的日本战舰，空中日本飞机轰炸。陈国泰伫立遥望沦陷的厦门，担心家人，惶恐、焦虑。5月初的南国春风稍寒，衣单被薄的难民们瑟缩在四无遮挡的各个角落。船上存粮有限，淡水不足，人们半饥半饱，困顿万分。翌日，天亮时，“蓝烟通船”汽笛一声长叹，船悲伤地掉头。陈国泰等船客们怅惘望着渐渐远去的厦门，悲愤地看着可望不可即的家乡越来越远。7月初，陈国泰乘的船终于靠停在龙头街码头。船客一番骚动，争先恐后挤下船。

陈国泰拎着皮箱急步奔向心怡别墅。他走到大铁门前，心沉到底。三层楼的别墅全是面黄肌瘦、蓬头垢面、衣装不整、苦眉锁眼的难民挤进挤出。院内的灌木七零八落。

陈国泰转身快步如飞地赶往安旺别墅。安旺别墅镂空的铁门大锁紧扣。别墅门窗紧闭。铁栏栅内前庭后院空无一人，落叶满地，草皮杂草丛生，一片凄静。

陈国泰转身赶往许公馆。许志平到南洋宣传抗日。许太太、许丽丽见陈国泰安然无恙惊喜万分，让座、泡茶。陈国泰急不可待地问家人、陈敬德及其家人的下落。许太太简明扼要地告诉陈国泰失联后发生的事。

陈国泰不停地眨潮湿的双眼。

许太太迫不及待地问陈国泰为什么失联。陈国泰怒叙在吉田太郎的别墅发现日本侵略厦门的D计划，被绑架。而后发现妙妙丹娘家女佣秀丽不是缅甸人而是日本间谍。

许太太、许丽丽顿时明白妙妙丹娘家为什么会惨事连连。

陈国泰拒绝许太太的挽留。他知道吉田太郎必置自己于死地，不愿意连累许家人。

陈国泰乘轮渡船到厦门。他到中山路的“南安客栈”，看着悬挂的匾换成“东亚俱乐部”。他身上的钱不多，倒回轮渡码头，入住“白鹭旅社”。一座水泥平房，门楣横檐红漆底黄漆楷书写着“白鹭旅社”。

一对中年夫妇见陈国泰走进来，笑脸相迎。老板娘带他看房间。房间设施简陋、陈旧，卫生条件还好。他放下皮箱，急急赶往车站，乘班车一个多小时到五通村。

走进五通村，陈国泰的心一阵刺痛。五通村的别墅、洋房、红砖厝被烧得黑黑的，炸得七砖八瓦。到处是燃烧后的灰烬。一股股刺鼻的恶臭呛得陈国泰一阵咳嗽。陈国泰感到了不祥，五通村孤傲挺立榕树，走到苏爱梅的娘家。门开着，房内遍地碗、钵的破碎片，桌翻椅倒、

箱倒柜翻。

他绕了一圈村子，见一块破木条红字写着：五通村人墓。苏爱梅及其娘家人、五通村的许多人惨死了。陈国泰泪流满面地向墓牌拜了拜。他想起对妻妾的承诺，要让她们享受荣华富贵一辈子，自己的承诺被日军破坏，他愈想愈愤怒。

第二天一早，陈国泰乘第一班车到南安金淘，疾步如飞地翻山越岭。别人二个多小时，他一个小时就进村。

村里有人认出陈国泰。村童跑到黄和贵家报喜：姑爷回来了。

黄和贵正坐在自家大门口圆鼓式的花岗岩凳上郁郁地吸烟筒，抬头远望，果见那熟悉的身影，喜得朝大门内高喊：“阿泰回来啦！”

黄和贵、和贵妻、黄怡琴跑到大门口，惊喜得喘不上气，不知言语，看着陈国泰疾步而来。黄怡琴乐滋滋地迎上前接过皮箱。

陈国泰东张西望，急不可待地问：“她们那些人呢？”

和贵夫妇、黄怡琴明白陈国泰问妙妙丹母女。黄怡琴边哭边说在码头与妙妙丹母女、叶丽珠被冲散一事。

陈国泰四下张望着问：“阿红、阿英呢？”

“阿红、阿英到金淘小学读书。金淘小学与五龙屿的毓德小学差别太大。这里的生活条件、生活环境与五龙屿天差地别。姐妹俩时常吵着要回五龙屿。有一天姐妹俩留了一张条纸说要到五龙屿找爸爸，就不见了。当时，村人分头到山上、镇上、县城找，都没有。衍明去厦门、五龙屿找这两个姐妹了。他说找不到阿红、阿英就不回来。”黄怡琴哭诉道，准备接受陈国泰暴风骤雨的斥责。

“我一定会找到她们的。不会有歹事的。”陈国泰难过地安慰说。女儿失踪，她心都碎了。如果再责怪就如在她的伤口上撒盐。

和贵夫妇、黄怡琴惊诧陈国泰没有责备，而是安慰。

和贵妻忙着泡茶。陈国泰双手接茶，“咕噜、咕噜”一口而尽。他心底害怕极了。妙妙丹、叶丽珠、陈敬德、阿萍被挤散了怎么办？他们会发生什么意外吗？

陈国泰急切地想知道妙妙丹母子的下落，是否平安。天色已晚，只能待明日出去找。

黄怡琴理解说："去吧。我们也一直担心番婆、阿萍、叶丽珠。番婆怀孕九个月了，不知生了没有、是不是达啵仔、应该是达啵仔。"

陈国泰愤怒地讲述被绑架、逃生一事。

第二天天刚蒙蒙亮，和贵妻、黄怡琴起早，轻手轻脚到厨房准备早餐，煎红糖煎堆。油香煎味飘散到厢房，钻进半醒半睡的陈国泰的鼻内。陈国泰起床、洗漱。吃过养母、妻精心准备的早餐，拎着包袱，带上数张红糖煎堆，翻山越岭到金淘镇，乘最早一班车去洪濑镇。

陈国泰恨不能长翅飞到妙妙丹外公外婆家见到妙妙丹母子，跑一段，疾步一段。山还是那些山，路还是那条路，他哀叹物是人非。

陈国泰踏进村庄，疾步如箭到唯一的红砖厝。妙妙丹的表兄弟已忘记陈国泰，经陈国泰提示后才想起。妙妙丹的表兄叙说妙妙丹来投亲一事。

陈国泰得知妙妙丹生了一个儿子，心理一阵兴奋一阵担忧。他知道堂兄弟中没有人与自己长得一模一样的。九都老家有其他人长得与自己如此像的人吗？

妙妙丹大堂嫂端出一碗热气腾腾、飘着海蛎干香气的面线蛋。陈国泰三口二口地很快吃完面，用手帕擦了擦嘴。他带三十个光洋想给妙妙丹的外公外婆，然后带妙妙丹母子回金淘。如今找不到妙妙丹母子，还得去九都，还需用钱。他眼光一扫算出在场的大人小孩子有十人。他拿出十个光洋，每人一个大洋，拎起皮箱告辞。

妙妙丹的表兄弟满面笑容地将陈国泰送至村口。

当日下午，陈国泰赶到南安九都陈姓村。陈国泰发达后建的三幢连排红砖洋楼远胜过陈国平红砖厝。

白发苍苍、满面皱纹的伯伯、伯母、叔叔、婶婶见陈国泰回来乐得合不嘴。陈国泰无心回答他们的问话，急不可待地问妙妙丹母子来过吗？他们被问得莫明其妙，愣愣地说没有。

村人陆续来看望陈国泰。陈国泰问村人有没有谁的长相与自己很像。众人冥思苦想，没有人与陈国泰如饼模印出一样的人。

太阳跑得无影无踪，天色渐暗。陈国泰担心遇上老虎，只得留下过夜。晚上，村人陆续聚在红砖洋楼的石埕。陈国泰的伯母、婶婶不停地泡茶。陈国泰没有带厦门的零食、香烟。陈国泰面色凝重，有时敬烟，有时倒茶。村人一问陈国泰一答。没有从前眉飞色舞，滔滔不绝。村人理解、同情陈国泰，坐一会儿就告辞。

第二天早饭后，堂伯母送来一包煎堆。陈国泰走进厢房，拿起包袱，拿出十二个光洋，给伯伯、伯母、叔叔、婶婶、堂伯、堂伯母各二个光洋。大家知道陈国泰要找妻儿，现在又没赚钱，用钱的地方多，拒收。

“推来推去推到什么时候。我们一人拿一个，领了你的孝心。”堂伯母拿了一个光洋说。其他人都拿一个光洋。陈国泰告别亲人赶往晋江找蔡管家。

蔡管家晋江蔡家村人。蔡家村东面碧山高耸，古松苍秀。西北面紫帽透迤南下，南面青山突兀，百丈石崖。年轻人背井离乡，远涉重洋挣钱，村中多为老人、妇女、儿童。

浓浓的夜笼罩蔡家村，一片寂静。陈国泰来到村中唯一的红砖厝。这是陈国泰发达后为蔡管家建的一座二落五间张红砖厝。

蔡管家见陈国泰走进大门，惊喜地叫了一声“泰哥”就说不出话。蔡管家的父母、妻、五个儿子、两个女儿都喜愣在一旁。

陈国泰走到上厅的八仙桌坐下。蔡管家才想起泡茶。蔡妻进厨房煮面线蛋。

陈国泰简叙去妙妙丹外公外婆家找妙妙丹一事。

蔡管家简叙陈国泰失联的事。

陈国泰向蔡管家要叶丽珠家的地址。蔡管家只记得丽珠婆家是水头的，不记得什么村庄。

蔡管家坚持要与陈国泰一起去寻找妙妙丹母子、陈红红、陈秀英。陈国泰想多一人多个帮手，不再反对。蔡管家吩咐妻明日清早煎十余张煎堆带到路上吃。

蔡管家将十余张陈国泰的银行定期存单交给陈国泰。

陈国泰道：“还是你保管吧。我不爱管钱。”

蔡管家感激陈国泰的信任，收好存单。陈国泰最大的优点就是信任人，最大的弱点就是轻信人，让吉田太郎、田原一雄等人能够算计得成。

次日清早，天刚醒，蓝蓝的，太阳还没有出门。鸟儿叽叽喳喳地叫着，飞来飞去。陈国泰、蔡管家吃过早饭出发。中午，到达南安水头镇，入住客栈。每日五更出门，到水头镇的每一个村落寻找姓叶的村落或娶姓叶的人家。半个月后的一日傍晚，他们终于找到丽珠婆家。丽珠婆家人正担忧叶丽珠送妙妙丹母子去洪濑一个多月了，未归来。

陈国泰、蔡管家一惊，对视无语，不敢说去妙妙丹外公外婆家一事，怕引起叶丽珠家人的恐慌。丽珠大伯子、大妯娌、水牛正巧不在家，没有人认得陈国泰、蔡管家。陈国泰没有言明身份，拿出六个大洋给丽珠家婆，谢谢救妙妙丹母子，急急离开。

10月的厦门菊花锦簇、桂花飘香。本该是市民欢乐赏花的好时光，人们看到的却是执刀枪威风的日本兵、穿和服神气的日本人。

为了不被人发现，陈国泰起名陈伯青，留起二八分头，络腮胡刮得清青，戴起金丝边眼镜，着白西装、白皮鞋，戴礼帽，手持手杖，极力放慢讲话语速，尽可能地低声、柔和；极力放慢脚步，尽可能地小步、轻步。他做了一本“市民证”，一本“鼓浪屿通行证”。

黄衍明回到厦门，见心怡别墅成了难民所，在中山街租一间房。他替陈国平卖麦芽膏。每日，他挑着装满麦芽膏的木桶走街串巷，口喊“麦芽膏、麦芽膏”。眼找人。幻想着找亲人的场景。这日上午，在蕹菜河的姑娘巷，远见郑成安，顿时兴奋地唤：“阿舅。”

黄衍明伤感地述说寻找。郑成安宽慰说：“我们也在找她们。会找到的。”他告诉黄衍明：永拳馆弟兄们与陈家帮、南安帮组成‘刺桐花会’。头家是张国强。有码头工人、海员、小贩、教师。刺桐花会成员人手一条绣着三朵刺桐花的白手巾。

黄衍明当场表示愿意加入郑成安刺桐花会。此后每日，黄衍明挑着装满麦芽膏的木桶走街串巷叫卖，边找人边侦察日军、汉奸情况。

中秋节，本该万家团圆的鹭岛处处弥漫着愁云惨雾。皎洁的月亮被厚厚的云层翳蔽。中山公园灯火通明，日军和汉奸强迫市民参加中山公园“庆祝”会。

台上的高音喇叭播放着日本歌曲。活动进行一半时，有人向演出台上投掷手榴弹。黄衍明、林强等四人同时散发抗日传单。观者、演者惊慌逃命。

陈国泰飞奔撞到一人。陈国泰手快，一把抓住那人，那人没有摔倒。陈国泰认出那人是黄衍明，黄衍明也认出陈国泰。陈国泰、黄衍明跑出公园。日军立即戒严、搜捕。

黄衍明兴奋不已，跟着陈国泰到出租屋。黄衍明看着陈国泰租的二室一厨兼客厅简陋的陈设内心很不是滋味。

蔡管家见到黄衍明亲切而兴奋，让座、泡茶。三人互道别后的日子。

第七十章　鬼魅复仇

次日晨，黄衍明带陈国泰、蔡管家到鼓浪屿张阿伯的红砖厝，刺桐花会领导者的聚集处。张阿伯、张婶为刺桐花会放哨。

张阿伯、张婶看见陈国泰惊喜得滚出串串喜泪。

陈国泰快步上前，一手牵张阿伯，一手牵张婶，问候两位老人。

张婶对张伯连声说：“心诚则灵。我们天天烧香保佑你平安回来。”

陈国泰感动老夫妇的真情，说：“多谢你们，我才能九死一生。”

陈敬德、郑成安等人听到那熟悉的、浑厚、磁性的男子汉声音迎出门。一位华侨模样的男子，二八分头，戴眼镜、斯文、刮得青青的络腮胡。定神细看，果然是陈国泰。他们惊喜地互拍肩膀地笑了数分钟。张阿伯提醒进屋泡茶。一行人直至上厅在八仙桌坐下，泡茶，诉说失联后的日子。

陈国泰提醒道："刺桐花会的活动都是很危险的。在这里会威胁到张阿伯夫妇的生命。"

数日后，刺桐花会移到厦门陈敬德祖厝。陈国泰、蔡管家、黄衍明、林强搬入陈敬德祖厝居住。蔡管家成了刺桐花会头人们的管家。

陈国泰易冲动、缺耐心，讨女人欢喜，负责打探消息。他强忍着怒火走向思明路南星乐园的蝴蝶歌舞厅。舞厅彩色灯泡晶莹夺目。南洋乐师正激情演奏舞曲。三十位舞女中有半数是原有的黑猫跳舞场的舞女。吉田太郎、日军头目、间谍、特务常出入。陈国泰一入蝴蝶歌舞厅就见舞女张彩花。他怕被认出，婉拒熟悉的舞女，尽可能地与陌生舞女跳舞。

张彩花爱慕陈国泰，陈国泰的音容笑貌深烙在心底。她瞅准每一个机会偷窥"马来亚华侨"先生。数次近距离接触，陈国泰浑厚、磁性的声音让张彩花确认"马来亚华侨"先生是陈国泰。陈国泰明白张彩花认出自己，主动与张彩花跳舞，叮嘱她装着不认识。

陈国泰跳舞、饮茶、喝咖啡打探日军、汉奸行踪。张彩花平日里留心日军、汉奸的消息，一有消息就及时透露给陈国泰。这晚，张彩花与陈国泰跳舞时，装着亲密地耳语，悄悄地告诉陈国泰：日军忙庆祝占领厦门两周年。

陈敬德祖厝的上厅。刺桐花会的首领们围坐在八仙桌饮茶，研究刺杀吉田太郎的方案。

时间进入1940年农历七月。整个厦门阴沉沉的。一到夜幕降下，路头、江边、海边到处蓝焰漂闪，烧纸钱、焚香、供五味碗、时隐时现的啼哭，凄凄惨惨。

这日晚，日军在鹭江戏院看电影时，机房突然起火，大火飞腾，日军死伤60余人。闽南民间鬼月传说使日军惊魂。到夜晚，日军胆小

之人更加胆战心惊。

农历七月十四阴气最重的一天，黑风高深的夜晚，厦门五通海岸沙滩上未燃尽的纸钱堆冒着烟、火星时红时蓝、香火时隐时现。一艘日本汽舰趾高气扬地从凤头沙滩边驶过。突然，汽舰马达声消逝，无缘无故地熄火。海浪拍打浸染着血腥的岸岩，发出声声凄厉的惨叫；岸边的棕榈树影影绰绰。四个日本兵毛骨悚然。隐约间，一个黑影扑向手忙脚乱的日本兵驾驶员，汽舰失去平衡，四个日本兵全部落海，在水中扑腾，挣扎着想游回岸上。他们的两脚被紧紧地拽住动弹不得，惊慌地掏出枪，转向身后看去，没发现人在拽他们，便往海里开了几枪。一股股鲜血在他们的四周海水中漫开。他们都感到自己的脚钻心的痛。日本兵们惊诧，明明是朝后射击，子弹却是打中自己的脚。日本兵们极度恐惧苦苦挣扎，用尽全力往前爬……

一个小时后，两个日本兵爬出海水，颓然地瘫在沙滩上，又怕又急地、紧紧地盯着海面等着同伴。两具尸体浮上来。死里逃生的两个日本兵颤颤地爬向尸体。死者肚子肿大，脚上有枪伤外，没有其他任何伤痕。两个日本兵惊慌地逃回总部，向海军少将宫田汇报。

宫田当即带二十余个日本海军陆战队员赶到凤头沙滩海域，搜遍各个角落，没有发现任何蛛丝马迹。整个沙滩除了躺着惨状无比的两个死的日本兵，别无异常。日本兵们气急败坏乱喊乱叫。此时，沙滩边低矮的灌木中，陈国泰、陈敬德等人的脸上露出难得的笑容。

此后数日，日本巡逻队的汽舰一落单，日本兵就落水淹死。死了十余人命后，日本兵心惊胆战，再也不敢在凤头沙滩上巡逻了。

宫田怒气冲冲地冲进公安局局长室。

公安局长魁梧、健壮。长方脸，弯浓眉、细长眼、高挺鼻，一张天生喜感的面容，坐在办公桌前笑嘻嘻地问：“你没走错门吧。”

宫田气愤地向公安局长要人。

公安局长皮笑肉不笑说：“他们会不会向往海底世界，到那里快乐去了？要不就是出海打鱼，鱼没打着，让大鱼请去了？您知道，厦门也是个海岛，四面大海茫茫，他要是不愿回来，很难找的！”

宫田大眼瞪小眼。

公安局长怪笑道："开个玩笑别生气。你的人又不归我管，怎么向我要人？要不然你把贵国侨民经营的烟馆、妓院、当铺、茶楼、酒店、钱庄都交给我管。人嘛都纳入我的户籍管理。我派人去找那些不知跑哪里去的浪子。"

宫田怒目圆睁大声吼叫："你做梦吧。"

公安局长耍笑道："那就没办法了。"

"鬼头。等着看。"宫田心理恶狠狠地骂，气急败坏地走了。更让宫田意想不到的事接二连三地发生。

日军一号营地的官兵莫名其妙地面部、四肢、甚至浑身奇痒无比。红肿、化脓、溃烂。军营纷纷传言：七月节鬼门大开冤魂报仇。

日本军医开药、止痒。吉田太郎拨电话令陈大胡找一位名中医到一号营地。

陈大胡将一名老中医骗进一号军营。日军官兵见一位身着汉装，手拿老花镜的老者知是老中医，顿时围上前。

老中医"好汉不吃眼看前亏"，无可奈何地察看数人的脸、手、身道："是被漆咬。"

官兵们满腹疑惑：军营哪来的生漆？

老中医对陈大胡说："可以用杉木刨花煮开，热气熏；也可以韭菜捣成糊抹；还可以用蜂蜜、紫药水、柠檬汁擦涂。"

一号军营里的官兵的脸部、手部抹涂得黄黄的、紫紫的、绿绿的，像杂技团的小丑。蜂蜜引来苍蝇、蚂蚁，一片惨状。吉田太郎猜想是反日者的算计。正是陈国泰出的主意。刺桐花会不怕漆的人，摘采了漂亮的漆树叶，夹杂在柳枝、榕树枝、各种花，编成漂亮的花环、花篮送给日本兵。怕漆的日本兵一接触花篮就会被漆咬。

一波未平又起一波。虎头山总部松本在气派的别墅举行宴会。宾主欢庆。突然站岗的、巡逻的日本兵惊叫："蛇！！！"

惊叫声划破寂静的夜空。

吉田太郎、松本等宾客冲出客厅，惊见蛇，一条条、一排排地从

营地四周而来，如参加聚会一般。就连平日不怕蛇的一些宾客也恐惧万分，害怕地乱跑乱叫。有的人踩到蛇被咬伤。有人开枪打蛇，有人用刺刀刺蛇。蛇惊得横扑竖窜乱咬人。

“用酒。”吉田太郎想起在缅甸从登盛那儿学的知识，提醒道。

众人慌忙七手八脚地敲碎酒瓶、酒坛。顿时瓶碎声、坛破声此起彼伏。客厅酒气冲天。

有人道：“蛇怕烟丝。”

宾客们纷纷点燃烟丝。宴宾大厅顿时增添香烟味。燃烧的烟丝与东一滩西一滩的酒腾烧，升起一团团蓝火。蓝火在海风中左荡右荡，在黑夜中如鬼魂漂跃。

蛇纷纷撤走。宾客无法继续宴席，纷纷逃出别墅。突然灯全灭了，场面更加慌乱。探照灯为宾客们撤离照路。担惊受怕中的时间特别的慢，慢得使人心跳停止。

陈大胡带路。宾客感到一阵阵阴风，打着寒战地紧跟陈大胡身后。

陈大胡见前面有人影，大喝一声：“站住。”那人跑得更快。陈大胡与日军追跑到岩石，不见人影，四周被一层紫雾笼罩，一片死寂。数步之距离便相互看不见人影。走着走着，前面顺风滚过来一团团赤黑色的浓烟，松本令众止步。树木、杂草在厚厚的雾中迷迷糊糊。宾客天旋地转，分不清东西南北。

突然，一个日本兵连开数枪。数只手电、火把向枪声处照射。在明亮的手电光和闪烁的火把光下，大家清清楚楚地看着被打了数个洞的树杆，根本没有人。开枪的日本兵满脸委屈地解说：“我明明看见树上有一个人，看不清五官模糊。”

烟雾渐散。陈大胡一脸迷惘。日军官兵、宾客个个目光凝滞、面无表情，如木头人一动不动，有的人受伤。吉田太郎、松本找到数颗子弹壳都是日本兵的，没有外来的枪弹。众人想起刚才的阴沉恐怖，个个不寒而栗。

吉田太郎回到别墅越想越蹊跷，拨电话找来通晓中医的军医。

一个日本军医很快来到别墅。

吉田太郎讲述今晚虎头山上蛇群聚会之事，问：“我不相信是鬼魂报复。什么情况下会突然聚集蛇群？”

矮小军医道：“从前听说过蛇群聚会。一是蛇王号召。那是同一种蛇，不可能多种蛇。二是冬天过去，蛇从冬眠中苏醒，成群结队出来透气、活动、交配。第三是捕蛇者将青蛙焙干研末，用鼠油拌匀，再阴干研成粉末撒在蛇洞旁，蛇闻味出洞，沿味而来。”

吉田太郎恍然大悟道：“怪不得上山时，有人说山上有股怪味。原来是青蛙粉鼠油味。”

吉田太郎知道矮小军医精通中医，且懂得一些旁门左道，讨教：“如果，这些闽南人再搞一些类似这样的破坏，会搞什么呢？”

矮小军医想了许久后说：“老鼠。”

吉田太郎请矮小军医详细说明如何召集老鼠、如何防范老鼠集结、如何灭鼠、如何处理死鼠不会引起瘟疫。

果然数日后，成群结队的大大小小的老鼠从四面八方进入日军禾山营地。壮观浩大的“鼠军”令日军官兵惊恐，扔手榴弹炸、机枪扫射，烧大锅开水泼。有人挂电话报告司令部。

司令部的人答：“马上会有人运灭鼠药来。”

半小时后十余位日本兵，每人扛一个木箱的日本兵来到禾山营地。官兵们急忙开箱，猪油渣香味顿时弥散营地。众官兵将拌了毒鼠药的油渣撒向鼠群。大大小小的鼠纷纷抢食。一会儿鼠成群成片抽搐、挣扎，死亡。官兵看着成百上千的死鼠，阵阵恶心。清扫堆积、挖坑。填埋死鼠的官兵不时地呕吐。

这时又上来十余位日本兵，每人扛一麻袋沉甸甸的石灰。军官令将石灰倒入坑中覆盖，深埋。

日本海军司令电话夸赞吉田太郎：“吉田君太厉害了。神机妙算。老鼠一只不剩，全部死。你真不愧是‘中国通’。”

吉田太郎猜想是陈国泰或妙妙丹的主意。正是陈国泰用风筝将螃蟹壳磨粉拌生漆撒在营地，鼠闻味即来。吉田太郎想到陈国泰恨得咬牙切齿，想到妙妙丹心一阵灼热急跳。陈国泰回来了，为什么不见妙妙丹？他不能理解自己为什么不能忘了妙妙丹，与妙妙丹在一起的桩桩件件跃出脑海，闪现在眼前。

吉田太郎被一阵急促的敲门惊醒，从床上跃起，冲去开门。门外黑黑的走廊，空无一人，静默无声。他走到走廊朝下看：哀风阵阵，院里无人。寂静的夜，天黑，地更黑。四周阴森森、静凄凄。吉田太郎回到床上翻来覆去，觉得有人压得喘不过气来。他用力睁眼，睁不开，双手撑开眼，眼睛睁不开。他想呼叫，叫不出声音，惊恐，手挥脚蹬。“呯”的一声，吉田太郎惊醒，是自己脚砸在床板上的声音。他跃身而起，迅速查看门窗。窗栓好的，房间门仍是反锁的。房间只有自己，别无他人。卫生间、厨房无人。橱、柜里也没有人。他关灯继续睡。他觉得自己身体向上飘，离开床。他努力使自己向下回到床上，但身体仍缓缓向天花板漂移，眼看就要穿过天花板，他感觉被扔了下来。他听得自己的脚敲打了一下床板惊醒了。他惊出一身汗，惊慌地再次察看门窗，门窗紧关着。他听见女人、孩子的哭声，周围没有人影。灯一开哭声就停，灯关一会儿哭声时隐时现。他慌得气不敢喘，头皮发麻，腿脚发软。

连续数夜如此。吉田太郎忍不住拨电话到门岗。门岗肯定答复：数日夜里院内无外人入内。“难道是自己耳鸣？”他躲在门后，手搭着锁，一听见敲门声，就神速地开门。门外并没有人。吉田太郎惶恐地穿上军装，一手抓枪，另一手握刀，开着灯，心惧又坐了一夜。啊，真是那些冤魂野鬼来了吗？他心底开始相信军营里传言的诡异事件。

吉田太郎不怕人，真怕鬼。惶恐无眠的吉田太郎住进博爱医院。吉田太郎与院长是好友。院长与他同睡一间，说可以聊天。他没有让任何一人知道他遇到鬼。医院里通宵亮灯。医生、护士每小时会查房一次。

陈国泰等人听说吉田太郎住进医院开怀大笑，为自己的又一杰作“午夜鬼敲门”得意扬扬。

清早，吉田太郎醒来，见床尾站着一个白发苍苍的老太太，便问道：“你是谁？”

门外的护士听见声音，进来说：“您醒了。”

吉田太郎问：“刚才的老太太来做什么？”

护士莫名其妙地看着吉田太郎说：“我一直在门外，没有人进来。没有看见老太太。”

吉田太郎不好意思地笑了笑说：“可能是做梦。”心理嘀咕：是我太紧张出现幻觉，还是真有鬼。白天是不可能有鬼。中国人说天明鸡叫鬼就跑。

这时走进两位洋行的总经理，关心地询问吉田太郎病情。吉田太郎没有如实告之，只是淡淡地说：“数日没有睡好，进医院来安静一阵，调养一下。”

一位洋行总经理道：“听说昨晚巡逻队的一名日本兵看到一个穿红衣的长发女人撑着白伞，大声呵道：‘站住。’红衣白伞女人继续走着。日本兵开枪，枪声一响，巡逻队的另外四名日本兵见周围根本没有人，到处闹鬼。”

另一位洋行总经理叹道：“鹭江上到处是水灯，如灵火。巷子到处是烧纸钱的火星，阴森森的恐怖。”

两位洋行的总经理你一言我一语讲起近日陆军大佐房内的鬼火。没有火源，突然沙发着火。突然衣柜冒出火花，突然卫生间窗帘着火。大佐感到奇怪，房子里只有自己一人，也未点火，抽烟。他坐在椅子上看着火从门缝里飘入，从门缝飘出，烧掉了他心爱的家人照片、照相机。那火没有时间规律，突然飘出。昼夜都能出现。没有间隔规律，有时一天都没有出现火苗，有时短短数分钟连出数个火苗。没有一点规律。刚灭了厨房的火，房间的床上就着火，刚灭了客厅挂衣架上的火，卫生间的墙上又飘出火苗。大佐不敢一个人住，搬到副官的宿舍同住。

两位洋行总经理绘声绘色地讲述亲见大佐住宅鬼火的诡异。吉田太郎毛骨悚然，相信传说鬼报复，但还是劝道：“不要相信这些话。世上哪有鬼。都是自己吓自己。别传播这些假话。搞得人心惶惶。”吉田太郎是在说服自己，安慰自己。

第七十一章　刺桐花谢

1940年6月日本特务机关长铃木大佐乔装成读卖新闻记者，化名南益世潜入缅甸。他不苟言笑，致力于研究切断英、美等国通过缅甸向中国抗日提供的军事援助的交通线。

严重物质匮乏的日本对缅甸进口只占9%，出口占2%。缅甸资源丰富，大米、矿产、石油、玉石、柚木名列世界前茅。日本占领缅甸一箭三雕。控制战略要地，完成占领东南亚；切断英、美等国支援中国抗日；掠夺丰富物质。30年代初日本就向缅甸派遣大批间谍，以僧侣、商人、医生、护士和教师等伪装身份在缅甸定居，搜集情报，收买缅奸，挑拨离间中缅关系。近日日本东京参谋部制定一项“秘密行动”解决“缅甸问题”。

横平竖直，“棋盘式”的仰光街，英式与缅式建筑错落在街道两边。缅甸人悠悠缓行，看着、挑选着、购买物品。缅甸从年初到年尾花卉不断，春意盎然。缅甸人爱花、敬花、礼节多送花。花摊、花店多如米店。秀丽在仰光街距巴尔萨泽大楼百步远处经营一家花店。她教女人们插花艺术。秀丽的丈夫也是在缅甸出生、长大。没有人知道他是日本人。秀丽夫妇装成地地道道的缅甸人。秀丽的丈夫装成摄影爱好者，时常到外面拍摄仰光港进出的轮船、货物，收集情报。

这日上午，秀丽与丈夫刚开店门，就走进一位身着白衬衣、湖蓝色的长裤、白皮鞋的年轻先生。三只缅甸猫围着年轻先生欢喜地转悠。

年轻先生扫视一眼花店，观赏了一会儿花卉，轻声地说：“我要六枝樱花。”

秀丽听到“我要六枝樱花”的接头暗语，心底一惊，迅速瞄一眼年轻先生。威严的长方脸，浓黑的八字胡，大耳。

秀丽镇定地按照接头暗语答：“今日没有樱花。店里的花都很漂亮的。”

年轻先生答：“买一束龙船花。”

对上暗号，秀丽心底一阵激荡。

秀丽装着介绍花卉，年轻先生装着欣赏花卉，轻声下指令：“想办法促成日本与缅甸的合作之事。”

……

吉田太郎收到日本传来的情报说有缅甸抗英领导人要来厦门找共产党。他早就怀疑陈敬伟、陈刺桐这对夫妻是厦门大学抗日分子、共产党。吉田太郎当即下令便衣秘密抓捕陈刺桐、陈敬伟。

数日后的午夜，五个黑影敏捷地进入开元路幽深逼仄百米长的暗迷（闽南语：稀饭）巷。从床上抓走穿睡衣睡裤的陈刺桐、陈敬伟。

陈刺桐、陈敬伟被秘密绑关到日本领事馆警署地下室监狱。狱室顶部覆盖着约4米厚的钢筋水泥。囚室共5间。牢房四壁坚厚，每间仅西面开1个高0.98米、宽0.83米的小铁窗窗。牢内光线微弱，每间约6平方米。墙壁血迹斑斑，刻着进出狱日期、被囚天数、被刑日期。

日本警署署长、吉田太郎断定陈刺桐一定收到她父亲陈永康的信，说：“让陈刺桐交出她父亲寄来的信。说出缅甸‘反英’领导人来厦门的时间、住址、接头方式。”

署长阴笑道：“杀鸡儆猴。先让陈刺桐、陈敬伟看受刑。他俩若不招，再让他们尝一尝刑具的威力。”

半小时后，两个挎枪的日本兵押着陈刺桐、陈敬伟进审讯室看受刑。

一位满面伤痕的裸体男子四肢被铁扣在刑椅上。一个日本兵用柴油浇、另一日本兵点烛火焦灼裸体男子的肌肤。裸体男咬唇呻吟，痛苦地左右甩头，有时仰头惨叫，四肢挣扎，生不如死。

陈敬伟、陈刺桐浑身颤抖，毛骨悚然，目不忍睹，闭上双眼。陈刺桐美丽的脸一阵一阵白青，心一道一道割开的疼，浑身瑟瑟。

一会儿，五个日本兵押着一个五大三粗的壮男子进来。把弯弯的、尖尖的铁钩插进壮男的脊背里。在壮男的惨号声中，三名士兵强行把壮男挂上挂肉的横杆。两个日本兵闭着眼睛对壮男烧头发、眉毛。壮男一声声地惨号。日本兵将壮男手足上镣铐，复束以绳。以洗面巾披于壮男背上，取熨斗熨之至洗面巾干后猛将巾揭去，连皮带肉随巾剥起。

陈刺桐乘日本兵走神时，发疯地冲向方柱，头撞柱角，鲜血喷出。六个日本兵悚然一惊，哇啦哇啦叫喊。陈敬伟哭号着，呼唤着。

陈刺桐被送往博爱医院抢救无效。

陈敬伟想起刺桐花仙子的传说。他一次次被押入审讯室受刑。日本兵用点梅花、吊钟、拶指、灌肛门、碾膝、薰鼻；以烧红的铁条放入嘴里“吃雪茄”，唆使狼犬凶咬；以图钉钉额头，钉不入时敲打……陈敬伟一道一道地受刑，一阵一阵地惨叫，晕厥、惨叫。陈敬伟理解陈刺桐的自杀，免得承受一次次生不如死的折磨。

第八天的傍晚，虎头山脚下的厦门港。陈敬伟等十余人嘴上塞着布，五花大绑地被拉到海边。十余个日本兵一刀一个头飞下海，一脚一个无头的身子被踢到海里，不留痕迹。

1942年5月5日，陈永康夫妇挤上拥挤不堪的惠通大桥。这是唯一通往中国的通道。两条巨大的钢缆悬吊而成的惠通大桥倚悬崖，横跨怒江之上，高山峡谷之间，江滩险恶。

怒江峡谷西岸的滇缅公路挤满逃难的人群、车辆。撤离的车辆首尾相抵。逃难的人多是投奔祖国的新加坡、马来亚和缅甸的华侨。他们不知道为防备日军，守军已在大桥安放炸药。日军派便衣化装成难民，混在难民中。

中午时，桥东逆行一辆大卡车。一位守桥宪兵上前令车主后退。车主年轻气盛，不从。宪兵挥手“啪、啪”给车主两个重重的耳光。

车主愤愤地上车，狠狠地倒车。“呯、呯”两声，与后车相撞，大桥阻塞。三个宪兵跑到车前，令人将车推下江中。车主坚决不肯。宪兵眼见桥上堵的人、车越来越多，越来越混乱，超负荷的吊桥剧烈摇晃，十分危险。一个宪兵愤怒举枪打死车主。桥上，数位日军便衣误认为被中国士兵发现，拔枪射击。中国士兵点燃导火线。日军便衣冲向桥头，但为时已晚。大桥轰然坍塌。桥上的人葬身怒江。源源不断涌来的未能过桥的日军坦克、卡车排成长龙。惊心动魄、戏剧性地炸桥改变了中国的历史。

蝴蝶歌舞厅。陈国泰与张彩云跳完一曲华尔兹并肩走到茶座饮茶聊天。张彩花深情地望着陈国泰，轻声而愤怒地说：“昨晚听一位舞伴说，有一对厦门大学夫妇让日本兵害死了。那水查嫫的老爸是缅甸华侨，老母是缅甸人。不知你认识？”

陈国泰猜测十有八是陈敬伟、陈刺桐。张彩花见陈国泰横眉怒目，连忙捏了捏陈国泰的大手，警示他别发作。陈国泰担心控制不住胸中的怒火，连忙离开蝴蝶歌舞厅，快步直奔陈敬德祖厝。

围坐在八仙桌的张国强、陈敬德、郑成安、黄衍明、林强、蔡管家见陈国泰急火火的走进来，知道有事了。

陈国泰满面通红、怒目圆睁地告诉陈敬德刚听来的消息。

陈敬德忍不住泪流满面道：“难怪到处没有他俩的消息。”

张国强义愤填膺道：“不知有多少人在日本兵手中消失。家里人还苦苦寻找。”

“干死那些日本兵。”陈国泰怒不可遏地吼道，声如响雷。

张国强劝止：“小声点。别让日本兵发现。”

陈敬德震怒道：“一定是吉田太郎。他才了解我们家的情况。”

吉田太郎精通闽南、广东方言，熟悉闽粤的民俗，是一位“中国通”、“闽南通”。他掌握日本政府拨给的大批活动经费，广交朋友，物色发展特务，负责搜集猎取福建及广东军政情报。1935年9月，吉田太郎获日本东京军方颁予“以华制华功劳章”。厦门沦陷后，吉田太郎兼任台湾总督府驻厦门嘱托、海军总部嘱托、日本亚洲共荣会事务嘱托、华南情报部部长、厦鼓文艺协会理事、厦门市商会顾问等职。他插足厦门军政、文化、经济各部门，权倾一时，俨然是风云人物。想升官发财的人都投靠其门下，托他引荐提拔。

田村丰崇被刺后，吉田太郎更加小心谨慎，防范更加严密。出入均有持枪保镖跟随。他身兼数职，办公时间及行走路线时常变换，没有规律。刺桐花会成员只能早出晚归，身藏手枪，扮成街头流动小贩在吉田的别墅、驻厦门日本领事官邸、《全闽新日报》社附近兜圈子，揪机会下手。

陈国泰变换地方跳舞、饮茶、喝酒，打探吉田太郎的消息。他探知公余时间吉田太郎常到各舞厅或日商经营的咖啡馆聚餐，与日酋头面人物会面。吉田太郎几乎每星期日都要往各电影院巡视，检查，为日军舰艇官兵播映“劳军电影”的情况。

黄衍明等刺桐花会的成员化妆成货郎、摊点小贩守在各电影院门口附近。

这日晚上8时，吉田太郎及保镖、随从步行往鹭江戏院。陈国泰、陈敬德闻讯立刻动身隐蔽在鹭江戏院附近。初冬凛冽的寒风刮得路旁的大树左摇右摆，不时发出呜呜的声音，树枝不时发出“咔嚓咔嚓”的声音。陈国泰、陈敬德的脸上像刀刮一样。手冻脚麻，身僵硬，实在受不了时，轻轻地搓搓手、跺跺脚、扭扭身。两人煎熬到近22时电影散场。吉田太郎在日军度假官兵的簇拥下走出戏院。冻了大半夜的陈国泰、陈敬德无法下手，满腹憋屈地眼睁睁看着吉田太郎离去。

数日后的一个晚上，陈国泰与张彩云跳着中四步。张彩云在陈国泰耳边轻声告知：后天吉田太郎要在蝴蝶舞厅庆贺土桥大郎的“生命保险株式会社”扩充土匪、汉奸。陈国泰微笑地看了张彩云一眼。张彩云顿时兴奋得脸烫，心跳加快。

这日中午，陈国泰、陈敬德守候在蝴蝶舞厅门外的墙柱后。下午3时左右，参宴者鱼贯而出。吉田太郎最后一个步出舞厅。陈国泰终于“恭候”到吉田太郎心中一阵狂喜。

陈国泰掩身骑楼水泥柱旁，迅速掏出手枪，朝吉田太郎连开两枪。与此同时，另两人各连发两弹，吉田太郎应声倒地。另两人一个是厦门共产党，一个是军统局闽南站，都是奉命除去心腹之患吉田太郎。“中国通”、“闽南通”吉田太郎不除，整个抗战受影响至深。

人群乱成一团。陈国泰、那两人趁人群骚动、混乱，各自朝不同方向火速撤离。

20余日本海军士兵闻声后冲出查看。数人将吉田太郎送往医院。吉田太郎抢救无效。

数位日本兵冲入蝴蝶舞厅对面的修锁店。修锁店陈店主正在修锁，惊慌失措。日本兵大吼大叫道：“刺客长得什么样？”

陈店主呆若木鸡，脸色苍白，结结巴巴道：“我在修锁，没有看到。”

一个日本兵用长枪指着陈店主威逼问：“见过什么人从你店前走过？”

陈店主两眼直勾勾，脑袋一片空白颤颤抖抖地说：“听到枪声，看得很多人跑。”

日军立即断绝厦门水陆交通，全岛戒严3日。日本宪兵和驻厦日本海军陆战队分乘数辆军用卡车在全市大小街巷，设卡盘查，大肆搜捕凶手。厦门市政府文职人员都奉紧急命令，每人手持各居民户口清册，逐家逐户检查。百余名日本兵荷枪实弹沿街挨户搜查凶手。

……

一阵敲门声打断张彩云的回忆。张彩云起身开门。走进三位白发苍苍的男子，众人起身让座。众人认识厦门史学家陈老先生。陈老介绍两位老者曾是刺桐花会成员，一位姓陈，一位姓林。

张彩云为陈老先生、两位刺桐花会成员各倒一杯茶后，悲伤地说：“1942年大概是7月份吧，泰哥就再也没有来舞厅了。舞厅的姐妹很喜欢他，也都念叨泰哥怎么没来。我担心泰哥又出了什么事。1942年11月8日，海军司令部在各报登载公开缉拿凶手悬赏启事，凡知刺杀吉田太郎凶手下落者，告密赏日元4000元，缉拿解送奖日元5万元。”

两位刺桐花会成员陈先生、林先生回忆说：“最后一次行动暗杀

吉田太郎。那次行动之后再也没有活动了。刺桐花会三个组都突然无声无息，领导人全都失踪了，数十名‘刺桐花会’被秘密‘斩首’，尸骨无存。”

陈先生、林先生你一言我一语：抗战胜利后，我们相互寻找。至今只有我们俩。在查找中我们知道：“陈大胡”听彩云姐说是一位台湾水查嫫发现陈敬德祖厝是刺桐花会领导聚集地。“陈大胡”是否通知刺桐花会领导人了，陈大胡、刺桐花会领导人突然消失了。